ERIK MARTÍNEZ

BARBARIE

NOVELA

Colección
Literata

ERIK MARTÍNEZ

BARBARIE

NOVELA

Colección
Literata

Barbarie
© 2010 Erik Martínez

De esta edición:
©D.R., 2010, Ediciones Felou, S.A. de C.V.
Amsterdam 124-403, Col. Hipódromo Condesa
06170, México, D.F.
sabermas@felou.com
www.felou.com

Diseño de cubierta: Lourdes Guzmán
Diseño de interiores: Lourdes Guzmán

ISBN: 978-607-7757-10-8

Impreso en México

…On the edge of oblivion it comes back to me that my fingers, running over her buttocks, have felt a phantom criss-cross of ridges under the skin. "Nothing is worse than what we can imagine," I mumble. She gives no sign that she has ever heard me. I slump…, drawing her down beside me, yawning. "Tell me," I want to say, "don't make a mystery of it, pain is only pain"; but words elude me. My arm folds around her, my lips are at the hollow of her ear, I struggle to speak:

NONA

1

La Magda se acerca al César. Una de esas pocas veces en que él vino. Desde una butaca, desde la penumbra de atrás lo azuza el Chino. Sabíamos tiene instalada el Chino la cámara detrás de unas cortinas. Pero parecía no ser eso lo que lo motivaba. Rezuma piedad por los ojos. Eso tal vez lo que daba más asco. U otra palabra. Que ignoro. Asintió sin saber bien por qué, el César. Ya lo tenía apalabrado este momento la Magda. No le pregunté nunca a ella el porqué. Hoy quizás sería diferente. Entonces yo sólo sabía tuvo cosiendo a varias de las chamacas en días anteriores. Corrigiendo ella el trabajo. O en la noche asumía sus clientes, las otras cansadas de tanto fantasear a plena luz del día, decían. Proyecto aquí nuestro me dijo únicamente cuando me atreví a preguntarle. No obstante su silencio más grande. Quizás tan sólo una manera de protegerme. Quizás, en esta creencia, hoy en esta noche que inicia apenas, lo único patético radica. O el asco, de nuevo. La mirada de Magda querría entonces tal vez decirme a mí Dimas Acaso no un adivino puede sentir estas cosas. Una facultad ignota o como se diga que no necesita de palabras. Como de ciegos o sordos… Yo no sentía nada. Partícipe, desde lejos, como siempre. Aún más aquella tarde. Pero eso no lo dijo. Seguí yo en lo mío. Hasta que llegó el día que narro. Al iniciar esta noche: Aquel día. Y como todos, yo sorprendido, yo ocupado en las talachas, en traer las chelas cuando los mozos se aplatanaron. A varios esclavos los decuriones de la secreta los metieron a un cuarto donde según ellos dijeron dijeron No les vamos a hacer nada. Pinches batos parecen moros Dimas, consíguete otros pa la próxima. Por supuesto Señor. El Steve, ese día, quien me lo mandó decir. Recuerdo en esas excusas tropezaba cuando entró el César. Sorpendidísimo, yo. Lo dije ya. Igual, los otros. Mas nada comparado con cuando se le acerca la Magda. Y le extiende la mano. Magda que alcanzó a apartar con la vista a Yolo. Acá cerca la Vieja con la boca abierta no alcanzó a decir nada tampoco. Los parabolanos en el estrado y las chavas tras bambalinas untándose el aceite dejan de untarse el aceite y de ponerse sobre las manchas de aceite las chaquiras. La Magda con la mano estirada. Ésa: la imagen que parece no querer dejarme ahora. Una imagen que si es triste ahora entonces era extraña. Casi quisiera pensar cómica. Pero hacia detrás del antro la sonrisa de caridad del Chino. Turbadoramente imperante. Y lo siniestro, realmente, del antro. La confusión tal vez contagió al César. Que andaba de buenas, haciéndose el payaso. Cuando vio al Chino en la esquina le lanzó un beso. Le dice entonces a la Magda, Tú a la que quieres llevártela es a la Condesa. Por ai anda. Encuéntrala si puedes tú entre las sombras, añadió, sintiéndose original: Reconocerás el hedor. Risas obligadas de los arremolinados. También, carcajadas de nosotros. Carajo aquí estamos para complacer.

(Dimas. Extraño nombre en un sueño. Yo, soy otro, un escritor, ¿cómo lo sé? ¿O acaso no, y esto lo que soñe?).

Aún ahora, aquí, yo, mientras espero, no tengo otra opción. Las imperiosas necesidades del Imperio. Que al narrar esto de una vez por todas son también así las mías. Que se ciernen intransigentes sobre mí. Por ser las mismas. Mas no es eso lo que quiero contar. Quiero, recordar. Aquello.

La Magda con el brazo extendido, diciéndole en ese gesto al César No busco a ésa. Según dirá la Magda ella a aquélla jamás le dirigió la palabra. Eso sí hubiese sido, Babas, una traición. Sí, ya para entonces, cuando me contó esto no Dimas. Babas. Y no tan sólo como apócope. Tienes que creérmelo tú, me rogó, uno de aquellos últimos días ulteriores cuando se me acurrucaba contra los sobacos. El cielo escaso, poco en la distancia alargada, el río enfrente un murmullo asmático. Un río ahogado en sí mismo, digo, dónde en otro sitio se ha visto esto. La frontera perfecta. Hubiera querido yo morir ahí. No aquí. No en ésta… Donde ni palpita enjaulada la luz de neón que me alumbra. Donde poco o nada susurra el silencio. Paredes blancas, el retrete sin tapa, la mesita para comer con el plato y el tenedor de plástico. La televisión rota en una reja empotrada contra una esquina sucia. Como un castigo, final, fino. Pedí que la apagaran. Lo hicieron. Creen que así padezco más.

Aquello. La Magda con el brazo extendido. Asombrosamente aceptó el gran César. La sonrisa de mona lisa del Chino. En el salón atrás. El Yolo a cargo de la cámara no sabía si dejarme todo a mí ahí o no, irse tras sus cortinas. Ni caso le hizo el Chino. Y la Magda tirando del César. Éste…, saludaba, como si estuviera en campaña, el muy cabrón. Dirán ido, pendejo, o más –cuál: bien listo. Eso sí, dijo, antes de dejarse arrastrar hacia las escaleras de atrás, Ai les encargo el changarro populus… Me lo cuidan. Nomtardo.

A quién engañas puto susurró entonces la Vieja muy quedo. Mirando hacia todos lados. Ni quien la mirara a ella. Hasta los decuriones de élite guardaespaldas como anonadados, ésta no se la olieron. Subían ellos o no. Chingaos… No se atrevieron. Qué bueno que aquel día no estaba ahí la Condesa. Le hubiera visto cara de mora a la Magda y echándome a perder esta memoria. Que es también una penitencia. Estruendo de mesas, de sillas que se pliegan, se golpean, caen cuando les abren paso. Pobre Magda. De dónde, por Dios, esa necesidad de, sacrificarse… El ruido de los muebles e hilachas de las guarachas de la orquesta de jaraneros. Hecha ésta de unos vejestorios feos que vinieron a acompañar la función dirían ellos luego que por eso nomás vino el César, hoy, así era, Le gustaban estas cosas, decían. Decía, sí, que le daban risa, los pendejos de las guitarritas, quienes apenas se atrevían a levantar los ojos, a aceptar que todo esto era absur-do. Y por ello mismo tan verdadero, imposible de contárselo a sus nietos, porque dirán esos Pinche abuelo, está ya chochean-do gacho el viejo, puto el jaime… ¿no que aquí entre nosotros no cabrones? Puto Imperio contagia hasta eso, lo exporta a las Colonias, que coño cómo, no sé puto cómo, chance hasta en las pinches cocas, el chiste es que ya nos jodieron, pa' variar, hijos de puta, porque si fuera en la otra, dijeron bueno, a toda madre, pero así no, ni madres, joder ya nos jodieron, y mientras tanto hay que aguantarle al huarachudo viejo guarachero sus chocheras, sus le-yendas… Dan ganas aquí, de decirles, a aquellos entrometidos, desagradecidos, por favor, que el viejo no vio nada, con su jara- nita y sus pies calcáreos y sus desafines que el César insiste Son tan nais, y además luego por orden perentoria expresa de Steve el carcamán no se acuerda de nada, como nadie más, Porque ba- rremos, con napalm, sabe viejo qué es eso, ah sí qué bueno, pues sus pinches pueblos…, nomás esto les escupió por la comisura de la boca esa noche el Pato Donald, dignándose por única vez, a la salida ese día, a hablar con los músicos, tal vez por hacerse el popular, y para aparecer en el acontecimiento. Carajo si yo soy más importante que el tal Steve, o Karl, o como se llame…, les dio después una propina que era en sí misma un insulto. Quizás fue por eso también que se les acercó, para gozar del pisotón, del mismo rencor, el Chino mientras tanto sonriendo nada más pero tampoco es eso lo que quiero yo contar.

El ruido de los muebles, hilachas de la orquesta…

Junto a la maquila del otro lado del río en lo que parecía un taller mecánico vi a tipos bien vestidos otros con trajes estrambóticos que querían disfrazarlos pero que se notaban eran o prestados o rentados de esos sitios que rentan ropa para fiestas o bodas u óperas o robados de un circo desollar vivo a un perro como si fuera una ofrenda y después, en un mismo movimiento obstina- do descuartizar a una mujer.

Que temblaba a un lado.

Magda se me acurrucaba contra los sobacos.

La frontera del Imperio. Donde se quiebra la tensión del mundo que más acá se distiende con un quejido grave o agudo.

Al día siguiente gente debajo del puente del río empujaron con una pértiga para robarle la maleta a uno que nadaba que aún lleva en la otra mano a una niña que grita mientras se pierden los dos lentamente sin la petaca río abajo en el atardecer gris.

Imágenes éstas no de cuando la crucé por vez primera sino de cuando la vi por vez última. Especie de regreso, con Magda en mis brazos, antes del arresto.

No puedo pensar en otras cosas. Soñar otras cosas. ¿Por qué esto ahora?

Pero aún eso no basta para explicar.

Magda que nunca demostró esa conmiseración que de seguro me tendría. Niños con los que jugaba de niño me gritaban Dimas. Creo. Ya entonces, dudaba yo, inquiría, por qué, contestaban riéndose, Pendejo pues porque eres un pendejo.

Quizás por eso el nombre y no por el disparo…

Que no recuerdo… Recuerdo mal. Trozos nada más. Trozos de sueño. Con los sentimientos abotagados.

Lo último que recuerdo, que intento completar:

…Nothing is worse than.

Mi lengua. Los sueños desconocen estas barreras. Escribo, pues, cuento, recuerdo en esta lengua porque ésta es la lengua de los bárbaros. No la lengua del imperio en la que sé – ¿cómo?, no lo sé–, que yo escribo. No, quizás no cierto esto…

Quizás debería, a manera de inicio, inventar, hoy…

Tú con esa jeta estás pero si hecho para la frontera me dirían en mi tierra antes de botar mis cosas. Al cerrar la puerta, En familias acaudaladas a esto se le llama orientación vocacional. Trepo al redil del primer vagón de ferrocarril que solamente eso transporta. Guanacos hacinados, chapines enanos, emesdieciocho acuclillándose acuchillándose con los autóctonos. Por una rata sojuzgada en una esquina. Los más presentables amarrados en un rincón para usarse como peaje. Alguien No se quejen batos que van de putos para los alcaldes, para los caciques, para los policías y los militares maricas, sepa la tiznada para quién chingaos más, pero de cualesquiera manera cabrona van a comer mejor que nosotros. Que a nosotros nos van a chingar la madre los centuriones y los quirites. Y eso es bien peor. Figurado, sí, o quizás no, pero igual peor. Así que no lloren y pórtense como hombres.

Nos esperaba, allá, brillante, la frontera del Imperio. Desde aquel lado entonces vista.

Un viejo cargando nietos se quejaba Yo no me quiero morir allá. En el Imperio, dijo. Como si hubiera un noimperio dijo un listo. Pero fue, entonces por primera vez, que pensé si verdaderamente importa o no el lugar de la propia muerte. Nunca hubiese pensado que importase. Uno se muere y ya, morirse acá es morirse allá.

Falso… En esta base. En esta isla…

El igual de listo entonces, Acaso no es vivir lo que vale madres.

(Se lo comenté a la Vieja una noche en que nos quedamos solos los dos en el desorden de la pista central. O quizás hasta al Nazareno, cuando, ya después, después de lo que cuento —exceptuando lo del río y lo que siguió, o sea, esto—, nos llevaron juntos al rancho, para aquel inútil rito… Yo inútil ya. Él acaso aún no.

En todo caso los dos en aquellas dos ocasiones me miraron con gestos que insinuaban Carajo nos habías confundido. La Vieja acaso añadiría, tuteándome por vez primera, Te lo juro que hasta ahora pensaba que eras otro. No, no había decepción en sus ojos.)

En todo caso. Imágenes éstas de aquella primera vez. Tan remota ya.

Mujeres llegan en limusinas. De fuera les abren las portezuelas. Negros fornidos cotejan identificaciones. Decuriones hacen barreras para que no se cuele la prensa. O los mirones. A los salones mitad estadio mitad centro nocturno. Con las mesas decoradas con arreglos florales. Las señoras y sus consortes se sientan en sillas. Sofás: Canapés. Tragos finos alguien sirve. Luego se apagan las luces. Sale de la acritud de las cortinas un maestro de ceremonias. Alza el micrófono. Rasposa voz que enuncia La función comienza.

Murmuraba esto el mojado que contaba en el ferrocarril galera. Continuaba. Después de esto se largan a cenar. Después a bailar. Luego a coger. Luego se inyectan. O viceversa… Luego se dicen bai.

Tantos rumores como estos. Tose.

El último recurso batos. En esos estados de la frontera del Imperio. Los espectáculos. Último recurso de los esclavos. Recurso de subsistencia.

Ok cabrón. Ahórrate el sermón. Se apagan las luces…

Sí. Se apagan las luces. Los destellos de los reflectores se reflejan en los collares: Falsos, ninguna mujer se atrevería a traer a aquellos barrios los verdaderos. Eso sí, trajes largos decorados con bruñidos.

Tantos rumores en los galpones donde nos llevaron. Bien alimentados por varios días.

Güevoneando en los catres. Jugando a los naipes. Un poco de ejercicio en el patio. No se agoten batos… Carajo compas qué país tan avanzado. Dijo el listo.

Is pendejo por qué te crees que éste es el corazón del Imperio.

La mera neta estoy supe impresionado. Yo me esperaba algo gacho cuando nos agarraron las patrullas de centuriones con los reflectores en el desierto. Y aquí estos pinches barracones hasta con aire acondicionado…

En algún lugar del desierto. El sitio rodeado sí con verja de alambre de púas. Arriba el cielo inmenso. Entonces.

Inescapable.

Creo ahora no sé si correctamente que yo salí de ahí. Quizás ya lo dije. Tal vez también que no recuerdo, todo. Que rememoro sólo trozos. Que como en un sueño febril el pasado se confunde como si los episodios que lo construyen yaciesen en vivencias que cargo y que se derrumban. Ahora al recogerlas noto su desorden: Su orden. De ahí salí. Por qué. Porque sí. Porque son:

(Sí, ése el modelo, el modesto prototipo que perfeccionó luego en nuestro edificio el Pato Donald. Según se cuenta. Según él propagó. Porque él, decía, tenía todas las fotografías… Aunque ya quisiera aquél. Porque ya casi nada de eso se hacía.)

Bruñidos… Carajo sigue.

Sí. Se conocen poco, a propósito, estos sitios. A todo lo ancho de la frontera del imperio. Qué es decir en ningún sitio. Continuaría el relator Lo peor no son las fieras batos. O lo que viene luego…

Luego, como si no viera él ya más que el desierto, y el de todos los días, su perorata se torna a la noche.

Como la mía.

La voz del agorero resuena de nuevo al rato. Porque son el último recurso batos.

En mis recuerdos Chingaos batos lo peor no son las fieras. No en putas celdas batos sino en cómo unos camerinos improvisados abajo. Cómo que de qué. Del escenario ignaros. Por no decir pendejos. De la palestra pues. Atan los dogs. Para el introito:

Contra los confectores, hambrientos se lanzan contra los más prietos. Armados ustedes cabrones de una navaja, chance de una chamarra. Los más buzos bien marrados al brazo. Pero encandilados por los reflectores. Y las señoritas. Las señoras… Todas ricas. Todas patricias: Fingen desazón. Repugnancia. Las apuestas igual de lánguidas. Evocan, añoranzas, de los palenques en nuestra tierra lejana raza, ya al final de la fiesta del patrón de la iglesia. Cuando todo agarra ese tinte tristón… De idus. ¿Me siguen?

Claro carnal.

Orrai.

Ni siquiera –añadía, y repetían luego ellos (repetíamos nosotros) en los días largos de espera en el galpón solitario–, son los drogos en pleno güidrógual.

…Y por qué tú.

Prototipo primitivo.

Por los muebles. Por la orquesta. Por el bullicio en el aire pocos oyeron que el César dijo Nomás voy con la güila porque esta yegua no es del Neza, que si fuera del Neza ni aunque fuera yo lesbiana yo iba: Óiganme que es del pinche Dimas.

Protagonismo repentino como puñalada. Muy su manera de decir las cosas. De herir: Trasquiversadas pero tan sólo como esas dagas que en el centro de la hoja blanden además el surco para que por él fluya mejor la sangre. Pensé no sabe historia y no le importa y la confunde y al confundirla no obstante la confirma. Cómo le hace. Pensé no lo sé. O pensé chinga tu madre. Y la daga se me entierra. Porque lo que dice es falso. Porque lo que dice es cierto. Por eso es él el César parece querer decirme con sus ojos brillantes y su amago de sonrisa desde su butaca escondida al fondo del cuarto el Chino. Cuando instintivamente volteo a verlo. Imposible no hacerlo. Por eso pendejo, por qué si no: tragaos ésa… Con la misma maldita misericordia extendida aún en la mirada. Esa humanidad imprevista, como cuando con él hablé, lo que me alebrestó el miedo. No sé si me explico. Si convenzo. Mas no tengo tiempo de corregirme.

Ojalá que sin embargo quede aquí algo de mi amargura.

De ordinario las chamacas ni se atrevían a acercárseles. Cómo nosotras prietas todas manoseadas si estos cabrones tienen acceso a güeras caras despampanantes torneadas con tecnologías plásticas del Imperio proseguía la autoflagelación, no se van a andar fijando en unas putas criadas, se lo dirían así con o sin palabras a la Magda que no a mí. De ahí lo extraño, pensé yo entonces, de lo que ocurrió aquel día, no que fuese tampoco nada fuera de lo normal, a excepción de que era el César y no otro cualquiera, pensando también que estaba yo equivocado… si eso tan sólo porque así lo recuerdo ahora, y qué es la memoria sino la imaginación vindicatoria, o porque en ese instante, al develar como instantánea el gesto distante del Chino que se entrevera en el fondo turbio del líquido del cuarto oscuro con las guitarras que reanudan, siento la carencia de sorpresa de las mujeres…

Magda loca, rezongué, entre conmovido y angustiado, y ardido: Siempre aparentando hacer algo por los pecadores. Podría yo argumentar: Por eso la quise mal. Argumentar porque sentía a flor de piel su piedad… Sin embargo, ya quisiera haber tenido yo ahí y también hoy aquí la inocencia de aquél. Allí subiendo con la Magda. Pasando apretados los dos por los peldaños de las escaleras de emergencia, susurrándole él a la Magda en su lenguaje semiincomprensible fuese cual fuese la lengua que hablase (pero, acaso, ¿no casi su igual yo, en esto que intuyo un perderse, un buscar, y en un estilo tan distinto a mi usual, y en un lenguaje que reconozco igualmente no ser enteramente el mío?) Pérame carnala que voy fast, a echarme first, una firmiux.

…Usualmente al César los de la secreta no lo dejan ni mear solo en los excusados. Las malas lenguas Cuál por la seguridad para que no se nos vaya a ir el hijo de puta por la taza. Cuando le jala a la cadena, que pues porque orina sentado… (O al menos eso le gustaba argüir a él. En voz alta. La sonrisa aparentemente boba…) Esa vez no. Ni siquiera a los pies de la escalera un matón del cultrario —del Prieto— con lentes o anteojos infrarrojos y audífono transparente… Sería por el gesto del Chino. Para mí tan sólo altivo. Mas irrecusable para ellos. Los anteojos, entre sus propiedades, separando los distintos sentimientos apretados en los haces salidos de aquellos ojos amarillos. Azulinos. Grises distantes. Distendidos… Quizás la ausencia misma del Lobo en el antro aquella noche fuese el exordio de todo aquello.

2

Porque los sacan babeantes. En unas jaulas con ruedas batos. Como las que recuerdan itinerantes circos pobres. Yonquis de todas las edades. Y alguien le arranca al guaripudo que sale de una tímida oscuridad la túnica. Debajo tan sólo una trusa donde el reflector se ensaña. A poco no han oído ustedes de esto cabrones. ¿De veras que no? Pinches ignorantes.

Para darse paquete, Claro que no es oficial pendejos, parece mentira que ande yo perdiendo el tiempo con esto y con ustedes: si es de lo más común.

Bájale ya. Narra.

Se ensaña pues. El reflector. Fuego de templo, láser. Una bolsa con la pasta y la jeringa adherida con cinta adhesiva de tubería a ya saben qué. Sí del guaripudo. Y chin se abre la jaula enfrente. Ningún arma. Cuerpo a cuerpo o sea. Chillan las niñas. Se agarran de lo que pueden. De los brazos de las sillas. De las chelas. Del palidote padrote al lado que está a punto de vomitarse. Y piden más chelas. Ellas. Y miran. Nada más. Miran: Guachan.

La pausa.

En las esquinas los meseros se atenúan. Las luces revolotean como golondrinas infectadas, de una de esas enfermedades raras que sólo les pegan a los pájaros. Pinches organaisers luego como detalle jocundo para aliviar las tensiones traen de tras el cortinaje a unos french púdls, lo putos pintados de colores amarrados a un yugo. Yugo miniatura. La yunta. Que jala la pulpa que reposa en el piso. Música española, pasodobles, mientras, de fondo. Sacan lo que sobra los púdls. Gritan las niñas Olés. Porque el imperio es todo el orbe y han viajado. Ah cómo temblaba poco antes la atmósfera cargada. Ya no. Más chelas. Chance hasta una para el paisa que sobrevivió. Un tipo feo tras bambalinas que se supone es el doctor pero que se sirve de la fina si algo sobra le avienta un curita. Los drogos ya en las jaulas. Nombre cabrones ustedes la puta neta no saben nada. Es lo pinche típico. A poco creían que era otra cosa. El Imperio.

La pausa larga que corteja al ruego.

O era… Ora ya no. Ora les dio por darle viagra a los paisas. Así que fíjense en lo que les sirven. En el trago de cortesía. Ya con la viagra ahí amarran la hipodérmica. Luego como ya en estas épocas los espectáculos son de alcurnia carajo que todo en el progreso avanza los drogos no son ya esos mamarrachos todos moqueados punks delirando sino chavas reguapas. Encueradas, babean en la jaula. Jodidas. Abre la puerta. De la celda. Con una reata larga. O un, digamos, control remoto. De tele. El maestro de ceremonias. Para entonces pinche local está que explota. Leidis nai o no. O qué otras cosas que siempre inventan. Afuera se quejan los que quieren entrar. No los dejan entrar. Aunque está prohibido, ven el chou unos vivales mediante sus celulares. La túnica roja de pugilista en la lona. El compa, el esclavo, en pelotas. El compa avanza. Pinche compa tercermundista urgido, pendejo, baja la guardia. O sea. Se deja. La mamada del siglo piensa. Hasta más piensa, que gocen estas pendejas piensa. Qué gran país. Cierra los ojitos de rata. Casi hasta se recuesta. A gozal… Entonces se llevan las manos a la boca las muchachas. Patricias. En la concurrencia. No se hace esperar el grito, de repente. Y los gritos de ellas. Sale volando a veces el suvenir hasta las gradas. Se desangra el paisa. Se paran de las mesas más cercanas al estrado las chavas: Para que no se les manchen los zapatos prada. Si no entienden la nomenclatura científica no se agüiten. Con que agarren el filin. Tiene que meterse al ruedo el emsí. Más, unos achichincles enormes. Negros con látigos. Látigos de puntas con ganchos. Para contener a las despampanantes, en el centro del escenario, ensangrentadas las caras: que gimen de gusto. Las sacan… Después de la azotada: aplausos o silencios. En el pandemónium o enmudecimiento el compa se despide despacio. Se acurruca en la sábana que extiende generosa la claridad de las luces. Todos aguardan. Atienden. La bocota abierta de babosos como ustedes. Muere. Los meseros silenciosos ignoran ahora los Más chelas. Después ya se apagan las luces. Salen igual los púdls. Aplausos nerviosos finales. Se lo llevan con hartos pujidos los canes.

Caray… Se lo llevaron.

El último adiós batos. Pero, igual, óiganlo, esto: pasado ya de moda.

Una vez mientras en el espectáculo crucificaban a la Magda cuatro tipos usando en lugar de clavos las never mind vi tan claro desde tras bambalinas cómo al Chino atrás en las sombras del resto del edificio que era aún una ruina a pesar del presupuesto ya aprobado, y de los esfuerzos de las muchachas, de las inspecciones de los secretos, de las flores de plástico, etcétera, y, a mitad del acto, cómo le daba un ataque cardiaco. Cómo llegaron los paramédicos, cómo interrumpieron el calvario de la Magdalena, llegan carros de todas partes, nos atajaron en la puerta para que no mirásemos. El Chino no decía una palabra, nada más se agarraba el pecho, el rictus no demasiado diferente al de diario. Es decir, de cuando venía, de cuando residía con el César por aquí. (No aquí, por supuesto. Ahí: Donde ejercíamos. Cerca del rancho). Eso es todo. No supimos más. No teníamos tele ni radio. Se pusieron las túnicas de centuriones los tipos, Magda la blanca embadurnada.

Cómo puedo pensar esto ahora, es casi una herejía…

No he vuelto a oír la lluvia. Las luces están prendidas aquí todas las horas.

Mejor. Pensar. Cuando tuve que humillarme y me sacaron del edificio gótico falso de la corte y el Legorreta me recibió sólo brevemente únicamente me dijo Dice el rumor que Magda sigue libre. Traía yo aún sangre chorreando entre las piernas rasuradas. Enfrente de la falda la mancha le dio risa a la muchedumbre. Solamente: Dice el rumor que Magda sigue libre. Lo que dijo. No supe entonces si era cierto o una mentira. Necesaria para que de alguna forma cobrasen las cosas cierto sentido. Cierta simetría. (¿No es acaso así como gustan las historias?). No… Ignoro siquiera si eso es relevante.

No obstante, la mirada del Legorreta añadió algo más. Encontrarán a otros, decía, eso es facilísimo en estos tiempos, decían sus ojos, mientras me metían a la camioneta, me transportaban seguido de minivans de la televisión y motocicletas. Otra modalidad de circo de moda en el Imperio.

Hasta aquella primera celda.

Y yo pensaba, eso a mí qué me importa.

Temo que sueñe (¿sueño?), un, pregón… ya articulado previamente. Y mejor.

Pensarla libre. En el desierto. O tratando de escarbar bajo la cerca. Aterrorizada por los perros o mordida a perdigones. El Imperio necesita esos muertos. Tal vez más necesarios estos que los que mueren en los plantíos o en el ejército.

Pero… Yolo: no… No. Ahora no es el momento, no quiero ahondar en ello.

Sí. Nona. No Nenia. No aún… El acercamiento a la noche sólo ahora.

¿Pero por qué escogería ella a ése? No, no me refiero por supuesto a Yolo. Sino al inicuo asistente. Al licenciadito. ¿Por lástima, por orgullo, por azar? ¿Porque en público lo nombraban pasante para insultarlo, otro bárbaro cualquiera? ¿O porque él cargaba a su manera públicamente así nuestra deshonra? No… Por supuesto que no. Perdóname Magda. Insulto tu memoria. Tu sufrimiento. No continúo. La noche es aún larga.

(…)

Los días se tornaron vacíos, indistinguibles, una armazón tenue y difusa. Como la costa tras la bruma que casi palpan para no perderse los viejos marinos decrépitos. Para mí este lapso un laberinto de separos, un limbo de ejercicios en un patio, comida donde perros escupen, diarreas intermitentes en cubetas y rincones, rejas que se abren y cierran automáticamente para dejar pasar fantasmas. Hasta que llegaron, antecedidos por Yolo, aquellos hombres y mujer. Llamándose editores. No amenazándome.

Pero exigiendo algo de esto. Ya lo conté, tal vez. Y si no es que no importa.

Porque tal vez sólo sea parte también de esta irrealidad que me abruma.

Como…

Mi madre afuera de una institución lejana donde no estoy, rogándole a una pared. El polvo que ella vela rociado de destellos de velas en vasos translúcidos teñidos. Cantando estrofas que desconocen los centinelas. Que desoyen. Y que yo no oiré…

Y sin embargo me viene a confortar en este instante una imagen. Errática como las otras en estas horas, hojas, pero igualmente bienvenida, como un pedazo de madera porosa, entrevista entre las olas, para el náufrago que se hunde.

El cuarto humilde pero limpio. Si así lo desean estatuillas de la virgen en un estante. Cráneos de azúcar enfilados en la repisa con los nombres de pila de las muchachas. Cubetas de agua, arracadas, disfraces de maestras, enfermeras, etcétera. Lo estándar…

La Magda era del Naza, lo seguiría siendo. Aun después de lo que nos tenía deparados a él y a mí (y a ella) el César. Como siempre él confundiendo la historia. No sólo la cronología. Como confundo yo si debería escribir aquélla en mayúscula. Mas convenciéndose en su más íntimo ser que corregía a ambas. A todas. Y así, de nuevo reescribiéndolas…

Cuando la Magda, a pesar del peligro, se vino conmigo. En aquellos últimos días. En periplos que he preferido no recordar aún. Intentando alcanzar la frontera… Porque tenía que sufrir insistía.

Estuvo conmigo el día en que me detuvieron. Lo dije. No, no fue ahí en el rancho, como lo esperaba yo. No. Me dejó libre, esa vez, del balcón, Para que vagara dijo el César, al menos cuarenta días, por el desierto ése feo, dijo. Con tu chava pero sólo al final. A ella la tengo cariño desde aquel día, por eso la dejo ir a donde se le hinchen, dijo… Ella al final conmigo… Todo chueco. Chusco, recuerdo que pensé… Pero en el recuerdo no se siente así.

Cuarenta días, dijo, sabiéndose original. Dijo Porque así será la historia. Verdad que sí Conchichitas, digo, Chonchita, Condesita? Steve se le acercó, en el balcón, le susurró algo al oído, él sonrió, replicó. No, aquí sólo mis chicharrones truenan. Ora no. Que reescriban todos los putos libros. A lo que Steve se apartó. Dijo Tiene usted razón sire. Perdón…

Y nos dejaron ir.

El preámbulo del fin.

Mas no eso lo que deseaba contar aquí. Titubeo. No eso. No aún… Porque quizás no haya más tiempo.

Cuando la Magda, a pesar del peligro, se vino conmigo. Y ya frente al río. Como lo conté. Porque tenía que sufrir: Cuenta. Sus ojos, alzándose en ella, cuentan,

El César, en ese cuarto humilde pero limpio…, inventando excusas Babas. Lo estándar…

Lo que me conforta: ella. Ahí. Aunque cuente. Ella… No lo que cuenta. De cuando traspusieron el pasillo y entraron al cuarto.

Que no me gustan las cortinas. Percudiditas pero no eso es, es más el colorsito. Que lávate otra vez ahí son las cubetas. A ver pruebarte este perfume…

Y ya luego

Óyeme gata nomás a hacernos vamos los pendejos, no lo tomes a mal.

Esto ni siquiera en un susurro, a voz en pecho Dimas. Dijo el César Que pase el tiempo, el que tilden los de abajo níded. Si quieres hasta nos escondemos abajo de la cama, todavía yo de vez cuando lo hago, aunque nomás para asustar a los de la secta.

Que cuál secta,

Los de la secreta pendeja, deberías saber tú de eso, de abreviando. Joy joy. Si vieras que el otro día casi le da un ataque al corazón al Pato Donald, eso sí sería que un mérito, sabes cuál?, el Fecial, sí, de la risa mientras me buscaban hasta en la sopa de Cont —Cont era? sí, creo que sí, never mind–, me cagué de la y yo abajo de la cama, aguantándome ganas las de mear. Es lo que me hizo salir. Chinga su mais no lo logré esta vez. Para otra me apaño una bacinica como ésta que tienes tú. Chaini nais enamel. Como le digo a mi segundo cuando se le ocurre una gran idea. Refiriéndome al brillo de su pelona. Chaini nais enamel… No refleja el pito desde el fondo. Gudcoáliti. La verga cabrona qué te crees tú tu puto urinal. Eso sí tamaña regañina foquin que le metí. Al Donald. Hasta le recordé a su madre ánade. Joy joy. Que en paz descanse. Puto Pato con la cola entre la patas. Te lo juro júquera. Pocas veces casi ni unas tiene uno el privilegio de atestiguar eso. Ni siquiera yo mismo. El gran César. Me sentí como esos golfos con sus cámaras del discovery channel. Me onderstandes? Después de una su larga espera. En la selva. Qué digo. Cuál selva. Lago será. Chinga valió la pena que sí… Tal vez la próxima… Porque Chaini tú isi…

Que no. Que no te quieres esconder. Tons qué.

Un silencio largo. No necesitas contar más Magda, dije yo. Ella se me acurrucaba.

Creerás que es el hambre Dimas.

(No creo en nada Magda… Creo en todo).

No no te puedo llamar con otro nombre. Pero es que comenzó a ponerse mis trapos el Excelso.

(Por favor, Magda).

Ya encuerado ahí lo tienes probándose brasieres. Las méndigas tangas rojas con el boquete enfrente. Según simulacro pupila de gato. Luego hasta los uniformes. Las faldas de piel falsa imitación crótalo. Un espanto. Se miraba en el espejo. Escúchame. Se puso entonces un condón tricolor caguama como gorro, luego sobre el rostro, y dijo, Soy un pinche terrorista. Ganas hasta dan me de salir y bajar así. Pero alas (alas, Dimas, eso dijo), los nacos, se lo toman todo en tan serio, luego no onderstanden de las bromas… Y no quierote meterte en problemas en evidencia piruja. Que te largan calipso fastuo a ese sitio fuera del Imperio, qué digo, más, del Universo… Nótate que yo a diferencia del dam Chino y de lo que digan de yo mismo yo si me remembero que los dos no son lo mismo… Nótate.

Seguía hablando. Probándose el vestuario. Yo pensaba, aterrada, solamente, con razón el mundo entero le tiene…, tanto miedo. Ningún respeto. Aterrada, Me rematarán contra la barda de afuera o junto a la puerta cuando el sol anaranjee. El omnipresente horizonte el único testigo: agazapado. Ruborizándose, Dimas.

Oye este uniforme de bombero le quedaría retebien a la Chinchichis. Sí, ésa misma la Condechi. Sobre todo con estas lentejuelas y…, esto qué es tú?, ah, y esto para amarrárselo atrás, ah, qué grande, sorprais cuando se abra la Condesa el capote. Zás. En plena reunión de los ocho. Eh? Que cuáles ocho? Uno tu servilleta y los otros los siete enanos. Me siento blanca puta nieves. Siete pendejos aburridos. Que no tienen importancia. Ya le insistí yo al Chino, pero no los quiere traer pacá en bola. Sí, acá. Sus razones aduce. Bla bla bla bla… Una lástima. Ya las cosas no son las mismas… Decía, yo, y sobre todo ahora que a los bomberos los somos queriendo tan héroes… En fin broad. Pero ese nombre no me gusta. Suena a bróder. Y yo no soy ni negro ni puto. Magma me dijiste que te apodan, no?

Hijo de puta. No le molestaba el ridículo Babas… Perdón. Perdóname. También por estas memorias. Que duelen… Que hacía frente a mí. Ante lo que nos rodeaba. Sutil pensé, entonces, sí, me mostraba así que yo no era nada. Lo odié entonces. Entonces también que decidí hacerle el bien. O sea sacar la cruel arma secreta. Soy una mula Babas. Mira hasta cómo te quiero.

3

Después del tiro que no logro contar en capacidad de lo que querían que fuera me llevaron a varios sitios. Verdadero inicio si es que alguno existe, no demasiado después de cuando sueño crucé la frontera por vez primera. Hasta que. En el camino al rancho del César había un caserón enorme a mitad del desierto. Apenas si se divisa desde la carretera la ruta para las trocas. Prólogo de vueltas y más vueltas de pura terracería. Intermitentemente a los costados pistas de aterrizaje. Camufladas con matas y mantas del ejército. Tú no te fijes baboso me respondió el silencio. No me fijo. El edificio aparece. Grande como un hangar. Gris como el huracán que al orco lleva a la pick-up. Al estacionarse ante el umbral (la puerta, descerrajada, restos de mampara contra los mosquitos, y antes, de épocas de la segunda guerra púnica, una bomba de gasolina exánime), aventaron sin más mis cosas (una bolsa) al piso. Apuntaron hacia la puerta. Se ve ya lejos la polvareda que levanta la camioneta al alejarse. Fantasearía yo entonces. Como en las películas, que al meinor llega el lord, formadas afuera en el camino de grava cueint meids mas no aquí. El mayordomo severo cuando los perros ladran. Esto último acá sí. Olía a potasio, cerca no sé qué abandonado de extracción de crudo Porque los grins, dijeron, se pusieron pesados…, lo único que supe, en la camioneta, y ahora que con el pretexto de la seguridad nacional los echaron al fin lejos del rancho, Tampoco era paecharse patrás, había que usar el sait pa nuevos enterpraises bato. Imagino dijeron. Para que no faltase nada en esta pesadilla debería cruzar aquí, es decir, entonces, enfrente de mí, una bola de rastrojo de las que recorren el desierto. No lo hace. Pero en los cortometrajes que arguyeron que luego hice ahí sí pasaba, como detalle, como rúbrica, cruzaba la pantalla, soplaba el viento, mientras una mula muerta ventoseaba allá moscas verdosas. Esto lo vetaron. En lugar de la mula pusieron una mulata. Eso impactó… Pero aquellas películas tan sólo un divertimento. Patetismos. Puras cosas esquivas.

Pergeñadas para rellenar el tiempo muerto. Y seguir viviendo. En otras de recepción no sólo el séquito de doncellas y el mismísimo bótler (pobre Yolo), sino que además por el balcón, en full decolletage, asomaba la institutriz. (Oiría después, y como una burla, tal vez, aquello lo que despertó el entusiasmo (o la ira) de la Cesarina…).

La casa o edificio tenía dos pisos. La vieja señora de quien algo de muy después conté ya antes. Las muchachas robadas de las salidas de las maquilas. Yo, el candidato a vílico. Vílico, así me pusieron. Según ellos, Es feo, ha visto extremos, habla el dialecto, y además parece zonzo qué más quieren… No podría ni irme. Sin olvidar, por supuesto, el disparo. Su efecto. Más: Su significado.

En el centro la pista que no era de baile sino piso de circo. Al inicio planchado aserrín bajo la descolorida lona. Luego ya tartán de atletismo, de estadio olímpico. Y sobre ella ni modo omitirlas. En este recuento. Las piruetas oberanober. Los animales. De la mañana a la noche. Pirámides, estaciones espaciales, moluscos, estrellas, figuras todas que parecían como si uno estuviera en la tierra y voltease al firmamento y viese a las musas desnudas en el mismísimo infierno.

Mi cuarto al fondo del pasillo, entre el retrete estilo castillo y la escalera de incendios. Y el tubo de bomberos por el cual tenían que bajar las mujeres. Insisto que es posible que así no haya sido.

Así lo sueño. No, así lo exigió el César…

O así me lo inventaron. En el juicio. Que ellos así desean creerlo.

Cazaban a las güilas como antes en cotos de caza o casas de campo aristócratas cazaban mariposas. Cuando andaban de compras, cuando salían en sus días libres, las metían en las trocas, las esposan.

Luego ya las entrenaba yo. El Vílico.

Pero fast forward, que la noche avanza.

Por supuesto venían no sólo los achichincles del César y los achichincles de aquellos (aunque estos últimos claro la mayor parte del tiempo) sino el César mismo. Y claro. El Chino. Steve, y la Condesa. De vez en cuando la Cesarina —hasta una vez con su suegra. Aviones a chorro volando arriba. No sólo cuando aquellos visitan, prácticamente casi todos los días, a horas inconvenientes, puteaba yo Qué coño, nomás lo levantan a uno, nosotros cansados de tanto trabajar, entrenar, cosas tan complejas no vistas ni en Babilonia, ésta última, como creo que lo dije, nuestro marco de referencia, por sugerencia del Pato Donald, pero que, poco a poco, dichas cosas, van volviéndose rutina, profesionales, lo que según la Vieja era malo, yo la insultaba, porque sabía que tenía razón, lo que gustaba era, claro, el tufo provinciano, de cosa no estudiada, afirmaba. Ya bebida insistía, Difícil no es alcanzar la perfección escritor (¿cómo es que ella así me llama?), sino perfeccionar la inalcanzabilidad…

Pobre vieja.

Horas y horas de hacerse el baboso. Los yets, por el rancho, nuevas medidas de seguridad, la versión oficial, Bien sabemos nosotras que son para proteger las pistas me aseguraban las muchachas. Remachaban ante mi estupidez Para que aterricen sin pena los narcotraficantes…

Llegaban cada semana camiones con las vituallas. Se llevaban chavas, las traían luego ya podridas. Lo más que se atrevía a balbucear la Vieja, aquella cantaleta ya pasada de moda de, Duérmanse ya pendejas: No hay nada peor para un establecimiento indecente, secreto o no, que una puta cayéndose jetona.

Dijeron en el juicio que yo encontré ahí mi nicho.

Pero igual, óiganlo, esto, pasado ya de moda.

Aquel primer relator extrañamente confirmado. Tuvo siempre razón.

Se lo conté así al Legorreta. Antes del juicio. Tomaba notas. Porque me dijo Quiero saberlo todo. Añadió, a media voz, Mientras más sórdido mejor. Pero luego, al oír toda mi historia, alzó la cara y movió la cabeza. Dijo No. Insistió, No. No es posible. No dijo más.

Me miraba su ayudante.

Como en aquel ergástulo, mientras narro levanto la vista y observo sin enfocar las paredes frías. Que me rodean. Me doy cuenta. El tiempo muere despacio. La memoria adquiere formas breves. Estériles. Por entre las rajaduras del techo. Como matas secas en el desierto interminable…

Calculo que anochece.

Hago un esfuerzo para que mi pensamiento refleje ahora el pavor. Que no siento. El pavor en los rostros de los soldados del imperio que enviaban al edificio. Los subalternos del Pato Donald. Y de quienes, tartamudeando, después de los agradecimientos incontrolados, salía abyecto. Contaba, cómo los sargentos, o quienes fuesen, después de días de entrenamiento, los formaban en los baños. La catilinaria.

Después de los escándalos cabrones en las prisiones obersís y todas esas cochinadas nada de moderfoquers mamadas se nos van allá a que les corten los güevos a nada más. A atenerse a sus foquin suitjarts y a sus seints, marchin in the motherfuckers if they can y a sus misivas de mamá y a sus camaradas aunque jiedan o les guste mamar verga. Nada más. Ningún perdón. Ninguna redención. A aprender lo puto que es amar a Júpiter en tierra de bárbaros. No tienen den escapatoria. Cabrón bien que lo saben. Y no me finjan aquí pues que no son más que pendejos. Que bien lo saben pues. Porque es esto el ejército imperial, o morirse de hambre. Chús… Se jodieron. Y de este regimiento no se me ha rajado nunca ninguno más que muriéndose. A esos cocksuckers sí. A esos sí los he dejado irse. Moderfoquers. Insisto. Motherfuckers.

Más palabras. Pero luego llega a la parte que lo asquea. También al capitán que lo mira.

Todo esto, también, se lo conté al Legorreta entonces. Lo escribió en su cuaderno. Al cual quemaría si es listo y si quiere regresar a ver a su gente. Eso, o se lo quemaron ya unos más escrupulosos. Bienaventurado él si estaba por entonces metido en el bar viendo a las de la celulitis bailarle a los truck drivers. Quédese ahí le dije. Entonces. En la corte. Enterado yo. Quédese ahí le digo. Desde acá. Quédese allá. Tranquilo. Que yo seguiré contando. Y lo que él (el Legorreta) dijo. Esto es para otra ocasión, dijo, de que lo vamos a sacar claro que sí, usted de eso no se preocupe, pero no ahora, es demasiado, digamos, carajo peligroso, el juicio se convertiría en otra cosa…

A esto perplejo casi gritaba increpaciones de desencanto en una esquina de la celda el asistente, calma muchacho, pensé, a continuación está el proceso de perder la fe, pensé, mejor acostúmbrate pronto, a todo lo cual el Legorreta concluyó No, todo esto tan sólo reforzaría la impresión en cualquiera que lo oyese de que nomás está usted obsesionado con estas cosas, precisó Con ese tipo de calumnias, cochinadas, más razón añadida para darle matarili.

Quizás tuviese razón pensé. Lo del sargento que siguió ni siquiera lo escribió. Cuando ordena:

Bájense los chones hijos de sus biches. Pero antes: Aquí entre ustedes y yo odio esto que sigue, es una desgracia para la milicia. Pero son órdenes de arriba, desde muy muy arriba, pero güamay beatin around da foquin bush, bájense los calzones hijos de la ya lo dije, isi, el que la tenga más rara o larga o guateber se salvó de la bastard muerte cabrones, en los desiertos invencibles, así de isi bastards, se larga con la ídem a servir a la patria en otro agujero… Pinche mal youk que me salió por accidente que no me estoy riendo a ver quienes de ustedes hijos de sus propias moderfoquers se atreve a la más mínima nimia risa. En otros endeivors, insisto, que qué coño. Que los caminos de Júpiter, hijos de puta también, son ineluctables.

Es entonces que se adelanta el capitán con una fusta. Y unos penjauses. Dice, Les doy diez minutos diez cabrones. Como si en ésta se les fuera la cagona vida párensela.

Se aclara la garganta. Jálensela que es Babilonia para los lúsers. Para el afortunado un plato de frijoles y unos tacos preparados por greasers y un catre apestoso para dormir, por los rumores que me llegan, harta chinga y fritanga y friega y humillaciones mil como no tienen ni pe idea pero la pensión segura y no para sus parents cabrones para que les pongan a ustedes flores pinches frente a una cruz de mármol o brass o madera igual da con donde abajo dentro de la caja pobre hay puros sacos agusanados de esos de hacer diques llenos del soil del aeropuerto porque no quedó ni puta mierda vuestra o de eni güey que valga la pena traer hasta acá enigüei porque óiganme bien ninguno de ustedes sons of bitches mostofyú güetbacks vuelve a poner un ulcerado o amputado lúser pie en este ombligo del mundo. Me consta. Maybe some. Maybe not. Que de eso se encargan los meros meros allá muy arriba y lejos. Y por ello mismo les estaremos infinitamente agradecidos. Así que no se quejen lúsers. Pero ahora ya saben, diez minuts. Diez. Ocho porque hoy fuck salí bocón. Usad vuestra imaginación. Ya oyeron al sargento.

A ver usted soldado, váyase trayendo aquella metálica métrica cinta.

El asistente. Imagínese todo eso en la tele licenciado.

No, dijo el Legorreta. Estaba temblando. O era la luz. Lila de neón tras el enrejado de la rejilla. No lo creo. Susurró, Ya está el vulgo saturado de estas chingaderas. Lo tienen sin cuidado. Yo pensé entonces en el furor me perdonará pero se equivoca usted señor aprenda de su asistente. Pero permanecí callado. Quizás yo mismo ya para entonces deseaba que las cosas siguiesen su curso forzoso.

El Pato Donald, con ese tonito de abuelo regañón pero (aunque cueste aceptarlo) no de tan mala gente, con sus ojos lagrimosos, y el copete de pelo de otras épocas, la piel como de reptil, untada como si de una sustancia como de hombre rana que hace que sea prácticamente imposible asirlo, atraparlo en, nada, en las fiestas en el edificio

—que quisieron bautizar termas pero el nombre no prosperó (quizás porque no le llamó así el César), y que según Steve son nomás

To blow some steam Dimas, cómo que de qué, de tanta pensadera de qué más Vílico, en el búnquer del rancho, sí, hoy y siempre y cuando sea necesario, que están bien cansados aquí los chífs, dales tú un buen show, nada muy intelectual ni pendejadas de ésas aquí entre nos si antes no las entendían ahora menos cabrón, pero nomás eso sí recuerda si se te duermen unos a pesar de los tragos finos y los habanos caros y la chavas goteando, no te lo tomes tú a pecho, al contrario, tú a lo tuyo, yo te estimo, y yo soy el mero chingonero advaisor del César, por si no te lo han dicho, ah verdad, ya sabes pues entonces el spiel, dile al Yolo y a las del alto octanaje o es aguante la palabreja, que trajimos en la limusina, directo desde las vergas jí jí láfate porque no es por insultar pero cada cosa en su lugar, todo tiene su pleis, in the order of things, qué quieres güey, así es la vida, no, no quiero otro trago, digo, que si tienes éxito y se alebrestan estos ya sabes ahí están ellas, las de a deveras, listas, espero que la Magdita no se lo tome a mal, ni tú tampoco cuate, acuérdate de lo que sigue siendo verdad, o sea, necesitamos, y así será siempre, la madrépora de esclavos muertos de hambre machos y hembras e inbituín para hacer lo que no quieren hacer aquí los cituayens (oye qué me dio a beber hoy el Yolo que estoy tan bocafloja), y chingada más, claro, para las pinches cochinadas, en los distintos campos de batalla, o sea, en los campos, las batallas, ...la pizca, los baños, la cama, etcétera, la lista más larga que las vergas de tus praibets que te manda el Pato, qué te digo a ti lo obvio diud, en fin, resumiendo, decía, que los dejes nomás tranquilos si los ves jeteando, yo me encargo de mantener a raya al resto del estáf y a los secretos...—,

el Pato Donald, el Pato Donald se paraba, en las fiestas, a

mitad de la función, con aquel tonito que nadie oía, sagaz actor, famoso ya entonces por escupir lo primero que se le viniese a la cabeza, o por lo menos así parecía, sin que le molestara en lo más mínimo el bochorno, Pinche plumaje de ánade se quejó una vez Steve, de ahí, de dónde realmente crees su nombrecito, todo se le resbala al cagón…, igual pues en mitad de una función, parado con una copa de champán en la mano, mira con descaro y reto a los otros grandes del Imperio, hasta a la misma Condesa, la Ire-narca del César, como la llamaban algunos pero raras veces (que sus cargos, en orden de importancia creciente, eran, recuerdo y no sé por qué: el Prieto el Cultrario; el Pato, como lo dije ya, creo, no lo sé, el Fecial; el Lobo, el Salio; la Condesa la Irenarca; y el Chino, el Vicecésar), mira a la Condesa, que baja entonces la vista, aparentemente sumisa, tenía ella que venir de vez en cuando, aunque no le agradaba nada, por eso gozando tanto este momento no sólo el Pato, también el Chino, y el Prieto, y los otros sacerdotes del César, que, ahí en sus butacas, eran como putas caras, admirados por inalcanzables, también casi todos los otros trajeados, de quienes el Steve un día me dijo, tan dichara-chero como siniestro siempre, A ti te basta saber son los nuevos arquitectos del Imperio…, aquí, pensaba yo, incongruentes en este ambiente, pero… quizás eso mismo lo atrayente, ahí tam-bién pues atentos, mirando al Pato, parándose éste, mirando éste entonces como con odio filial al Chino, sentado al fondo, como siempre al fondo, dice al fin el Pato Donald aunque no se le oyó muy claro al principio a propósito

Para que veais, damas y caballeros, la veta de la que están forjadas nuestras fuerzas,

–imposible saber entonces (Igual que nunca, decía Steve, yo asentía, aceptaba, no sabía, no teníamos diarios, libros, tele, ra-dio), si estaba o no ebrio–,

Fijaos nomás, continuaba, cotejen…,

volteaba a ver a la Condesa, luego a mí, o al Yolo, que parecía sentirse notado por primera vez en su vida, Comparad nada más con los de las Colonias ni siquiera parecía importunarle o importarle que nosotros estuviésemos vestidos, sirviendo las cervezas, las jeringas, los tequilas, organizando yo el trajín, la coreografía y el vestuario, en las pasarelas, en los pasillos, prosiguió Si ya se regodearon con las fotos de los infieles, ved aquí a estos, a los biners

(Tú tranquilo Dimas, aquí estoy yo, me dice, entonces, susurrante, Steve, omnipresente con su mofletuda cara de querubín, Yo te hago casita, no te me encabrones joy –pinche Steve, dominaba hasta el slang–, tú, tranquilo, pídeme luego lo que quieras para la Magda, para las chavas, para luego, pero sí cabrón, ya oíste, bájate nomás los pantalones, eso, así… –casi un augurio de lo que sucedería (¿sucedió?) en el juicio–),

me los bajo,

Ya vieron, hijos de su respetable, pues

dice esto el Pato mirando entonces hacia el montón de trajeados apilados en una esquina, –mientras se hacía el piadoso ofreciéndome un pañuelo, quemantes lágrimas que creía yo estaban adentro, le pregunté al Steve Quiénes son esos, me dijo Petroleros, banqueros, industriales, narcotraficantes, contratistas–,

pues entonces no me vengan a mí con chingaderas, y abrid nomás la guálet, o debería decir yo la pu…(r)… ssy –sorry ma'am–, y suelten la lana y…

–y también hacia un montón de vejetes, ya luego,

Senadores del imperio, procónsules, judíos del medio este, dijo, Steve, riéndose,

Ah…–

…y déjenos coño en paz, concluyó. Luego se sentó e hizo como que dormía.

…El Pato Donald…

A veces le decían Plutón para no decirle Pluto… No, uno no posee control de sus memorias. ¿Acaso no son éstas el sueño verdadero? Pero volviendo a lo de antes:

Los conscriptos sudando en el estrado de las barracas…

Mis muchachas representando como bien podían a la (estúpido nombre) patria…

Diez, ocho minutos de fama…

El Steve era un sádico. Y no obstante lo estimábamos… A los conscriptos, ya bien escogidos, y entrenados, les entregaba, nomás entraba, a cada uno un sobresito. A ver batos… Le pregunté a la Magda, Qué tráin tú. Dijo, No quieres saber Babas. (Ella, quien, de cariño, ya entonces me llamaba así de vez en cuando… Sin, por supuesto, conocer aún la razón, digamos la justificación profunda que pronto sobrevendría. El mundo es tan raro). Tú todavía eres inocente… Sabía yo que tenía razón, el comentario dolía lo suficiente. Mas le insistía. Ella claudicaba. Mentía. Instantáneas de descuartizados, de soldados chamuscados colgados de estructuras, se les notan aún pedazos de cara, y abajo, en el reborde, sus apellidos, número de regimiento, otras pendejadas de ésas que inventan los hombres, en fin, cuates de estos pobres cuates…, y pastillas de todo, anfetaminas finas lo de menos, viagra de la topsícret que te la para por todo un día, por una semana, que te jala la mismísima médula de los huesos, hasta que eyaculas hueso, hasta que te la cortas tú mismo, con lo que halles, con el cuello de una botella de lo que haya recién estrellada contra la arista de una silla o el estaño del mostrador… Añade, añadió, por piedad, Estos cabrones se la pasan llorando durante todo el coito Babas, se están colapsando desde dentro, como polos norte con el calentamiento atmosférico, no te hagas conmigo el pinche santo que tú bien lo sabes…

Tranquila Magda, la tranquilizaba, sentíame yo un Steve sucedáneo, desvalido, una léyer de inocencia que se va desgajando tersa como si fuese de ozono, por voluntad del imperio, como juran los que saben, Hazte de la vista gorda Magda…,

ni modo, porque tenía que responderle eso, añadía Por qué crees mija que tenemos tal éxito, velos tú nomás a los saudíes aquellos cómo aplauden, de aquí salen limpios, fieles, muchacha. Quizás no decía yo tanto, quizás me callaba.

Ella luego también.

El Pato Donald cabeceando en una butaca coja. Es tan sólo el peso de la responsabilidad, Magda. No duerme. O añadía yo, como letanía, para mí mismo, patéticamente, continuo convencerme, duro y duro como un mantra: Soy tan sólo el bárbaro que hace los quehaceres y manda su lana al fin del mundo… O. Un humilde falcario. Obedezco órdenes. Nada más. Si eso para tantos anteriores fue justificación suficiente. Y. Estoy vivo. Eso también.

Fue una noche cualquiera, a mitad del ajetreo y de los gemidos desde el escenario, cuando vi por primera vez atrás al Chino. Bebiendo únicamente agua (me informaría Yolo). Y nomás milando. Milando. Sería aquélla la razón del nombre. Dijo Yolo. Quizás no, repliqué sin prestarle caso… Siniestro, mirando. Charolaba su calva una luminiscencia pálida. Afuera, un atestadero de porsches y esyuvís negras y búnkeres portátiles o tanquetas que para mí parecían más bien sanitarios de los que usan los albañiles, que por cierto también esos, sanitarios, traían, Pero de lujo Dimas, me dijo a la mañana siguiente una de las niñas, quien —aunque quizás fuera nada más para que le subiéramos la paga— también dijo, que se la llevó ahí esa misma noche el Chino, Y era, Dimas, de lujo el gabinete, jabón del bueno no de éste, del perro agradecido, que usamos nosotras, Ni modo china así es la vida, se lo dije en los dos sentidos, porque ni modo pero se le quedó el apodo, su propia culpa, continuó, Toallas chingonas, harto espéis, los bebés de este lugar han de ser bien grandes porque en una de esas mesitas plegables para cambiarles los pañales Dimas es donde me agujereó, jadeante, sí, el Chino…, no le creí yo, no le creyó nadie, ya un corro alrededor, porque macabro Chino nomás le gusta ver, lo corroboraríamos luego, añadimos entonces aquello tonto de Yolo de eso tal vez la razón de su nombre, Que más no puede, la china…, aunque eso sí no le quedó duda a nadie, al remojar el leftóber de la medialuna en el chocolate (pues como orujos a la estructura, a la solidez de esta historia, y debilitándola, intentan meterse, ésas, llamémoslas licencias, recuerdos tal vez de una vida alterna que me confunden: ¿quién soy en realidad, éste que razona o aquél que sueña –o es aquél éste, ambos yo?), refraseo, al remojar los restos (leftobers en aquella zona) de las tortillas duras en los libatorios de tequila a medio vaciar aún en pie en el bar, decía, no le quedó duda a nadie, del lujo de los gabinetes.

Tremendas cosas. Pero esto era privado. Cuando venía hasta acá la realeza del rancho. Una vez a mitad de los aplausos y nomás por joder a la suegra la Cesarina dice Por qué no viene también mi papito suegro suegrita. Sin dignarse a voltear, aquélla, espetó, Y por qué contigo no viene tu puto marido, cabrona, a ver... Así tal cuál. Murmuró a mi lado, la Vieja, Qué gacho, luego, Fíjense chamacas. Al día siguiente, para incentivarlas, les insistí yo, Esas humillaciones son peores que todas éstas, las dejaba tranquilas con eso un poco, eso creo, o creía, sobre todo a aquéllas que lloraban aún de noche. O sea de día. O que se estaban ya volviendo locas.

Tristes cosas. Tremendas cosas.

No mucho después una nueva que leía en sus ratos de ocio mirando por la ventana la desolación y la sequedad según ella no muy diferente a la pampa dijo influenciada por sus lecturas Esto es lo mismo que en este libro..., y por eso quiso imputarle a la madre del César que venía poco pero que según ella se la quedaba mirando fijo y feo decía esas veces cuando ella hacía sus gracias Que hasta me metía en el corazón el temor del orco Dimas, y le sacaba las lágrimas decía ella, ya para entonces metida bajo las frazadas donde lloraba, el nombre del susodicho libro, que aún en esta somnolencia, si me esfuerzo, puedo verlo, recordarlo, creo, de un tal Gallegos, de nuevo estas licencias que socavan, a golpes le quitamos esa idea, Pendeja güila, gritaba la Vieja, ni se te ocurra, porque sabía que la otra debería de estar ya volviéndose loca, prueba que la madre del César había, tan sólo una vez, aquella contada, venido al edificio, Ni eso ni nada, que vas a acabar muerta, Pero es nomás por este libro Dimas, miralo vos, gemía, Habla bien pendeja, a palos, la Vieja… y yo, quebrándole la voluntad, Sonsa, sólo así…, o así lo recuerdo, detesto recordarlo, en esto que a pesar de ser una pesadilla parece igualmente real, ¿o es que tampoco sé cómo despertar?…, se la tuvieron que llevar al hospital, del condado, la trajeron de vuelta, nunca más se hizo la sabia…

Pero una noche de domingo una pobre encontró, y no sé cómo, la llave del candado que cerraba la puerta desde dentro, y salió corriendo, gritándole leperadas a la noche. Iba yo a recogerla pero me atenazó del brazo la Vieja. No dijo nada. Llevaría yo ahí supongo poco tiempo. Coyotes y el viento, aullaban afuera. Ojalá que hubiesen sido eso, coyotes hambrientos y viento… No supimos más de ella. Al otro día arribó el camión con otro cargamento. El que las bajaba, un güero gordo en overoles, que fingía por payaso un acento de centroeuropeo, escupía No se apuren guapas, que esto no es campo de concentración. Ja ja soltó la carcajada. Arrímense al borde. Alégrense cabronas que no acabaron muertas en la border. Que ésa es la suerte de las que se quejan. Y soltó la otra carcajada que daba así inicio a la semana.

Dijeron los rotativos tener que entrenarlas era mi cruz. Eso me han hecho creer. Dijeron pues bien. Peor porque la que se escapó era la que coronaba la pirámide en el introito, a gatas primero entre dos tipos, la cara cubierta con una bolsa de polietileno, luego parada de cabeza con los brazos en cruz equilibrándose con la boca nada más en never mind…

Mi nicho. Mi sino. Qué sarta de tonterías.

Yo le dije, entonces, en aquel otro separo, antes de todo el desmadre, al licenciado, saliendo del silencio, admirando el valor del asistente, Por qué no cuento yo esto, con pelos y señales. Me tienen que dejar.

Al verle el rostro: No se lo va a creer nadie.

Entonces digo, Por eso mismo ayuda a nuestra causa.

Insisto en esta insistencia ahora. Fútil. Aun así no puedo evitarla. Memoria.

Se quedó pensando, volteó a ver al asistente, murmuró luego incoherencias de las cuales entiendo únicamente miedo de una fractura en las relaciones diplomáticas etcétera. Ja ja me le río, recuerdo me dolía todo, pero no aún las cortadas, todavía aquéllas no sucedían, aún lejos el mal llamado juicio, de no ser por ello hubiese añadido Por favor mi lic no enseñe el cobre. El amaterismo que no es perfección consumada. Aquí el joven, verdesón, sí…, pero usted… En que manos caí, pensé. O pensé: Qué caracteres tan extraños pueblan este delirio. Sacados de un ensueño de tiempos modernos.

No, dijo, y enunció la estrategia. Para evitar disensiones, tuteándome, Es la única chance que tienes güey, dijo muy jirito, parándose y alisándose la corbata con una mano, O nos largamos. Pero te lo advierto por última vez: No. Ni te atrevas… Solamente la pantomima que dije…

Que no recuerdo… De la que desearía también yo enterarme, por este mismo procedimiento, es decir al describirla aquí.

Aquí en esta pesadilla que a pesar de ser real parece también tal, ya lo dije. O viceversa. Y cada vez más seguro de estar haciendo ahora tanto como entonces, es decir: precisamente lo que el Imperio quiere.

Así pues… a relatar. (Y para no pensar). Que los hombres vienen de un campo militar, cercano, los escogían, se dijo ya por qué virtudes, felices no sólo de no tener que dejar el continente, morir en la guerra, etcétera, sino también porque así verán de cerca a los grandes estrategas, que, además, les aplaudirán, les aplauden, cuándo carajos se ha visto esto, Además, argumentaba un general algo alegre un día, luego gritándolo a voz en cuello, después de que se habían retirado ya el Chino y el Steve y sabe Dios quién más del entourage, A poco nosotros no podemos también gozar lo mismo que los rasos allá, joder si tenemos más rango, más años, coño más presupuesto, …y un corazón tan o más tierno, por eso por qué carajos no, por eso que vivan los esclavos…, y terminó en gran estilo con un Me cago en, –o, Chingue su madre– amnistía internacional.

Tremendo espontáneo aplauso, nunca, antes o después, a pesar de las guarradas que se sucedieron, se escuchó nada igual.

Magda me dijo una vez Allá era igual. No le hice mucho caso esa vez. Yo no sabía qué era allá. Pero la escuché. Dijo que igual era allá, pero no tan sofisticado. Tampoco –menos– el calibre de los invitados, o la seguridad. Cosas así. Yo la dejaba hablar. Necesitaba ella hablar. Uno tiene que hablar las cosas Dimas para poder olvidarlas.

Tenía, como siempre, razón…

Por mí se llega a la ciudad del llanto;
Por mí a los reinos de la eterna pena…
Y como no hay en mí fin ni mudanza,
Nada fue antes que yo, sino lo eterno…
Renunciad para siempre a la esperanza.

Sí…

Es así.

(Y eso escribía –con una lata de spray y a salto de mata– como graffiti en la nueva cerca recién inaugurada de la migra imperial, Dante Vergara, un paisano mío. A quien he mencionado varias veces, creo, o quizás no, no lo recuerdo. Mas en él he pensado últimamente. Abandonado igual que yo por el pollero. Poco original destino, ahora que lo pienso se llamaba el pollero Vergilio. Le habrán quizás enjaretado el sobrenombre. Algún exmaestro de prepa de la Colonia al que no le alcanzaba para mantener a su familia. Destino que se burla de uno mientras uno ni se entera. Aquí en este instante está sucediendo algo parecido).

Trastabillo. Tropiezo. De seguro me repito. Reempiezo… U omito. No me preocupa ya la noche acortándose. Acercándose. Aunque es en vano, suplico, señores, editores, no corten este rambling. Es importante: Que así yo avanzo. Existo… Sin obvia dirección, crítica desacertada, pueril. Pero respondo. La única dirección es la muerte. Faltan ignoro cuántas horas. Es mentira cualquier otra estructura encima. Y sin embargo la intento.

Me incomodan estas palabras. Suenan torpes, estultas.

Las costuras de una vida.

Diría Dante Vergara: Como coche sport manejado por gringa fea. Nomás no rait. Gringa palabra inventada por Dante. La correcta es quirite.

De las que morían con un grito cerca del vaho del río, donde me escondí (como al inicio con Dante), donde nos escondimos, hasta no hace mucho, Magda y yo. Cerca del vaho del río, digo, por la heroína que compraban vendiendo el descapotable a los coyotes. Mientras yo acurrucaba apretada a Magda entre mis brazos. Magda que se quejaba del frío. Que desvariaba por el hambre. Antes de que me atraparan…

No, no por el hambre Dimas. Por la derrota.

Y (seis semanas antes) cuando después de lo del César y Magda que aún no conmemoro y que quisiera no pronto el buldócer comenzó a destruir el edificio hubo que despertar de su torpor a las muchachas bajarlas por la escalera de emergencia que antes no empleáramos y que estaba pasando mi cuarto y los baños volados atestada de artículos de tras bambalinas que usábamos poco, mas apenas llegábamos al suelo cuando el buldócer arrasó con la fachada y la puerta o vomitorio y las sillas y la pista y las mesitas rengas y los congeladores de los controlados y de los licores y las luces de colores y los sanitarios del sótano y los tablones de los andamios y los trapos de kevlar y los disfraces de opereta colgados y la pasarela aquella donde se hacía lo de todos los días que no pretendo enumerar mas sí que llegan atrás yips de los militares y comenzaron a meter en los convoyes a las mujeres que si leyeron los diarios acabaron luego ya sabrán dónde aunque quizás no lo dijeron aquellos porque hoy en día los más cobardes son los medios, y suben también a la Vieja que chillaba y decía Tengo tantas influencias namenos pendejos que en el mismísimo rancho, del César, Cierre el hocico slut el macanazo la cubrió de sesos, trepándose luego ellos a los carros y aplanando tierra las aplanadoras y por la noche por encima de todo eso tan sólo vuelan los rugidos del viento y los lamentos de los coyotes hambrientos o viceversa, y las pelotas de rastrojo que usé antes en esta narración para distraerme y en los sketchs y en las películas cuando sobraba tiempo que había que grabarlas para completarnos el gasto –películas para los guardaespaldas, quienes juraban eran para la Cesarina– porque no debíamos aparentar ser nada distinto a lo normal por estos rumbos de ahí nuestra pobreza, enardecida de repente cuando por períodos extensos nos olvidaban pues según rumores el César estaba en otro laredo o entretenido con otra guerra y nosotros, si ya de por sí invisibles o inexistentes, y por tanto desvalidos, entonces menos existíamos.

Soy el testigo, el hombre dos veces invisible. Ése aún mi destino, hoy: aquí. Lo del tiro únicamente el umbral.

Por eso salí ileso, viví lo que sueño, y estoy aquí relatando. Prometiendo.

Magdalena la única otra…

Todo siempre termina sin tiempo, sin saber cómo y por cuánto ha existido. La vida tiene ese ritmo, que es el ritmo de la muerte.

Yo se lo dije al Legorreta, insisto –o lo supo él mismo, cuando ya después, como un poseso, en la sala del juicio, se atizaba la cabeza, con la cara desencajada, el rictus compungido, que va a mudarse en llanto en cualquier próximo instante–, aquella vez que le conté apenas la punta del iceberg, no sabía qué hacer, daba vueltas, como león enjaulado, a la mesa, en la celda previa, y sin embargo mientras tanto, el asistente sonreía extático, con aquel aun ahí ya vetusto entusiasmo de la juventud, Le pegamos al gordo licenciado, va a ser el acontecer judicial del siglo, (acontecer judicial, el pobrecito): el Juicio Final. Hasta se atrevió a decir, Licenciado, qué digo vamos a dinamitar al mismísimo Imperio, como no lo han podido hacer ni las hordas de musulmanes ni la mano de obra barata de los mongoles ni las migraciones de los bárbaros ni las organizaciones internacionales ni las fatalidades naturales o la volatilidad del precio del petróleo, continuaba, continuó, Tan sólo nosotros licenciado, oportunidades como éstas sólo una vez en la vida licenciado, señor.

Lo calló de una bofetada, se sentó frente a mí, en un catre, parecido a éste, de enfrente, que supuestamente es para otro condenado a muerte. (Aunque a mí, a propósito, me han dejado solo). De esto ni una palabra pendejos porque se cancela el juicio final…, temblaba, ya lo dije, Nos lo –nos– mandan a la chingada, sin inyección ni nada, si ya de por sí puede pasar así, y por si no entienden la palabra chingada por ser abstracta o arcaica o bárbara entonces se las deletreo en moderno: Geuaeneteaconacentoeneaemeo.

Después de una pausa en que farfulló algo de Sólo una vez es la vida, pendejo, no sólo una vez en la vida, dijo, añadió, Esto es el nuevo esperanto cabrones, el nuevo lenguaje, no no está en el diccionario, por eso mismo es así vivo, pulsante, como se le habla en la calle… Y yo no tengo ni las más mínimas putas ganas de aprender a mi edad nuevas palabras.

Se hizo el desentendido, estaba aprendiendo.

Con no aval. El resultado será siempre el mismo, pensé. Yo lo sabía. Pobre licenciado Legorreta, así y todo era un idealista: tenía esperanzas… Por eso con él bastaría el por venir.

Con el asistente no.

4

Siguió diciéndome cosas. Desahogándose despacio. Yo la dejaba irse. Como al río casi enfrente. Entrelazado éste de espumas tóxicas y, de vez en cuando, de un sombrero, una gorra, una bota. Yo le acariciaba el fluir del pelo. Miraba la distancia, la hendidura ante la que no se inmuta el Imperio. Ante la que se afianza. Luego el cielo. El otro lado.

Añadió ella nada más lo que siguió, lo obvio, Mas lo has sabido tú desde el principio, dijo. No recordaba yo ya a qué se refería. Además a ti no te sorprende nada, suspiró.

Únicamente que al reescribirla, la vida, resulta ridícula. Insistente. Melodramática. Incongruente o monótona. Como si mostrara entonces su esqueleto. Quizás nunca fue como se recalca, porque sería tan poca cosa como cuando en ella nos insinuamos nosotros. Una tragedia o parodia que apenas transforma a la nada. Ése es el aguijón del tiempo Magda. No la muerte que tememos.

Lo demás sólo me lo dijo hasta el final. Y el resto, sin mayores aspavientos, me lo dijeron sus ojos. Esperando lo inevitable. En la ribera del río o quizás antes. En días anteriores. No pertenecíamos ya entonces ni al imperio triunfante ni al desierto que se extiende inexorable… Mas deseando ella que yo pensara que tampoco aquello significó demasiado. O que precipitó el fin.

Dándole así importancia… Por eso la quise mal.

El resto, pues, parte del lamento u homenaje, debo contarlo, pero no ahora, más tarde…

Me atormento así ahora desapasionadamente. Tal vez la cercanía del fin para los olvidados sea lo que aquellos artefactos eran para los decuriones de élite. No lo sé. Desvarío.

Fue entonces, Dimas, cuando saqué la…

LUBRICÁN

Joder qué calor hace aquí en este éter… Mira güey, las cuentas claras, éstas no son horas de intercorsear necécities, híbridas de necedades con naicities, y por lo tanto no necesarias, estilo cómo está tu mami, hincada desde cuántas semanas, toda rodeada de veladoras, afuera frente a la filtración que se hizo en el muro de otra prisión, en el continente, y que juran que es la virgen. Añadir chingaos oigan putos que aquí no es virgen ni pinche unto de salitre en un muro. Pero ése es pues otro asunto. Que igual aquí no viene al caso. Porque aquí vamos a hablar de cosas picudas que hay que aclarar. Por ejemplo:

¿A poco cabrón no te diste cuenta de la fiaca que traía en una funda de cuero imitación aligueitor chafa en el yíns tu lóyer? El yúnior. Pues qué pendejo. No la guachaste porque andarías acicalándote la peluca. Preocupado quizás porque no tenías con qué rasurarte las pantorrillas. O etcéteras. Mamadas de ésas cuando entre ohs de los colados apareciste en la corte. A tus abogados, venidos de las Colonias, les cayó bien el detallito. Que posque porque iba a ayudar a la causa. Hasta quizás si hasta te prestaron una navaja, de rasurar, no lo sabemos, no andábamos por ahí.

¿Dónde andábamos el resto del vulgo?

Chinga pues ganándonos la vida, en la maquila, o por ay. Efímeros o no. ¿Y ustedes cabronas? Sí, ustedes, las de la cola. El gesto es de ay qué asco: yo no sé ni por qué me molesto en arrear a las güilas dis. Que me acompañan. Is en la cola ésta. Parecen almas en pena. Trup de círculo del infierno: Si por lo menos fueran putonas. Aquí le pedíamos al bato invocador autor del libro un ratito el catre ése. Pero ni pinche eso.

Pero no me quejo.

(No es por joder, pero tampoco sabemos qué chingaos pintamos nosotros aquí. Primero que no, que nuestras voces no se oyen. Eso lo tenemos ya asimilado. Luego, también que dizque porque no hay quien te oiga, o lea dices tú, prefieres esta noche este verbo, como si hubieras escrito. Luego que sí, y aquí estamos, voces, y luego hasta hablamos. Confundidas ustedes también ¿o no, cabronas? Oye bien, tú, el sí en coro. Estamos confundidas, pobres voces que somos. Pero debo decir confundidos. Porque son todas esas güilas en la cola, y yo. Que soy mucho macho. Pero igual aquí estamos. No. Hablo por mí, aquí estoy. Cómo si ni siquiera sabemos si nos has llamado o peor existimos no nos preguntes pues o preguntemos preguntas difíciles. Intromisión mamona o poco convincente quizás ésta pero para lo que eso carajos me importa a mí, me vale madres, como a tí la tuya —además es detalle frente a la hecatombe que se le viene en unas cuantas horas al bato éste pero no lo repitan fuerte batas de la cola que éste no lo sabe, que tampoco no estamos para espantarlo o no más de lo que ya estará el pendejo antes de que le llegue eso— por eso no nos andemos pues por las ramas. La vida es así, una joda, igual carnal para los seres etéreos. Igual pa todos. Así que a joderse. Aquí está la prueba.)

Todo nomás porque yo andaba en el guólmar. Y agarré este pinche libro del anaquel en la cola. De señoras, a estas horas, de seguro con la puta suerte mía las hijas cachondas están en su clase de inglés, o sea de ingles, o sea de balé, o sea de vale. Seim seim. Nomás quería salirme del calorón, pasar el rato. Comprar una coca. Hasta que se apersone la troca que nos va a llevar a vadear el río. Cómo que cuál, si alguien pregunta, el único, el bravo, el de la muerte. El que cruzan los muertos. Conste pues aquí: que yo soy bien macho, y que estoy aquí onli, por azares del destino y para salirme del calor.

Enisgüey somos nomás (¿semos?) los primeros pendejos que acaban de leer los primeros capítulos de tus… memorias (¿mimuars?), o notas, o lo que sea, unos pendejos (yo) que acaban de abrir o lo que sea este libro, en la cola del supermercado, para pasar el rato, y no le ven, la neta, ni pies ni cabeza, ni a la colota ni al mamotreto, bout, es decir, a tu sufrimiento, y que quieren, nomás por joder (yo, otra vez, que esas güilas de adelante no cuentan), poner un poco de certidumbre aquí, con algunas certidumbres (palabrota puta se le atora a uno, la palabrota, en la boca), enisgüey, que por ay oímos, de dónde, de periódicos u otro... médium —me cai que soy chido, etéreo o eterno o no, pero eso sí, chido—, no importa, es detalle, verdad que sí cabronas (fingen ignorarme), eso lo aquello es lo que importa.

Para aclararle pues al bato-autor que me sueña que

(no te duermas cabrón, que estamos aquí las güilas de la cola y yo entrometiéndonos por ti. Para acompañarte...)

que:

¿no me digas que no te fijaste en el cuchillote? Para empezar por ahí. Pinche aserrada hoja de degollar pollos. ¿O es que te acuerdas nomás del suizo?

Puta ya se jeteó otra vez. ¿Cómo pinche es que desperdicia el tiempo así? ¿Y yo, por eso entro aquí? Si yo entré en el guólmar por el eisí. Pero después de... sentir, porque ver no, dejémoslo en sentir, el cuchitril éste bien siniestro donde está encerrado cómo no, hasta creo que le voy a sacar el quite al pinche pollero. A la troca. Pero ¿y luego qué hago?... ¿En qué me gano los centavos? La vida... Que a propós. No sé. Carajos, ya hasta sueno a marica. Es el puto calor... Insisto. ¿Cómo es que puedo estar en la cola del guólmar leyendo estas páginas que leo en el guólmar y aquí al mismo tiempo y en esas páginas? No lo sé. ¿O será que acaso eso es leer? Tal vez. ¿O será también que pinche ayer le entramos cabrón al snif del resistol? Por las ñáñaras, ofcors... No sé. Si por lo menos me hubiera agarrado una chela del anaquel. Pero no, nomás esta pinche coca, y peor al pinche tiempo. Deformación profesional de achichincle de albañil por qué creen que me quiero ir de aquí... Claro, ofcors: nomás por ver, si los piropos les caen bien a las güerotas imperiales. Ay haz de cuenta vienen, en su convertible rojo, güeras de lentes oscuros, yo dizque landesquepeando un garden, engominadasa chida la pelambrera, cuidando de que no se me salte de los liváis la rayita de las nalgas al inclinarme así, así, y pasan, putamadre, pasumecha, las putas, me ven como a cucaracha que se les atraviesa, yo, inflando el pecho, me paro, enchilado (pero benévolo), y, grito, les... Me como su menstruo...

Hijas de la tiznada se siguen derecho… Razón de más si faltaran más para no ir para allá… Si fuera así de fácil. Resignación. Me van a extrañar cabronas…, y lo peor es que ni se van a enterar. Qué castigo más sutil. El mío. Les va a doler en el inconsciente. Donde yo soy el rey. Sin trono ni reina. Cuando se jeteen como aquí éste. Dormido y con todo lo que hablo. Chinga sí hablo mucho, con razón por eso me trajeron aquí. (¿Trajeron? ¿Quién? Si al menos fuera una de esas putas… Que pasó, despreciando…) No importa, es detalle. Otro más. Como: Cara de susto del pobre éste, ahí viendo el váquium, la pared recién encalada rayada de pendejadas. Explícome: ¿Cómo coño no funcionó el piropo?, te das cuenta joy, si funcionaba perfectamente en la Narvarte, se fruncían las criadas como dráculas en madrugada, pero ya las vieras luego, más sangronas que…

Sí tú cabrón, quién más, qué bueno que ya te vas despabilando, desaletargándote, no no te has perdido de nada, puras mamadas, con razón no aguantaste la cabeceada, pero a poco no querías que alguien te arrullara, limosnero y con garrote, debería yo decirte que te arrulle la tuya, postrada en la pared de por allá, como a veinte mil metros de, no corazón, de anchura, muro de las lamentaciones, chance ni muro, reja, lleva ya varios días, hasta salió en las noticias, no, en las de las Colonias, a estos pinches de acá no les importa, hasta salieron tus loyers, en el espacio que se le abre y frunce a la sony. Como a las gringas en el convertible. Simón. Porque tú no oíste lo de más arriba, estabas jetón, qué bueno, y no quiero que me pierdas el respeto, no me quiero ir yo al otro lado —o de regreso, chinga ya me confundí, ya chingaos ni sé dónde ando, sólo que aquí eso sí yo no me quedo…— con que me hayas perdido el respeto, no quiero esa responsabilidad en mi conciencia, porque ¿qué te va a quedar a ti si no, si hasta a lo más etério le pierdes la trós? Entonces sí nos llevó la chingada y eso asusta más que la pelona, créemelo tú…, aunque tu bata que mentas bien lo sabía…

Para que veas que te hablo con respeto, reconociéndote, también tus pinches abogados eran medio sonsos. ¿A poco creiban que podrían en esa celda operarte es un decir en un dos por tres

y ponerte un kótex o yo que sé y luego después de unas horas
cuando te hizo el puto prócer quiutor el cros ecsam y nation
(no se me apantallen que soy humilde, pero practico, pero casi
iba a decir excema y nation…) iban a triunfar con eso de ba-
jarte enfrente de todos la faldita que te hicieron ponerte y enseñar no sólo que creías que eras nena (eso dijeron), sino que
traías tu regla? Mental incontinens o qué le decían. Por favor…
Tercermundismo cerril. Miedo vil. Enfrente de las cámaras, qué
humillación qué vergüenza para la patria que sí que ésa existe.
O ha existido… Pa mí tú que es como el éter. Créele y créele y
no ha existido nunca. Y sin embargo ahí vivimos. Pero entonces
cómo carajos es que estoy yo aquí hablando. Igual atorón es con
la patria… En fin. No lo vamos a resolver aquí. Llore y llore tu
mamita. Y que te pregunta el prócer puto y que te bajas tú la falda. Pendejete. La corte pinche alelada. No se oían ni las moscas,
pelón del juez le sudaba la pelona, putos ventiladores al máximo
no se dan a basto. Como las putas en el día de la virgen…

¿Te gusta oír esto?… ¿Aunque sigas durmiendo? Ta güeno.
Aquí tu servilleta, ya más a gusto en este rol ahora que se me separaron esas pendejas güilas. Pinches indias, bien creídas, nomás
porque compran en guólmar, y el pinche peor es nada, qué, en-
samblando radios, puertas de carros, cualquier otra pendejada y
media. Y no por mucho tiempo cagón porque el Imperio se llevó
el negocio al otro lado del mundo cabrón. Cabronas. Y mírenme
cabronas, si hasta yo compro las cocas aquí… Me ignoran. Igual.
Decía. No me queda mucho tiempo joy, no luedesperdiciar, está
avanzando la cola, y, sin ofenderte, no voy a comprar tu buk,
no no nomás porque no me alcanza la morralla y mañana me
voy al otro lado, del empaier (o sea creo acá, donde estoy orita,
por un ratito, pero no, creo que no es acá, es pinche un resto de
confuso esto, pero yo no tengo la culpa de eso, yo no tengo la
culpa de nada ¿tú tampoco?, ¿son ellos?, no lo sé), sino porque
yo ya sé cómo acabó todo. Y tú no. No no te lo digo porque se
me hace que está en contra de las reglas. ¿De cuáles? ¿De quién?
No sé, del tiempo, de la vida… Ay tú escoge. Iba a decir pero
por lo menos en esto no las del Imperio pero le sacateo a que

con cualquier excusa me vayan a encerrar aquí. Por romper una pinche ley que ignoro y de la que no me voy a enterar nunca. Por pinche terrorista. Como tú. Desmadrones somos nosotros los biners pero todo tiene cabrones un límite. Qué fedoya me salió el eslogan. Pero, o sea, no me preguntes más, porque nomás y me voy. Pero no te agüites. Se ve que se te ha olvidado. Lisen:

Total que te levantaste, de tu cher, te bajaste la esquer. Pinche falda imitación fayuca color ping nuestro, sexi pero sólo si ha salido uno recién de un convento, o se es joto viejo, la vi en la tele, te la bajaste hasta eso con estail, no por nada tantos años de explotación dijo luego el comentador, de la tele, un pinche naco, hijo de su mal dormir, y entonces pinche primero, la calcomanía ahí mero de la virgen, luego,

pero ése fue tu error, no el tuyo cabrón sino el de los loyers que te mandó nuestra Colonia, qué ingenuotes, se creían tan listos, no contaban con su astucia, del imperio, que se las trai, que la trai contigo, al sacarte en praimtaim, encuerándote en la corte, selló tu destino, eso no lo entiendo, quisiera entenderlo, pinches loyers, y eso que el truquito, a primera vista, no les salió nada mal, y eso que jamas sacó de la funda de su pantalón o era portafolio el cuchillote tu lic, dispuesto a todo, pero lo tranquilizó el otro, el mayor, le dijo tranquilícese, no es necesario algo tan dramático, tan radical, mira, y, una versión, porque esto sería antes, no lo vimos, no lo vio nadie, sacó éste, el licenciado de las canas, que era creo yo el mero mero, una navaja suiza, de aquellas buenas, del tacuche, y se te acercó, y te hizo el tajo, o tajos, te puso el kótex, luego te seca las lágrimas, y te explica, y tú pinche no sé qué dirías, no estaba ahí yo, nomás vimos por la tele, la raza, te levantas, te bajas la falda, no trais chones, el tatuaje primero de la virgen, que ya dije, cara de satisfacción desde detrás de su mesa el lic cabrón, canoso, el otro no, nomás lo miraba de reojo pendejo el otro, primero como queriendo decirle se lo dije licenciado, luego más manso, como ah cabrón, pero si este ruco se las sabe todas, viento en popa a toda vela, pero no contaban con la astucia, del chamuco, quién iba a saber que zorros lo iban a sacar en la tele, y quién quiere ver en su libin rúm o rum o urn, depende de si muerto o muriéndose o bien muerto, asegún, y respectivamente, a la hora de tragar la tividíner antré descongelada en el microgüey (para que veas que estoy ya preparado, a emigrar), esas payasadas. Quién. Esto se le pasó hasta a tu lóyer el de las canas, señorón de buen ver, deberías de haberlo volteado a ver que cuando se dio cuenta de que la cámara, grandota en la entrada de la sala de la corte en hombros de un bato con gorra de pelotero, nomás apúntete y apúntete, estiró las manos, trató de bloquear algo, no pudo, metió la melena bien recortada entre las manos, a pesar de que el achichincle todavía con la jeta esa de oh maestro, dime pequeño saltamontes, llamémoslo así pa no confundirlo, querría el novato que todavía traía en su portafolios o pantalón de casimir vaquero la fiaca cabrona que le dijera el otro dime pequeño saltamontes, ok úsala, cómo la usaría, no sé, nunca me enteré del plan be, pero no, no hoy cabrón, que está sintiendo, el oh maestro, para decirlo en elegante lenguaje literario, que se las acaban de meter, y en nacho nal tibí, y no es sensación ésa para andarse con pendejadas, a pesar de que el achichincle el otro lóyer o sea el pequeño saltamontes que para qué le doy nombre si luego no lo uso, al otro le dijo al oído (hasta se le oyó por el micrófono, porque en ese momento se calló el comendador, o sea, el comentador, que pinches reitins se estaban yendo solitos hasta la azotea, como cabras montesas que no necesitan pastor, que ni cuando el tal ojete del ojota, sínson, sin son, simón…, y sínson la madre, sansón, –y tenías que ser tú cabrón, sí, tú, en esta mazmorra, de gua…no…, no me atrevo, o como sea a quien le hablo, el que paga distantes los platos rotos, que ya ni se les oye el quebradero, o sea el pendejo que por un ratito en la Historia aplaca la histeria, siempre la idéntica chingadera, ni modo mano, es un pinche destino nuestro–), le dijo al oído, Pero señor Legotea (o Legorrea o Legoteolareata o por ay, algo así semi popof, pero más que nada exacto), después de esto señor la posición nuestra (eso cabrón, la posición vuestra), queda bien establecida…

Exactamente. Carcajadas hasta en las cocinas, del puto todo Imperio entero, luego añadió, De incompetencia mental, (eso era, hasta ahora me acordé), lo tenemos en la bolsa, señor, Legorgotea, o Legonorrea, o… pa qué la incertidumbre, Maestro, éste con la cabeza entre las manos, maldiciendo a la santa madre de todos los emperadores, Césares, y a las sacrosantas de los presentes, inmolándose públicamente, ahí se le acabó la carrera, no me consta pero cómo carajos podría no.

Pero en fin. Decía yo, que a lo que te truje chencha, piedad es que me tardo para hacértela de emoción, para que se te haga el tiempo leve, la hago de tos a propós, no irás a decir luego que este puto puro macho que te viene a ver como voz de otro mundo (las chingaderas que tiene uno que hacer en esta vida, no te digo, somos nosotros ajonjolí de todos los moles, aunque al menos no me sacan de transvestido en taparrabo sangrando en la tele, …además de esto no se va a enterar nadie, obius lí, con tremenda cárcel de madres ésta ése, porque si no bajón de reputación con las güeras imperiales, algodón desagradecidas pero ya aprenderán, tépidas, que son putonas, pero claro… a menos que aparezca luego en el pinche libro éste que estoy viendo en la cola, o por la cola o por el principio, pero no me da tiempo tampoco de hacer tantas cosas, hablar, aparecer como un sueño dentro de otro, y leer también el resto a ver si aparezco, no está tan gordo pero, no no se pueden hacer dos cosas al mismo tiempo, pero, eso sí, son unos hijos de su madre los bisnesman del Imperio, no se les pasan del radar ni los invisibles, si pueden producirles dinero, pero esperemos en Dios y la virgen que no, además si ni saben, ellos, las gringas, mi nombre, ja ja pinches güeyes), (chin alguien pagó adelante con tarjeta, y no pasa la pendeja, ha de ser robada chamaca…, pero apúrate mamacita, que ni estás tan buena), decía, y que te respeta como lo que eres –un chivo expiatorio más en la cola de miles, eso sí medio despistado y bizarro ahí vestido de marimacho tan patético que ni modo negarlo, etcétera, pero también con su corazonsote, claro– no se apiadó de ti en tus momentos postreros, o sea, decía yo,

¿quién quiere ver en su plasma tibí a un puto bíner que aunque no parezca uno (porque tú no pareces enanito de blanca nieves pero prieto ni bajo aquella peluca pelirroja), babeando más tupido, parte del triq, que si fuera tom cruz cuando se le encueró por primera vez infrón la pinche nicol, ¿agarras el ejemplo?, bajarse la faldita rosa tricolor y enseñar el, chingaos mano a ver si no me corren, censuran, de la cola del supermercado, o de este rarotonga… éter, y después de tanto esperar, por una pinche coca, estos puritanos, en fin, decía, el bálano todo mal rasurado flácido y rajado, en varios cortes transversales como si fuera francfúrter?, ¿y cubierto pa joderla con un kótex? ¿Eh? ¿Ah verdá? Quien esté libre de pecado que tire el primer kótex. A ver si pega en el vulgo esta frase. Lo dudo. Que yo no soy evangelista. Soy sólo otro mojado. Otro bárbaro. Ya de perdis que levante la mano. Insisto pinche señor Poncho —que aquí no hay Poncio— Legorreta le salió el tiro por la culata. Y lo supo ahí mismo, notllet el pequeño saltamontes, qué digo, saltamontículos, mientras tú, escritor, enseñas y enseñas…

(El Gran César en su ranchote aunque no lo supiese articular, no que yo in dat sea la mamá de Tarzán, dijo, para celebrar, algo chido: Cómo me gusta verse tatemar bárbaros en… la silla, lástima Cesarina que ya no existen éstas o best said o sea worst ya no funcionan, deberíamos de comprarnos una aquí para el libin del rancho pa sentar de vez en cuando al chinche Chino, cuando se pone pesadón, dime tú no si a poco no, a ver si nomás del susto le da otro ataque, que la tercera es la vencida, así dicen los bárbaros, nomás por el gusto love de verle el rictus, no me hagas el caso, nomás papando en voz alta, porque —antes de que me te adelantes, joder te gané, te gané joy joy—, soy bien malo, bien, bien malo, total que lo único que no cuesta nada es soñar, o qué no, te apuesto Cesárea que hasta me la regalaban, la silliux, los haría bien felices, voy a hablarle al seudogríser que pusimos de cultrario, me la debe, con el trabajo que nos costó, ponerlo ai, nomás también para recordársela…, sutilmente, ofcors, como todo lo que hago yo, hora del paganini Prieto, ándate con pies de ozono bíner que si no ya sabes dónde te destilo, ahí en la base como al otro, o a succederlo, a dirigir el próximo antro, no me hagas caso Cesariniux, aquí nomás, te digo, papando moscones y blue bonnets…:

Anyway, qué sabes tú de la sensibilidad de un cauboi, eh?...)

Chinche cola no se acaba. ¿No te digo que la tarjeta era robada? Mejor para ti. Te acompaño. No te culpo. Te tocó la más dura, la más parada. Hijos de mierda los reinllers de un macanazo uno a la cabeza otro a la ingle tanks and god (como ellos dicen) que tenías el embutido colmado kótex que te abultaba te subyugaron como decía el comentador en vivo y a todo color y el maremágnum total alrededor, tú tirado en el suelo gritas por tu madre, chingada madre, el tal Lego, desarmado como tal, pidiendo con una garra sobre el reil Miss treil. Hijo de la tiznada, sí se ve lo que le gustaba, pero ay que reconocer también valiente, todo desesperado, despeinado, patético el tipo, qué bueno que no se acordó que traía su tameme el cri-crí, o no era así que le pusimos antes, ahí mismo, junto la fiaca, si no para mí que se hace jaraquirien tibí, praimtaim, ay también. Eso sí que hubiera acrecido el despapaye, el tribuno, saliendo del enjambre de moscas de a ley que se le encaramaban encima de la pelona, como monstruo de laguna negra, cagón dando de martillazos, carpintereando la atmósfera, la cámara chismosa duro pacá, duro pallá, algarabía primero del jurado y luego la estampida, cuando te soltaron los palazos, de campeonato la madriza, te llevaron padentro... y lo demás no sé si interesa.

Pinche epopeya cabrona.

...Las otras batas de la cola ya se adelantaron. Ya pagaron. Mejor. Eran puro argüende, puro nois. Nomás manoseando tu libro sin nada más constructivo que decir. Ganas de decirles, Ni que fueran batas art critics. Sólo unas voces más del montón de las que hay adelante en la cola. O adentro de ti. Guateber. Que en este mundo hay colas pa todo. Mejorales yo, así, solito. Sigo.

Golpes en la puerta. ¿Qué pasa? ¿Dormía? Despierto. ¿Dónde estoy?... No, éste no es el despertar que espero. Una voz. Voces... Que esta noche de entre todas me toque un peón... Y por unas cocas. Qué suerte. Mal... ¿símbolo?... No, no me quejo, no estuve solo, al menos. Golpes en la puerta...

5

Yolo. Yolo dice que la tradición dice que debe asomarme ahora por la ventana. No me pregunte usted señor que bien sabe que soy aquí nuevo, dice, que nomás sé que debo de sacarlo para que usted desde el balcón. Eh sí es cierto, usted ha oído bien en otros sitios dan una paseadita por el pasillo arriba abajo o lo sacan al patio o a que se eche un ráleis o así pero no aquí. Salida al balcón para que vea lo linda que es la vida.

Por eso ha venido al iniciarse la noche. Dan hasta ganas de decirle Yolo es nomás artimaña, Yolo, la buena, asomada, fue... Para qué. Sus ojos de cachorro sugieren Pero dígame usted por el amor de Dios entonces qué. Qué cuadra. No me arguya que el resto. Porque hasta yo sé que no. Y peor aún, hasta ellos.

Quiénes ellos.

Los otros celadores...

Yolando se llamaba Pero los otros le gritan nombres, se quejó en el camino, nombres horribles señor. Caifas, Judas, sí, Pero en versión gris, pendejo, me dicen, decía. O sea, versión gríser, Ándale le agarraste, hijodetuconchamadre. Amenazas también. Gonna sí uno de estos deis culero la que se te sale por ai ése. Por ahí. Por dónde más tú te bilibes... Pero mientras por un carajo al menos cumple con las tradiciones. Aunque te hayan puto aquí por una puta razón onfátomabl puesto pues nos vale una chingada las razones, vas a respetar cabrón las putas tradiciones naisili.

La vida señor.

Una pausa.

Es gesto éste de sadismo digo yo señor pero quién soy yo para distinguir entre lo peor y lo más peor...

Tranquilo.

Después de no mucho llegamos hasta una ventana que antes fue salida de emergencia al patio dice Yolo, y más antes boquete de uno que intentó escaparse. Da el hoyo en la reja de alambre a una especie de plaza. Yolo no se fija en nada. Cuando miro, tan sólo la oscuridad afuera. El desierto relumbra apenas con el albedo de la luna. El desierto color albúmina. Recortes de montañas lejos. No se ve el mar desde aquí… Susurra Yolando para romper el silencio Sobras señor de la luz de aquellos reflectores allá. Al fondo la oscuridad. No se ve nada más. A los ojos que lo observan a él el celador responde No se llega a ver desde aquí señor. Sí, la barda. Está hacia allá, miente. También allá hay una ventana, dice, desde donde se puede ver por lo menos el envés de la tal barda, continúa, falseando, se nota por la luminiscencia algo de la filtración en la pared, no puede parar, pero los reinllers ayer con el pretexto de que Estamos bien búrridos y de Qué pinche draf, a la güindou la sellamos, por nuestros puros güevos, la sellaron, lo cual no tiene sentido, por eso el calor ahorita, vea usted y la hora. No puede parar, tiene que seguir. Con tablones, sí señor, sí.

Espero.

Dice entonces lo que temiera (o no quisiese) la vez anterior decirme…

Y luego, Algo se traen entre manos, estos cabrones.

Miro. La orilla de la noche. Finjo que no escucho. La hora en que los lobos se confunden con los perros…

Yolo. Yol. Que se esfuerza por olvidar el pasado. Lo que sufrimos juntos. Aun mientras redondeaba lo que yo no quiero aceptar aún …

(Así como otros esclavos pasean perros de ricos por parques por casi nada se decía que Yolo los mataba a los perros gatos pericos etcétera que molestaban a los ricos. A pesar de las distancias enormes entre aledañas casas. Murmuración lo sacaron del bote abogados fregones. Luego los ricos lo contrataron para más cosas. En aquel trozo del Imperio sobra plata para tantas cosas. Se hizo así la leyenda. A los dueños de los perros gatos pericos que molestaban a los ricos. O a sus dueños. Una calentadita a la ex, acá, a la novia del jósban, otra, allá. Yolo. Cash nomás. Al principio entendía regular. Traía consigo a un güero güevón, white trash, de traductor. No se daba a basto el pobre. No metía miedo aquella pinta de pulquero. Le mandaba el dinero a su mamá. O a su hermana con quién sabe ya cuánta prole… Costumbrismo rancio que resonaba falso. No sé por qué recuerdo esto ahora. Quizás lo invento. Para no escuchar lo otro. Y lo que hablamos en el retorno).

Hemos regresado. Ha cerrado ya la puerta con el candado. Pasado el cerrojo. Asegurado la mirilla. No vi a nadie más en los pasillos. Solitarios bajo la luz eléctrica. Aunque dijo, susurrando, No hay movimiento que ignoren señor.

No sé si lo volveré a ver.

El acercamiento al fin: Sólo este sesgo estático, continuo. Goteo avaro de un mal cerrado grifo. No la acción tendiente a un clímax. No el ascenso que culmina en caída o cumbre.

Cada gota refleja otra cosa. Un ángulo distorsionado del cuarto, a medias incluido en la imagen amontonada en el piso. Parciales y discontinuas versiones de los únicos alrededores.

El agua no fluye a sitio alguno. Se reafirma. Se estanca en el centro.

Por ello estoy contando esto en la única manera posible.

Cuelga otra gota. Gotear de suero que me mantiene en el sueño. Que este gotear les quite el sueño. Que pronto, tal vez, cesará… Escribo.

Una noche que ignorábamos ya postrera el César Nomás por joder, asistido según las muchachas por los que según las mismas cuando se vienen (ellos, queriendo al jurar esto congraciarse ellas con el César, que ni así las pela) eyaculan nomás agua de Chía, (pobres mis tristes niñas, tontas mías), puso una bomba pequeñita (que le han de haber fabricado algunos de aquellos mismos asistentes expertos, solo no podría, cuando se supone estaba ya durmiendo en su cama), en el chasis de la limusina de la Condesa. Cuando explotó el mecanismo en el estacionamiento que era tan sólo el pedazo barrido de desierto colindante al edificio, la Condesa –según una de las más niñas– estaba adentro de un privado con una de las supermodelos. En discusión de estado a puerta cerrada en medio del caos, se reiría a más no poder el César. El rumor que a ellas llegó es que Ozom, divertida que se dará el César, viendo el video que ordenó que le filmaran. Porque por supuesto, para que la cosa no pasara a mayores, él no vino esa noche, También quizás porque le gustaba ver sus videos solo, una y otra vez, antes de irse a dormir: El rumor… Lo prepararía todo el Chino, o el Steve. O los asistentes de estos. Un maremágnum de helicópteros y tanques y como de trasfondo los márshales y las putas a medio vestir violentamente manoseadas bajo el sol naciente contra el paredón del edificio. Pero por sobre todo aquello, sobrevolándolo como si fuera, la cara de cansancio adustez y hartazgo de la Condesa al salir del cuarto. Salida que alguno de los de la secreta graba con una cámara escondida en el pisacorbatas. Esa jeta valía todos los desvelos decía el César riendo como un niño cuando la miraba a diario –según los chismes que durante la media tarde aquí se multiplicaban con la asiduidad de las espiroquetas.

Yo no sé como lo harían pero es quizás poco sorprendente en estos tiempos en que la realidad miente que la filmación fuese tal que parecía el suceso sucediendo fuera de algún edificio muy diferente al nuestro, aunque igual de triste, y en alguno de aquellos países que se creen aún indemnes a la zarpa del imperio. La cara de la Condesa al otro día en todos los diarios y revistas. Carajo, si supieran, se reía, a cada rato, casi en público, en el rancho, tomando su limonada, o cortando árboles con un hacha, el César. Es lo bonito del poder mami, le insistía a su mamá. Saber uno y hacer cosas útiles que se las tiene sin embargo que callar… Lo demás son chingaderas. Tan distinto de la escuela que tanto trabajo me costó, te acuerdas mami?

Orgullosa ésta. O quizás no. Pero vieja ya. Acariciando a los perros en el jardín del rancho pidió ella –a la que él apoda Cont, su secretaria– ver la cinta. Esta pobre quedó curada de espantos dijo. Dicen que dijo. Refiriéndose a la Condesa. Hasta le hicieron los del servicio secreto su propia copia. Pero fue desde entonces, según los rumores, que comenzó con un poso de terror en la mirada, a mirar al César.

Así como éste Dimas hay sitios por todo el mundo me decían las chiquillas. Cuando yo me sentía otro. Sí, especial. Eso lo que calienta tanto al Pato añadían. Porque cuando nos le acercamos y le tomamos la mano, y se la metemos dulcemente adentro de las tangas, y él la saca como si tocase un cristal frío, no, un molusco, un marisco, algo vivo, un animal, herido, babeante, susurra, entre dientes, como disco rayado, insisten, ellas, Qué coño fueron a hacer aquellos pendejos allá en aquella pendejada de prisión, y las otras si les tenemos tantos antros de estos donde se pueden entretener con cosas más impactantes, los cabrones, pendejos, susurra todo el tiempo, Dimas, retira la mano como si tocara un sentimiento, Carajo nomás yo no lo entiendo, qué extraño es todo. Dice. Creenos.

Les creía yo el fervor. Les agradecía yo el favor. Era como descubrir el hilo negro. Volvía después a la ignominia diaria.

Pero como el Nazareno, no. Decían.

Los narcos aterrizaban en las pistas, veíamos pasar casi a diario a las camionetas negras. Cuyas nubes de tierra se confundían con aquéllas de las de la comida etcétera que venían del rancho. Las muchachas salían a saludar a los aparatos mientras ascendían. Yo recordaba mal el pasado. Y olvidaba el resto a cada instante.

Trajeron una vez a un montón de árabes. Para demostrarles que lo que pasaba aquí dentro no era un insulto. Sino exactamente lo contrario. Pidieron por teléfono desde el rancho la crucifixión de la Magdalena. Preparamos por anticipado por días enteros a los praibets. La Magda ya para entonces lloraba casi todos los días.

Not enough…

Porque pedirían luego la crucifixión del Nazareno. El César, entonces ubicuo, se puso serio. Aunque era claro que intentaba copiarle la expresión al Chino. El Lobo –el ideólogo– presente, en la platea, se hacía el desentendido. Pero si coño eso es la piedra angular de vuestra fe dijo serio también el sheik. Todos voltearon entonces a verlo. Después al César. Luego a mí (¡a mí!). Enorme problema geopolítico, o histórico, o filosófico, lo que fuera, listo para reventar, ahí, en los débiles hombros de un soñador que improvisa. Finge. Suerte que entonces soltó la carcajada el saudi. De puro gusto y rilif como decía la cara angelical del Steve, lo metieron a un cuarto con cuatro de las modelos que trajeron ellos mismos en una limusina. Y que miraban desde tan alto a las locales. Putas güilas del inframundo susurraban recio. Antes de meterse el tipo al cuarto, desde el descansillo, decretó, en alta voz, Nosotros y el Nazareno somos los puntales de este Imperio. Silencio tenso largo abajo.

Amén –gritó el César. No se lo susurró nadie. No el Lobo no el Chino. No el Pato que estaba lejos. Todos levantaron las copas. Brindaron. Aplaudieron. De pie todos de pie excepto el Chino, sentado en su butaca. Con su semisonrisa. Brindaron con champaña.

En la madrugada sacaron al árabe en una ambulancia.

Una de las beldades tales un día por el micrófono del estrado después de bailar contra el tubo pidió que la crucificaran. A mí, jadeaba. Los praibets, hijos de puta, se regocijaron. Carne blanca al fin, gemían, los muy cabrones. Los generales bebidos babeantes. La cara del Pato idéntica, con el rictus avezado de asco. Se hizo… A los presentes no les satisfizo. Pero el espectáculo nadie sabe cómo apareció de manera clandestina en algo que no conozco y que no había imaginado hasta ahora y que apodan internet. Suerte que podría ser cualquier set. Causó furor, aparentemente. No sé yo más. Pero con la guerra y las bombas y el huracán y el precio del crudo aquello fue solamente un pie de página más para distraer a la gente. Se sospechó (según hizo colar la información el Steve) de la Condesa. Bien sabido ya harta de tanta pendejada. Pero el César andaba ya para entonces en otras ondas —sus propias palabras. Concentrado en unos artefactos que van a destruir desde el cielo todo lo que amenace desde la tierra al Imperio. Sonaba perfecto para el César visionario. Lo suficientemente inasequible para que beneficiase a un número casi incontable de sus contratistas—. Se le había olvidado por un tiempo este rincón del mundo. Cuando los demás lo miraban, descansaban tranquilos. Sólo su madre, avejentada, lo miraba con aún más miedo.

Cosas que la Vieja contaba. Nimiedades que no cosas. Como las migajas que uno avienta a las palomas. Pero que, aseguraba ella, algún día nos sacaran de aprietos… Marcan el sendero. Como el de los niños del cuento.

Las suelto aquí pues como en aquél. No menos precavido o ingenuo para que me revelen el retorno.

Aunque se las comerán los zopilotes…

Porque los presentes, insistía la Vieja, con cierta expresión bucólica, cuando contaba estas cosas (yo escuchaba, como hoy, lo que bien sabía), siempre prefirieron a las más pobres. Porque la verdadera pasión la sufren los pobres. Los que no pertenecen más que al olvido. Al que el Imperio idolatra, insistía. Se la llevaban luego las muchachas a la cocinita para que se tomara su té para los nervios. Qué extraño es todo, repetía, mientras se perdían por el pasillo oscuro.

6

Aceptarlo, pues. En la caminada de regreso dijo Yolo que lo pusieron a él aquí a propósito Nomás por esto, para que yo lo vea. Por piedad o por sadismo no lo sé señor. Tengo miedo señor, dijo, mientras mirábamos la oscuridad, apenas contra mi cara la sensación del aire, fresco inmóvil, afuera, y seco. Me van a forzar a que dispare las sustancias.

Algo así dijo. Sentí que iba a llorar.

Por más que intento yo ver algo no logro ver nada. Ni siquiera una estrella. Sabiendo yo que mentía el inicio, le digo, No sé bien por qué, pero ¿te acuerdas cuando el Steve, quizás ebrio, se trajo una rubia de aquéllas que juraban las muchachas costarán miles por hora, y la puso en la tarima, y se quitó la ropa, y no pudo?

Me mira Yolo con ojos de perro. Neutros, agradecidos, cáusticos. ¿Qué puede ante eso decir uno, que ante la vida se comporta como ante una herida? Yolo o Magda no recordaba yo, dije Yolo, le llevó usted una manta de cama, se la puso en las nalgas al Steve. Se soltó llorando el Steve. El Chino lo tenía todo en la cámara. El Steve lo sabía. No le importó en lo más mínimo salvo lo último. Que la mujer, las piernas abiertas torneadas oliváceas y los senos altivos, se mirase entonces las uñas. Esa puta se la pararía hasta al César, era la fama. La leyenda. Qué coño, hasta a la Cesarina la hija de puta. El non plus ultra. De acuerdo al mismo Steve. Entonces cómo no al Steve. Según él el controlador (y no el Chino) de los hilos mágicos. ¿Recuerdas?

De veras que sí señor: Misterio.

Continúo. Aunque no parecía molestarle a ella. Tumbada bajo las luces. Uñas violáceas. Cabellera caoba en la sombra. Ganándose la plata. Eso fue lo que encendió al otro. Al Prieto. Al dizque paisa encargado de la más puta de todas ellas. De la justicia.

A poco no Yolo.

Sí señor…

Porque lo estaba yo reinventando, que nada hay nuevo bajo el sol, y porque entendió el gesto, por qué más si no por eso, me respondió Por supuesto señor, cómo podría yo olvidarlo.

Porque. Se quedó viendo el Prieto a Yolo que era el único prieto entre ese mar de centinelas del servicio secreto babeando para ver si rifaban pues a la colguerl Que de esas pulgas no brincan en nuestro colchón parecía que se decían en su idioma. O será que el Prieto, que era general también, sabía, va a haber un motín por la tipa, aunque total qué importa eso, pero quería otra cosa, sabría que lo fiscaliza el Chino, en ese instante preciso, a ver cómo metes cabrón aquí en el redil a los prietos, el Pato Donald está por allá lejos haciendo lo suyo, a ver tú, acá, empieza aquí, a ver cabrón…, no lo dijo, nadie lo hubiera visto, pero no, no lo dijo, pero como si lo hubiera dicho, el Chino, y estuviera en el antro, visible, en la silla del fondo, el Prieto por lo tanto suda, como ahora, aquí, en esta noche, ante el enrejado y la noche, Yolo, ve en ese momento aquél a Yolo, él mismo fue el que le dio con un grito el clírans:

Ahí mismo la destazas

dijo. Apuntó con los ojos al cuchillo sobre el mostrador. Con el que Yolo parte los limones para las cervezas. Junto a las botanas atónitas.

El Prieto. De cuyo nombre no quiero acordarme.

Pensó el Prieto, justificándose, Por lo menos, si no se entera el Chino, le estoy ahorrando tácsmoni a los contribuyentes. Pa que se lo gasten los negros en cupones del supermárquet. Foquin moni son cuatro mil varos o más pensaba. Se justifica así aún más. Este bato que nomás guacha (se referiría al Steve) ha sufrido tanto como ustedes batos es lo que dice su mirada que se estrelló en los ojos del otro. De Yolo. No le quedó a éste otra…

Caminando ya por el pasillo de regreso, sombras múltiples en el suelo, que no son sombra de dos hombres, son manchas o las sombras de fantasmas:

Prosigo. Para ayudarlo.

¿O fue el Chino quien te dijo?

No señor. Fue el otro, el que usted dice.

El que te lo dijo.

Sí señor.

Entonces Yolo…, qué te pasa ahora… Haz de cuenta…

Los ruidos de las pisadas.

No sé señor. Pero le agradezco el gesto señor. De todo corazón se lo agradezco…

Le cuelga el sudor por la frente. En su funda la cacha de la pistola suda. Luz ya de la luz de neón. Inunda los pasillos. No deja ver nada. Solamente dos hombres en el último instante en que trasciende luz celeste: Inexistente.

Inexistente: Afuera el Imperio. Duerme. Más allá el miedo. Las fronteras. Las hordas de los bárbaros.

El miedo.

El mismo.

Quizás ése y no otra la causa…

Al otro día No chinguen dijo el Chino. Chingaderas dijo el Chino. Pero por supuesto no dijo nada de eso. La expresión inteligentísima. Lo que dijo lo habrá dicho en chino porque no quedó su rastro en memoria ninguna.

Mas seguramente terminaría diciendo A mí no me pasa lo que al Pato Donald. Fue lo único que se entendió. Que dijo. Estremecedor. Al viento. Steve es el viento. Steve no necesitaba más palabras. Aunque no lo hubiese dicho el Chino. Pero si el Chino no lo decía Steve no podía. Cuando lo dijese el Chino él sí podría. Y lo dijo el Chino. Steve pudo:

Hizo la llamada.

Para que al otro día vinieran los buldóceres.

Que no vinieron. No entonces.

Se reiría el Chino. Por supuesto. Había demostrado lo que deseaba. Ante el Steve, el Prieto, la raza, etcétera… La otra impotencia. Como si fuese necesario.

Aunque no mucho después de aquello fue lo de su corazón.

Etcétera. Ya lo conté o contaré. Al calce, en las miradas en el pasillo, digo, A las putas las mataron. No añado Total entre tantas otras muertas otras más ni quien las eche de menos. O, Tan fácil fue que ni hasta les dejó sensación de satisfacción.

Pero esta noche…

¿Cómo pude recordarle yo estas cosas?

Sin embargo lo hice. Agradecido fue entonces cuando me dijo el resto…

Que tampoco quiero repasar. No aún.

Luego yo. Qué tal si te lo pido yo ahora. Dije, después. Con la misma voz apagada y la mirada de aquél. Pero aquí.

Únicamente movió la cabeza. Desbordada tristeza suya daba hasta tristeza. Se lo agradezco infinitamente señor. Pero es hora de que volvamos a la celda.

Es la tradición vas a decir. ¿Acaso entonces han cambiado tanto las cosas, Yolo? Caín, Judas, etcétera.

Usted ve que sí señor. Pero nada más el orden de las cosas. Los nombres de las cosas. No las cosas mismas…

No pudo continuar. Le rodaban las lágrimas. Se secó la cara, el sudor, las lágrimas. Se le quedó la mancha de cara pintada en el pañuelo. Para qué insistir más. Antes de que me metiera a la celda le dije solamente Guarda ese pañuelo. Que va a acabar en un.

No acabé la oración.

Gracias señor. Más por lo otro.

Me entregó un sobre.

Buena suerte Yolo…

La mirilla.

Y en mi vigilia Yol es otro. Yol. Joll. Lo único que vagamente recuerdo, aquí –¿recuerdo?– de lo que ayer (¿ayer?) escribí. O no…

Quiero perderme otra vez. Olvidarme. Lo fuerzo

Sigo. Pues. Luego por más que el Legotea Maestro o quien quiera que lo reemplazó o remplazaron si es que lo o los reemplazaron aunque lo dudo le hicieron al pedo arguyendo que todo esto era prueba de su mismo argumento etcétera parece nada prosperó pero la hicieron de tos por un buen rato ya tú en el ergástulo volviéndote loco.

Tal vez ya en esta base.

No, no tienes porqué darme las gracias cabrón. La neta fue casi un placer y creo no tan mal lo hice aquí humildemente me autopiropeo. Invento el verbo. Chingaos si campeón nacional de la Narvarte pero del otro lado del imperio parece que ni eso vale. Digo lo hice no tan mal porque como lo cuento no sé si te cayó el veinte pero es difícil saber si es real o no. O sueño o verdad. Pero eso sólo detalle. Enisgüey les va a gustar si no chin su ma a esos que decías eran editores de los que has estado hablando también que dices te visitaron, en estas precisas páginas de este mencionado libro que tengo en las manos en esta cola todavía eterna, sí también etérea, como si fuera la del averno, pero igual no termina, que dices te visitaron, todo eso otro sueño también, como esto, así que tranquilo, tranquilo, no, no es nada, un placer, si ay nomás pudieras completarme pa los chescos, que si sí reta-chaba este six pack de cocas daiet venenosas que son que es el más chinga barato y me traía uno de tecates bien frígidas como las imperiales de la minifalda en el convertible álgido, que qué se creen, ésas, dime tú, pinche Ben-hur o qué, con las pantorrillas rasuradas, pero ni te molestes, frustándote así, que porque no tienes, o que no se puede, transportar monedas o otras chingade-ras a través de la nada, alguna otra pinche ley cagona pero hecha para romperse, pero no no por mí, oh no, no quiero acabar en una puta jaula como ésta, si apenas si cabes cabrón, con la mesa la tele empotrada el retrete, dos pasos de largo por uno de ancho hijos de su puta madre… el horror… Además de porque quién quiere hacer otra vez la pinche cola, acabaría yo teniéndote que contar un montón de otras cosas espantosas de más antes…, y la mera ernesta me da… no terror, güeva.

Orrai. Pero que sea lo último. ¿Por quién? ¿Por testigos? ¿Que trajeron los ahogados? (Les digo así porque se les sumió el piso, y enmudecieron, como no sólo a la pinche letra be…) Ay cabrón qué crees que soy wikipedia virtual o qué. (…Por lo menos no me pregunta por el porvenir. No hay pues de qué quejarse. Hay que darle pues chance…). Lástima que se fueron ya las güilas las de adelante, las de la cola, lástima también lo gordas, no lo gordas no, lo fofas, porque igual estaban leyendo tu libraco, lo jalaron como yo del anaquel, para pasar el rato, menos mugre lo salpica a uno así que con el encuereir, creo se pronuncia, pero dónde las fotos, que decía (aquí sí agárrate), que encontraron la tumba de Elvis, en un barrio de Babilonia, dice, donde pensaban estaban unas tales armas molonas, de destrucción más iva, así de chingonas, serían, y pinche cuáles, catapultas enterradas, no había puta ni una, pero no se fueron con las manos vacías, por supuesto que no, si nomás eso faltaba, que muy dura es la suerte de los ricos, porque estaba ahí la meritita puta tumba de Elvis, y además vacía, imagínate las consecuencias, la trascendencia…

Digo. De lo que se entera uno nomás papando moscas.

(Pinche tal Cesarina es una pendeja deadevis que tiene razón el tal César…)

Decía. Regresando a lo que me preguntastes. Porque las mujeres se acuerdan de esas cosas. De esos detalles. Porque son sólo detalles. Lo que preguntas. Culeras. Ora boa tener que improvais.

Sí un jomles que jalaba una manta. No no una mujer. Esto al inicio, del juicio. No no de ojos verdes sino oscuros, pero que metía con cern. Lo trajeron encadenado. Porque dizque te conocía. De la tropa del Nazareno asintió. Parece dijeron era de baja catego. Si no no andaría con los grilletes. O vendiéndose vilmente, para agarrarte a ti, un pobre pendejo. Digo, así con todo respeto. Lo bueno de ser invisible es que uno puede decir la verdad cruda. Tal cual. Por eso les grito otra vez a las tipas del convertible cuando ay van lickers pussy free frígidas… Caray. ¿Eh? Sí, un montón de inventos. Que eras matarife. Yo qué sé. Te pusieron por las nubes. No parecía preocuparle gran cosa al maestro del pequeño saltamontes. ¿O quedamos Legorreta? No me rimember. El de las canas y la melena. Y la navajita pendeja roja. Cómo va a iniciarse como matarife de narcos en restoranes italianos este pobre dijo. Por favor. No, no lo dijo, lo pensaba, las cejas arqueadas. Y menos del Nazareno, que entra y sale de donde quiere, y cuando quiere. (Haz de cuenta como yo. Pero él de seguro sí entraba en las imaginaciones-recámaras de encueradas-platinadas en esas mansionasas no como yo aquí jodiendo paradote en la cola del supermárket). Que si eras de los llamados apóstoles, tamaño carcajadón desde el proscenio, silencio por favor, le preguntaron al teporocho, creo. Ya no me acuerdo qué dijo. El teporocho-testigo que según esto era lugarteniente del Nazareno con un total güer eso sí se me pegó de bienes reportados a los batos tributarios de más de cien millones de denarios, que incluían una casa en no sé qué isla de esto me acuerdo porque ahí lo agarraron al teporocho-testigo en fraganti en tremendo bacanal con tatuadas según el prosequiutor. Luego hubo que maquillarlo de teporocho eso se lo calló el tribuno, chinche buen maquillista digo yo, eso porque era ése un pendejo de la calle, me cai por ésta, pero en el imperio el dinero lo puede todo, y esto no se llevaría mucho, así como se veía obvio, ni duda por lo igual de jodidos, que tú tuvieses con él contacto, de seguro, al menos, lo guacharías alguna vez bajo un puente, el teporocho testigo, dijo, Pendejos la tienen bien chueca, luego añadió, Y me refiero a la historia. Dijo el prosequiutor, O inyecchon llurónor, Sustéin, o como sea que dicen los tribunos en latín culto. No más. Aunque no se paró nadie a ponerle su inyección. Mundo irreal y cruel, éste es. Y luego resulta con todo que es nomás pantalla para otra faramalla. Chingada madre. O, en latín bajo. Tanto pedo para cagar aguado.

Las ventajas de no ser nada. Yo no sé si extiendo nada más el error o propago la fe pero creo que dijo que tú te los tronabas poniéndoles el arma en el culo. Terrorista desalmado. Dio un manotazo a la mesa el Legorreta, dijo algo como Cómo tan desesperado está el César, no sé si fue así, textual o no, pero si recuerdo que dijeron en los periódicos aunque no sé cómo los conseguiría tal vez venían envolviendo tortillas y los leyera a la hora del lonch que la mitad de la mitad de la sala dijo ah y la otra oh nos y los que sobraron oh my gods y sólo el resto no y se río. La escisión del Imperio pareciera calcarse ay en la sonrisa tristísima del leguleyo venido de nuestras tierras más allá de las fronteras. (Ah cabrón me salió chingón. Qué frase. Será la sangre que ya me circula porque ya avanza la cola…Y no recorren en mi imaginación las del carro).

Y yo que pensé que nomás estaba alivianándotela bato. Namás.

Ya me acuerdo, luego el testigo dijo que no, ay como que por primera vez bajó la guardia, se amansó, lo otro parecía recitado: Dijo que tú eras nada más un advenedizo, un usado, un desarraigado. El puto que paga el pato. Que no habías hecho nada. Ni bueno ni malo. Ni habías atentado contra el Imperio. Ni contra la sacrosanta seguridad, más sagrada para el Imperio que lo que la jefa lo es para nosotros. Eso no sé si lo entendieron. Pero por eso mismo te agarraron, dijo, si no pues no. Igual que yo, dijo. Tristísimo. Desgraciados peleles por eso no tenemos futuro. Ni vendías nada. Ni matabas a nadie, un sirviente, añadió Ni a las moscas que se le pegan en la sangre, y en la baba, al baboso, perdóname mano, (ya te iban sacando los policías), pero me obligan a decirte así, dijo, dirigiéndose a ti, se le transparentaba el miedo, se le aparentaba, se le escurría. Pero bien saben que sabes demasiado. Aquí fue un griterío de risotadas la sala y el juez el de las moscas que ya introduje dio lo que serían los primeros de los martillazos.

Para mí que fue más o menos para entonces que se les ocurrió lo de los tajos y el kótex. Inventiva de chingados. En mi opinión. Cómo explicarla si no.

Siguió el otro raun. El nocáu.

Pinche cola. Avancen caracho. Pero para qué te cuento esto… si estabas tú ahí. Cuéntalo tú mejor que yo. Que me está oliendo mal esto. Porque yo aquí nomás dejándome ir. Haciéndome el pendejo. Y tú se me hace nomás me estás checando. Cacheando, cachondeando. Ol. Riéndote por dentro. (Pero eso yo lo notaría, ¿o no?, no lo sé.) Pensando, Muy etéreo y muy muy y fufurufis y chuchita y sus chichotas y conocedor del corazón de las batas e intocable además pero en el fondo un pendejo, un pobre diablo que no ha llegado todavía ni a mojado. Ni a pinche esclavo. Me has estado maniobrando cabrón para tus fines. No cómo voy a estar seguro, si ni sé pa qué no preguntas lo que se te viene. No mano, caliente, caliente, pero peor, peor, creo, pero ya no digo más. Toy ciscao: Piedad… para mí que aun en ella hay gato encerrado. Ya no sé que pensar. Pensé yo de aquí me largo con la mente tranquila. Desacalorado. Pero ya ni eso. Yo ya no creo en nada. Y menos que nada en estas pinches cocas sudadas.

Ya casi llego jai güeber a la caja registradora.

Dejo el puto libruco junto al encuereir de ayer. Y las llilé. Las Bob el gom. Suerte cabrona la mía de que ya me toca justo pagar en la fila. Ay está, guáchalo, sí existe, pero mira como lo aviento contra el anaquel, a tu pinche libro. Así es la realidad postuma. Pos toma. Así es. También, el pinche nombre el que le pusieron. O le pusistes. Nomás para hacerlo caer a uno… El puto anzuelo.

Ya.

No no me llevo el libro nena. A ver si venden ustedes aquí alguna vez literatura. Dile al mánaller. Literatura, de vaqueros con indios. No te encabrones mamacita, no no me eches esos ojos de y éste pinche puto, si soy bien jalador, quieres verlo, ah verdá, güáchale, pérate entons, aquí tienes para las cocas, calmantes montes que no se te va a alebrestar la cola —eso, la fila— por unos pinches minutitos más, toy lento pero es que no voy a sacar al que güishas tanto, de ay el alebreste, sino los centavos es que estaba ensimismado en mí mismo, sabes, acordándome de cositas, ricas, claro, no nada, no es cierto, ya quisiera yo, pura pendejada bata, de cómo nos tratan, o tú no te fijas, ¿no?, no te fijes pues, pero ya me vas a ver cuando regrese yo, en un convertible rojo y con dos chichonas, ich arm, pero pa mientras, pa que me extrañes nena, y te arrepientas, chinga sí ay te va la pinche formula mágica, mírenla riéndose, si tienes rebonitos dientes, sabes qué, nomás aquí entre tú y nos, para endulzarte el mal sabor de boca de la pinche cola, cómo que órale, si eres tú la que me agredes, si yo el que tuve que pararme ay, aguantarme, es que llega hasta el pinche refrigerador de la leche, eso mero dije, y bien macho dije, te lo juro por ésta, pero es que en esos momentos como estos que es cuando uno menos se lo espera se entera uno de tanto dolor... pero en fin, ya, ya me voy, pero pérate, te dejo ésta, la prometida, ¿no te dije?, de puro dadivoso que soy, no no la lana de propina, el vuelto, no me decepciones chula, no, échalo pacá, ésta, aquí viene, está un poco frío el motoroil pero, pérate: ... ejem, ejem..., ¿lista?, ¿con tu sit bél?, ¿on? okey...coño, paciencia, que no es enchílame otra, ay viene, la siento, éste, órale:

Me como tu caca.

No. Es inútil.

Triste.

Frívolo. Impío. Quizás por un instante, pero no logro dormir.

Aquí. 7. Borroneo. Siete, creo. No importa. Quizás no valga la pena...

Pero dejo aquí escrito lo que tal vez luego pasó.

Yolo regresa al puesto.

Fuckin Yolanda eres una pendejo por qué te bilibes que en estos meses te hemos puesto putos de nombres, como a quién engañas hijodetuconchamadre que te haz entender con el loco. Igual pendejo quel. Aunque tú la mera trú más convincente ser. Eso si isení que sí boys?

(Oye en coro el sí.)

Soy Mandel, el que manda.

Los reinyers, reinyers pendejo, reinyers, como que dices reyes, pero cuando te llueve, porque te purea, a ti, la rein, o sea rein reyes o sea, reinyers, esforzandonose en ensenarte la lengua, aunque tú deberías nos llamar mistagogos, como mist-a-go-go, nice, pero no tienes ni puta idea de lo que eso significa…

Los reinyers nosotros, aun aquí en esta pinche isla somos, güí, con la tele puesta en una telecomedia, comiendo donas, aventándote pedos, aventándonos entre nos calcetines puercos, besándole uno la picha a una mona de plástico con cara de china atrás donde los casilleros responden esos sí átonos el sí.

Cuando el guardia Yolo entra con su cena, y su pepsi.

Fuckin tacos huelen a bíner lárgate a tragárteles al rellano.

Huecas anfractuosas inarmónicas carcajadas. Átonas.

Luego en el pasillo Retreat to the retrete rata. Pero ahí aguas…

Tenía que aguantarse las ganas. Se hace de las aguas por las rejillas de los separos. Lo otro se lo aguanta. Hasta que llega a las barracas. No mejor que el cuarto de motel de tercera de los leguleyos aquellos lejos que seguirán intentando lo imposible. Qué extraño es todo, repetirá alguna vez Yolo. Tratará de hallarle significado pero no lo hallará. Cansa el pensar. Tiene ganas de llorar. Será nada más algo más sin sentido, concluye. Como cuando nos alejamos juntos por el pasillo oscuro.

(…)

Es casi noche.

Afuera, como si nada, la noche interplanetaria.

SOMBRAS

en este momento pa que lo sepas es dejando migra entrar por el puente a cuatro judas pa que lo sepas. bueno no en este esacto momento pero as rato oiste. a cuatro judas. porque un ranger de la senturia no hace las cochinadas para eso son ustedes porque el tipo only va del motel al antro tanto lo decepcionaste. lo decepcionaste o le traia ganas a la chava y el ayudante pues luego tambien como es que se va colgar del puente del mismo por donde aorita o ta bueno cabron hay que hacer pre-size as rato pasaron los judas. que van por el tipo. por eso van. al cuchitril de strip club en el strip mall junto a gasolina station y diner. como se fue a colgar se la hubiera dado al tipo para que el tipo no ande llendo al cuchitril a que le bailen pero ni eso va nomas a ver. no tendra money aqui te va uno de cinco en cerrado que se lo hubieras dado cabron para que por lo menos se compre en la boca el roce tenaz de una teta en la boca. pero para que desperdiciarlo gastartelo tu, juar, juar, porque en este momento or asi, de seguro estan ahi. oyes. abren el porton pinche strip mall. como es que el viento sabe porque no reciben los piojosos esta carta you nomas el afortunado. sera porque afuera estas cosas se guelen como al sulfuro a guevo no como aqui que si vieras fuera verias que ya se acabo el mundo cos nomas lo alumbran reflectores sin variar el mundo. as probado teta en la boca ofcors que no si tu eres punal te guacarearias sobre ella eso cuesta otros cinco mas nomas no te los darmos que te mantenga el tu gobierno colonia. juar, juar. tas ciego, ve la luz. arrepentete, maricon. no sabes el gusto que da inyectarsela esta a uno de los tuyos doble gusto uno el overestimated porque eres prieto y sudas mientras y otro porque eres puto como seras not pero otro mas entre nos y you porque y si esta la ases publica te mueres. juar, juar… – pero hay otras maneras de morirse cabron. porque eres re tardado. juar juar la ley de darguin que es puta falsedad pues aqui si enchufa nomas cuando sometemos la electricidad somos la naturaleza cabron. se te frie baba en el aire en la silla electrica que si nos la dejaban cabrones tribunos o senadores o los que son pero son putos todos. como you. rite. son of a bitch-india no te queremos como las que venden teta a cinco. en el nude bar en el strip mall. just our side. los judas cos no son pendejos nomas por ser yours paisanos apoco cres van dejar todo escrito aqui estuvimos y ya nos vamos por eso esta carta es inicua saborearte la palabrota. no cabron van a lo suyo alla en la butaca el pinche ya todo canoso. eso de que el viento mene a tu entenado es mucho, mano, cuate, como se dicen entre you neandertales, gueyes esa gusta aca a la raza crese imperial escogida pa esprimirla guey, a nosotros too gusta porque se le como lo que eres puto, hasta les estara dando las gracias cuando entraron aorita mesmo al antro del strip mall porque van derecho desde el puente pa alla antes de que pues de la medianoche porque si no despues de medianoche o manana parece podria suicidio y eso no querermos verdad cabron. tru. no. you cres que las putas too les agradecen nosotros too pensamos que si pero son unos cabrones esos por eso la migra nomas los es cachando estan feas pero cachondas las viejas y ustedes por que explicanos sus paisas tan urgidos aorita mesmos aora se las fuckin contra las mesas. y luego. tiro en la garganta o manzana de iv. fuckin nuevos mojados que laven el piso dicen ellos en el apogeo ellos tambien es la verdad pero nosotros cremos ellas las de las tetas no esten tan agradecidas you que cres. aorita mesmo esacto mientras les esto no te puedes quejar y es toda you culpa porque si, cos es you culpa y cos claro que la es. quereres que se lo cogan al tipo pues se lo cojen faltaba mas cortesia de la de ustedes siempre a los de arriba mucho hiritos pero a los jodidos como bill cucarachas. traeran le ganas tambien a de ver sido un cabron con esa pinta de padrote apoco cres que no lo vimos que no estarmos ciegos. fuckin tele que perdida de electricidad estarla viendo si eso pasan porque no pasan las muchachas con los otros arriba duro duro y ellos los tiros de gracia. por cierto te dolen las cortadas en el pito de seguro son infectadas y poor lentas. mea en tu bacinica biner porque no querermos verte mearte en el pasillo del campo delta. juar juar te lo cres. esa una verguenza y no nos gusta ademas ver pobres negros lava lava el piso lo debrias lavar you con el pito nomas porque son muy senoritas casi ninas las puchachas no las pasan si no si. senoritas no, claro. quereres un champan pa celebrar pues compra juar juar. hay te dejo esos cinco varos juar juar. no importas nada no importas nada no importas nada yours historia por eso que se mueran todos ustedes aunque no estar necesario pero como decir aqui uno pero no te vamos a decir el nombre de ese uno es a la nada a la que teme le el hombre. chupate esa fag es la mera sorbona la que te va a chupar faros ojala entenderas todo esto porque sabermos que saberes ler nomas te haces el pendej que no te cuesta mucho esfuerz frickin buen actor debrias verte hecho actor no solo pinche encuerado biner en celda. aqui tenemos el guoqui toqui que si quereres se lo caguen al lic de una manera special decirnoslo y se los decirmos y notame no juar juar. y no es cierto bacilandote que son en el continente y no en esta fuckin isla de fuckin mierda. crete importante pobre. alivianarndote karma dandote cabron pa reir que solito te sentiras no ser nuestra culpa aqui te ayudamos ah que cuates tan cuates esos cabrones pa lo que se te ofresca somos para servirte pinche gusto teniamos the ganas de escribirte desdeneantes. para servirte la pelona somos cabron no saberes lo afortunado eres no como el otro los judas que gacho cabron. ni te lo imagines que te dan vomito y you con lo tuyo to think pero es que en este momento se lo son achinguando al tipo you cres esta tan ido la friggin truth no sabemos por que por que esos cabrones tienen el corazon de tempano a poco cres que un escarabajo prieto you les importas. pero este no o seria tu el jovencito colgado tampoco afortunado tu you as de saber. que corazon gelido roto tambien se derrite. pinche corazon frozen en el desierto del xselso estado le da por ver tetas que otros muerden es triste derreritete cabron no ya no, cos ya te derretirrieron y los pobres granjeros ora donde se van a ver ubres ni modo que en el stablo re juar juar. fuck te sacaste la loteria con nosotros chinguetas a ese no por no tener el corazon duro le llego la chingada a chinguadazos como chingan ustedes, nos teneres hasta la chingada. siempre la con esa palabra. que fuckin pobresimo lenguaje. callarte tu pendejo aqui es uno sensitivo segun el que no me deja escribir pendejo que mejor techen al rio, dejarme contestarle, aunque esta el hefe, que cres moderfoquer esto es mafia esos se tienen que esconder estos no, aqui no, el chiste es que se vea cabron. el puro puto local de strip mall con las puertas abiertas para que lo vea el publico que le gusta ver sin pagar puto horroroso destrozo de lamparas dizque tifani juar juar. y una de las mariposas empalada con el taco del billar a la mesa del billar. o era bat de beisbol. caspita dicen los comics de ustedes que lemos. sabes que se ocurre cuando la ve uno asi abiertota de patas asi ah caray parece butterfly. esos judas de yours se las saben todas las preguntas bien hechas hacerlas para que reciben las preguntas bien dadas. otra que no le queriso dar descuento al lic no que el quereriera tampoco pero chava cres le dice el judas tu, como dejaste aqui que es paisano sufrir tanto, hay pues la chava en la esquina con los guevos del lic en la boca y los ojos abiertos imaginartela. ojala la lleves te esta imagen al otro lado si ves los ojos de nosotros que te vemos en ese momento vela esa imagen y otras en los otros rincones. de ese honkie tonkie que no as visto pero da lastima mejor estas you. como esta que ustedes todo complican asi que you el culpable en gran estilo acabas los otros como animales pior, ustedes de veras lo todo enchuercan. por eso bendito alambre y puas ayuda nos a guantarlos no nos damos basto por lo menos aqui en you milde casa los tenemos tragando bara. me son gritando los otros colleagues que si ya me canse scribir tanto no creas que somos putos que todo el dia scriben nomas esos son putos como you que sabemos scribes a ver donde terminan tus porquerias fuck. you cres que van a salir de aqui juar juar. no: somos bien mulas y este pendejo si le verieras la cara, ya ni you, es un manda mas dice te diga scribiendo la verga del lic le sale de una oreja pero le entra por el craneo a la mas chula de las putas ijoeputas tus compas le cortaron la cabeza se la ponieron luego al cuerpo ensima pero pendejos se la ponieron al reves da no se que ver eso ojala no o si te iras con esa imagen y la verga por el oido pues mucho mas que cabrones. regadero de sangre lo asieron a proposito te los apostamos para que traigamos batallones de guercas de ustedes para que laven y laven hasta que se quite.

cos que luego hay van pondran un macdonals. vamos aqui pro-
metemos todos ir cuando en leave a la inauguraicion comer el
supersaicemi yudishiales style baby no te hagas la sonsa si bien te
gustarria, la pendeja nina. cuanto te pagan cinco por hora con
esas tits eres perdiendo el tiempo nina lastima ya no hay aqui lugar nomas macdonals te jodiste. al salir pa que naces tarde cabrona too nosotros al salir ese dia que no veras juar juar ahora too
que ya an de estar saliendo pa que no naces mas luego que an de
ver decido los cabrones judiciales pa dentro si la verieran chinga
pinche limusina los es esperando con el motor ronroneandose. y
el licor y unas toallas para el sudor y excrementos pinche prietos
como sudarn ustedes espliqueenos you el guai. todos ustedes si
vienen de donde el calor y luego quejarnse de que no los enten-
dermos. es mas placer hablar con ti que para los tuyos propios
compatriotas de colonia hablar con el lic, bueno que habia las
chavas esas pa que se entretengen no digan luego imperio los
recibio frio o feo si se las dimos todas a ustedes aunque la mera
true eso de bailar en cueros pa viejos y ganaderos ya es el final de
la food chain si entiendes bien terminolojia biologic. butt peor
nada que no nada. chinga acaba ya diud dicen los companeros no
le des aviso teneren razon son viendo la tivi matando guevos
rascando el tiempo. no no soy remedando nadie. cos te va gustar
pendejo me dicen con razon, me dicen ya le estas viendo la cara
a la nina del mac y ya te estan dando ganas todavia ni la conoces
ni lo construyen el macdonals motherfucker idiot – nomas ya
insistele al friggin chipmunk que en este preci so o oso momento
ya van saliendo de hay… son unos bastards yo el mejorcito. del
macdonals virtual me entenderes nomas el antro ya no si mismo
para octogenarios jariosos donde llace despatarrado el muerto lo
que da gusto, si te quedasates callado aqui nosotros con los guo-
quis, pero no las pinches caras en la limusina crendose mucho
putos, putos wetbacks, se cren mucho porque dejamos los entrar
como si no los sabieramos asr nosotros seguro se dicen que hasta me da anyer. van a haber cabrones aqui los leones de este su
coliseo les irmos a demostrar son unos cocksucker nacos no po-
den ni mear sin que les digamos no cuando y no como. se los

irmos a demostrar pronto prietos trajeados ni se mancharon son unas putas senoritas. me estoy cabreando you puto prepararte. you callense cabrones bastards dejenme scribir it que hablo con las voz de todos aca. cos pregunto ustedes lo destrullen todo por eso les regalamos puros juguetes usados como tanques aviones verbigracias, apantallate cuate como a las pobres hay ganandose su lanita de a cinco en cinco pobres bailando sirven los jaiboles o lo que fuera arremangandose las tits untandose al poste. da anyer a poco no ustedes amarran los batos esos que ahora ya salieron del imperio juar juar se pierden en sus vertederos de basura de ustedes a una de las chavas nomas me encabrono porque could ver sido la del macdonals si pasara por hay quien dice que no es posible es la posibilidad, que me encabrona o peor companeros lisenme que tal si es ella hay atada con alambre de puas del de la reja de la migra si el mismo al poste estos cabrones asendose chistosos dejandonos un message, ya se sonofabitches los estos otros soldiers que me la estoy inventando pero no lo se voy a decir al puto reo en aqui la death row no soy tan pendejo ademas no entiende half es dumb, pero maybe y chance no lo de la chava del macdonals hay en el tubo untada con puas y alambre y ni bajo la vista no quiero ver el destaceadero y visceras por eso me cabreo tengo derecho o a fuckin guercos puercos poco no por eso date cuenta cabron en esta nota estoy cabreado y te scribo y luego por eso han de scribir los putos porque esos tienen que ser putos eso me lo tienes que teiquiar se dicer asi mi word for it que scriben porque son cabreados esto te lo acabo de mostrar dime si no. si no entenderiste es eres que un pendejo soy chingon para esto y no lo sabia yo soy un pendejo. but cuando me veas no me was a distinguir ni creas tenemos todos rangers en la mitad de la frente la chava del macdonals la cara de ella sobreimpuesta en el ovalo arriba del tubo ya me estoy poniendo abstract esto no es abstract es de ahoy mismo que ya iran cruzando el puente mientras te conte esto todo eso lo starieron haciendo que nos lo comunico un satiro de la migra juar juar. satiro la word creo. pero si lo son todos o segun ustedes y tu nomas leyendolo greaser pero sabes ya. darte por bien terado. y aora mira como vuela tu historial y tus papeles en su portafolio por las ventanas polarizadas de la lincoln limusina pinche puto rio mas mierda para lo va atorar. ni pedo pensaran ustedes un dia asi lo vamos cruzar caminando ni se crean pendejos que no son moses ademas aqui tambien a nos la jalan los judios y los negros y los arabes y los chinos pero esos arabes nosotros con esos nos negamos esos se las jalan a los otros a los chinos a los judios a los negros a los que nos la jalan a nosotros. ah ya me recorder. as visto las tarjetas esas mamonas de happy guera dey y happy ano, guey, saurio esas chingaderas pos esta supone queriamos se fuera para ti una de esas para ti que detallazo se nos ocurrio a nos. happy que. happy _____ . dejamos a ti aqui la raya para que te la llenes tu. juar juar. estamos bien fregones por que cres que somos aqui no gente querida del cesar por guapos porque aqui el unico guapo is yo los otros unos pinches gordos sadicos racistas. eso. que rico tasted. cos no la word estar satiros. pero la tarje teta, que detallazo. habemos corazones afelpados. pero ni en un puto ano luz nos pasaria lo que a tu mandado de your tierra hay en el antro-pub nomas viendo carajo, chupate una teta despues de como doscientas ya hasta se te olvida como es que podiabas estar pendejo pero estas de abajo no te da la maceta. ese si lo reconocermos aqui y dejarmos constancia que detallazo como nosotros esta tarjteta lo de los judiciales de dejarle la teta de una metida en lo que le queda de boca a lic. no solo finoles diteil dice mucho tambien todo parece lio de faldas o drug etcetera nada de cooperation entre paises que cuando star bien echa ni se nota cada quien como si el otro no estuviera asi es la convivencia buena hoy de dia, a poco no isentit. is an tit. me gustarria decirte el que colgaba del puente too teta en el hocico de la que me dice aqui uno de estos sadistos esa la word no el jefe el gordo but el cucaracho. que te la tia me das lastima pendejo. de truth. por eso aqui te va todo corazon esta card prueba de nuestro amor y estima oh yes. gracias a ti comen caliente hot dogs nuestros escuencles. a ser historia ayudarnos vas. pero no teta a ese no se si te da gusto o peace o no de cualquiera manera dars lastima oneway or other es lo que importa. teneres que saberlo que lo sabemos es todo…: mamando viento nomas y viento fe-

tido porque pinche rio. algo mas que decirle boys?… se me esta
acabarndo la paciencia y pagina y engarrotin la mano si vieras
que buena colection de re vistas tenermos aca ya las quereras
para your ultimas horas que envidia te da para que se nos enga-
rrote y desengarrote la mano lo de menos y videos tambien si lo
que nos sobrar aca son pantallas pendejas y tiempo en blanco y
lo de blanco y negro poco o no importa el color nomas con tantito esfuerzo lo invagina uno todito y despues de poco se cos-
tumbra uno asi no notamos que los que cojen a las pelirrojas son
negros juar juar. pinches negros. wait. cabrones que no oyeron:
sendit unos besos sendos al bubba o sea al babotas. eso. pa que
veas la ospitalida que la de ustedes se queda bien chica ya querie-
ran algo tan personal en tus fusiladas de puro bigotudo en pleno
madrugar junto a panteon pared y mague yes. asi nos cuentan es
por alla como se hace o creo too es tambien les queman los pies.
nos an decirdo a poco cres que no nos enterarmos lo sabemos
todo. (tambien cos en los esos videos como les gusta eso). son
unos ases ustedes pero con doble ese pero tu teniste gran suerte
caeriste con we da gracias a todos tus prietos santos sanganos:
dormilados sobre sus cactus en sus nichos de altares de las chor-
ches. las aureolas de pansies los ojos tapandoles. piensa para que
no te aburrees en la cara de surprise del lic cuando le metieron la
teta deciria fuck hasta me salio free. que gran pais es este.

8

en este momento

dice la nota, que no leo, pero que aquí adjunto, escrita en letra apretada, dificultosa, alguien la acaba de introducir por la ranura que usan para darme la comida, me adormecía, me despertó el ruido del papel contra el cemento del piso, me pregunto qué horas serán, aquí sólo cambia el temblar de las sombras invisibles, aunque hoy, una noche diferente, es quizás ya un poco más tarde…

Aquí, después de donde lo añado, (¿para qué?), sin leerlo, retomo el cuaderno.

No recuerdo qué relataba.

Fuera de los límites del edificio nada existió. Me preguntaba a veces Magda Por qué necesitarían ellos algo así. Ellos que hubieran podido ir a sitios que nosotros ni siquiera imaginamos. Yo me ponía filosófico, decía La muerte es la misma para todos, por lo tanto no puede ser la de ellos. Quieren ver lo que nosotros vemos.

Idioteces así. Ella asentía. Nunca puse en duda su presencia a mi lado. Ni cuando al final del camino, junto al río, yacimos. Significativo: Ni siquiera ahora digo pertenencia.

Nunca había visto yo al Nazareno. Hasta su visita. Yo ya a cargo del caserón cerca del rancho. Después…, de nuevo no. Hasta que, luego del fin del edificio –pero antes de mi periplo por el desierto–, nos llevaron al rancho juntos. Sin boato, sin excesivos preparativos. Únicamente para realizar, de una buena vez, el deed, argumentaría así entonces el César, distraído, semihistérico, la pantomima que decía él (insistía) ser necesaria, No que me voy a divertir yo, decía, le hartaban estos actos supuestamente históricos juraba. Para enderezar el curso de la Historia (le susurraba Steve, su séviro político). Esto sí se lo creía. Tonces sí. En la pausa la mueca de burla del Pato Donald. A su lado, incólumes los ojos de iluminado del Lobo. El Chino aquella vez ni se dignó apersonarse. Para entonces recobrándose del segundo infarto. Y la Condesa, para que no molestara, mandada a hacer labor de cruzada lejos… (No. No entonces. Pero como desde aquellas épocas a ella se le veía poco, le puso entonces el César de apodo la Virgen Negra).

No nos reconocimos. El Nazareno y yo. Cuando íbamos en el coche… Quizás nunca nos hubiésemos contemplado verdaderamente.

Pero esto es muy posterior a lo que deseo contar aquí.

Usted va a acabar mal me advirtió un sinfín de veces la Vieja en el edificio. Cuando estaba yo de buenas le permitía proseguir. Proseguía, Porque ha dejado pasar su oportunidad.

Mientras tanto las muchachas lavándose en la pileta. Noto que vuelvo con asiduidad a aquellos días. Donde el tiempo parecía congeniado o congelado y eterno como el Imperio. Donde usted se pudrió continuaría la Vieja… Fueron no obstante para mí los días más felices. La Vieja contándole después a cada niña las cicatrices de los navajazos. Para estimar el aguinaldo. Tenía para eso un pizarrón detrás del bar. En la esquina izquierda los nombres de guerra de las muchachas y en la otra un numerito. No recuerdo cuál era el umbral para el premio.

En lugar de ser uno de los apóstoles del Nazareno esparciendo su mercancía por el Imperio, se atrevió a decir la Vieja, es usted poco más que un cero a la izquierda. Ni siquiera un puto espía me espetó. No le contesté.

En el fondo no se pedía nada de mí… Estaba ahí como símbolo de una unión. Y como símbolo me fui. No se me pedía más. No se me pide aquí. Me voy sin que importe gran cosa quién realmente fui. El Pato Donald, el Prieto, el mismo Lobo, jamás me temieron. Por eso me atraparon. Y me acusan. Se reirían del pacto, simplemente. Quizás no querrían reconocerlo. No querrían recordar que el Imperio depende de otras manos, más etéreas, invisibles, y omnipresentes. No por nada al Nazareno así le pusieron. Además, cuando se les soltaba la lengua, amontonados atrás, como abuelos de sombreritos cónicos en fiesta de aniversario de algún nieto, y en el receptáculo de enfrente ni droga ni trago sino un pedazo de pastel de cumpleaños, mientras no se daba a basto el Yolo, yendo y viniendo, en aquel salón cuadrado atestado de picudos y diplomáticos de segunda que se convirtieron en esto mismo por aquella misma visita, y ya torturadas chamacas en tangas, y tipos sin nada, argüían, Nadie le creerá nunca nada a un mojado, a un bárbaro, ilegal o no, quién quita si hasta fag, a quien le falta una tuerca, se cree escritor, se reían cuando me miraban de lado, yo levantando las manos como un maníaco, como un enajenado, y sin embargo a mis movimientos les correspondían otros, de otros cuerpos, en las pistas y en las pasarelas, en las memorias, y los ohs de sorpresa y admiración de los que estaban sentados junto a las mesas.

Esto lo narro. Quizás como todo lo que es, es más cierto que la verdad.

Pero algo más.

Recuerdo aquello ahora porque pienso que todo es igual pero también distinto. Los mismos elementos convencionales aunque en un orden dispar.

Ésas las reglas del imperio me decía la Vieja. De repente haciéndose la lista. La Vieja, para ganar tiempo conmigo, en aquella discusión, añadió, Porque ellos creen que usted no entiende nada. Por eso, la gran pantalla usted, símbolo de la sabiduría del Nazareno, que está sin grandes aspavientos detrás de todo.

Allí ella se calló. Aquel silencio parecía fortificarla.

Otro ejemplo: el Lobo. El Lobo, ojos vivísimos, dientes podridos, sonrisa apocalíptica.

El Lobo entra en los cuartos, espanta a las mujeres, les arenga parrafadas teóricas que ninguna entiende. El día que recuerdo, me comentó la Vieja, Que ellas vinieron ayer, en bola, me dijeron, señora, preferimos cada una aquí verdá que sí chicas, tres de esos rapados como centuriones, simultáneos, los tres, babeantes y jariosos, vea usté nomás la severidad de lo que le decimos, sopese pues…, que el que ellas apodan (sin saber que es su verdadero nombre, apellido) el Lobo, nada más atestiguando, por la rajada de la puerta.

Así de feo está el asunto, se me quejó la vieja. En los cuartos de arriba.

En los cuartos de arriba… decorados pobremente a propósito, como si fueran de congal fronterizo que así eran las órdenes. Yo pregunté alguna razón, alguna vez en mis primeros días. Los contratistas contestaban con silencios. Silencios largos sobre el silencio del desierto. Luego sonaban las grúas. Entonces quedo, con un miedo que parecía querer parecer desdén, Que porque así le gustan, le tiene cariño a la tierra de ustedes…, que desde la azotea del edificio –en una apergaminada línea– se veía confundida con el horizonte del desierto o con el cielo. Por qué, inquirí. Porque de ahí vinieron sus criadas, cuando era niño. Otro, que quizás era el capataz, apiadándose aún más del que pregunta, Ésas son pendejadas, la verdad, porque no tiene que mandar para allá tropas. Cuáles pedí. Las que gobierna el Pato Donald, sus sacerdotes y sus generales. Se compadecería más porque incluyó, Sino todo lo opuesto. De las colonias los que vienen vienen para enlistarse. Pobres pendejos. O viceversa. O sea, ustedes.

Esto mientras metían por la ventana con las máquinas sets cinematográficos, decoraciones usadas, Tiene sed de conquista pero tiene miedo, para eso están los otros. O sea va de nuez ustedes: Pendejos… Aquí se asentaba otra vez el silencio como tierra suelta después de un viento. Se aquietaba la grúa, se secaban las palabras. Sabía yo, por supuesto, que se referían al César, con los otros no se atreverían.

Nomás con usted se animan me azuzaba elogiándome la Vieja agobiada con el estrés del Lobo, aunque eso que yo reporté, más para darme importancia que para otra cosa, lo sabía todo el mundo, ella más que nadie, ella desde siempre, pero se sentía ya vieja, se sentía ya entonces la abuela que se traga el Lobo y ellas las otras con sus finas tangas francesas rojas las caperuzas rojas. Lo piensan ellas, no se acuerdan por más que piensan cómo acaba ese maldito cuento…

Me detengo en esto porque era aquel temor sin centro el mismo que hoy ya siento. Igualmente ambiguo.

(Así y todo, ¿por qué pienso en ellas tanto? Siempre supe que éramos prescindibles, que carecíamos de importancia, una moda, un capricho. El miedo algo que debíamos sufrir simplemente, como otra parte de la existencia.)

Yo pregunté, pues, Por qué. Por qué el miedo. Ella respondió Dicen las mujeres que porque ellas han oído, más que usted y Yolando juntos, y eso que ése es pura oreja, usted con perdón parece algo tonto, lo cual es una ventaja, que los generales –tantas corcholatas y cachivaches en las chamarras que cuelgan de los respaldos de las sillas, o al pie de la cama–, están temblando también de miedo, saben la entreabertura de la puerta, no quieren estar ahí, Lo hacen señora dice la que se atrevió como vocera por sepa la providencia qué, chingada cámara ni se la huelen o se la huelen más que bien, eso no es…, ellas les han susurrado hasta más, secretos, nomás para que den más propina, pero ni se inmutan, tal vez todo esto sea una mentira, pero quieren irse abajo, ellos, nada más están atentos a la mirada por la puerta entornada…

Se le postran ellas a ella de rodillas. Ella, la Vieja, No señor Dimas o como se llame, usted está bien ido, ni al puto César ni a su ídem madre, la pura pantalla esos. Ellos al Chino. Luego al Lobo. Y éstas están muriéndose de miedo, insiste la ñora: Con esos ojos tan grandes para verlas mejor. Como en el cuento… Le ruegan con los ojos. A la ñora: Todos menos el Lobo.

Las fotografías, el Lobo, todo, aquello, este final en el que me encuentro, puro cuento. Me reí, me río; pero de qué me reí, me río. Yo negué todo.

Nada más inventan tonterías para matar el tedio del calorón al mediodía. Pero no estaba seguro.

Por eso recuerdo esto. Ese detalle: ese nimio episodio.

Estas memorias enteras.

Por eso la escribo. Una visión mentirosa, falsa, sí, pero de un confundido, de un conquistado, por lo mismo más fidedigna, al menos más cruda, ¿más pura? Procura develar lo que está patente detrás.

¿Me explico? ¿Me justifico? No lo sé. Acaso me engaño a mí mismo.

Como con eso de lo que se quejaban las putas.

El Lobo por supuesto no quería ni comerse las caperuzas, que aquí ni son caperuzas, un detalle que significa algo o nada. Y mucho menos a la abuelita. ¿Entonces?

Nadie entiende ya nada, se quejó ella conmigo.

Yo lo intuyo. La razón de esta narración, y de mi corta existencia de oráculo. Tal vez, pero continúo.

La Vieja cuando hablaron dijo casi ya al acabar Ésas son las reglas del Imperio pendejas. De repente, insisto, era bien lista.

Yo no sabía que hacer. De eso se trataba el experimento. Por un carajo es usted la mano derecha del Nazareno me espetaban desesperadas. Al otro día. Aun las nuevas que habían apenas traído, que ya sabrían –cómo, nunca me enteré– de la fama del Lobo. Intuición, me decía la Vieja: Tiznada madre le tienen más miedo que al Chino… Si parecía nada el tipo, yo argüí, Ahí sentado en una mesita, no notando realmente nada, escribiendo intermitentemente, sonriéndole a todos con aquellos sus dientes podridos… Tan sólo el Salio, el ideólogo del Imperio. En ese entonces supuestamente sólo un subordinado del Pato. Y éste del Chino, y el Chino del César. Pero nada es eso, lo sabía también, todo es otro –pero de una manera fina, oblicua, tenaz. Dual. Lo dije ya. Como de que él, el César, era del Nazareno. Como era Magda… ¿O es que no recuerdo bien? ¿O no quiero recordarlo?… Como aquello de Magda… Pero aun y todo, conocido, como perteneciente a un cuento contado desde la infancia…

Pero ya ni en ellos creemos. Pasión. Muerte. Redención.

Ya sabe usted qué hacer, me dijo la Vieja. De repente bien lista, sibila. Mientras las muchachas con ella se iban hacia la cocina.

Sabía, sí, cuando, por primera y única vez, me le acerqué al Chino. Usando esta situación como excusa. Él recobrado ya de su primer ataque. Perdone Señor, le dije, acercándome a la mesa, a la butaca sumergida en el trasfondo oscuro, uno o más días después, quizá más, se me quedó viendo de arriba abajo, yo champurrando mal el idioma imperial, él, quiero así pensarlo, sospechando en ese momento que no había poder humano que pudiera salvarlo del Nazareno, pero también que no tenía porqué temer y que yo me reía por dentro, no obstante el miedo y el ulular del futuro silbando como viento gélido y fétido entre la cerrazón de este encuentro.

Entonces hablamos…

9

Pero ante de aquello el día que entró el Nazareno al edificio. Solo, sin la tropa, de apóstoles como los apodaba la Vieja, De los que tú Dimas deberías ser la punta. Tuteándome de repente. Tú el más cercano. Permanecía yo callado. Cada uno de aquellos días cerca de la pileta. Lo dije. Ella contándoles las cuchilladas. Yo dibujando rayas (croquis, escenarios si uno cree lo que dirán los diarios) en la tierra reseca. (Eso, nada. Explotador de menores, y para los ricos. Etcétera. Hasta que, como aquello no resultara suficiente, me tildaron de traficante, después de terrorista. Ya lo habré dicho). Ella contaba las cortadas y escribía en su pizarrón. Fue aquel preciso día que me harté y le dije (me acuerdo que Magda iba desapareciendo por las escaleras, yo busqué el momento, el ruido del inodoro le ocultará a Magda mis palabras pensé –porque no quería disuadirla, convencerla de que su destino no sería otro), y le dije, a la Vieja, Mi destino es asumir su calvario.

Estas palabras u otras, quizás más impactantes. Pero igual absurdas. Se quedó callada, dejó de escribir con sus gises. Me miró con lástima, con cierta admiración aunque sin envidia, como se mira a un loco pasar por la calle, lo sabría supuse, había vivido demasiado, sabría que el suyo y el de las mujeres sería parecido –mas sin el reconocimiento de aquella certitud. Algo así obtuve de su mirada, volvió a sus cifras, nunca más mencionó ese tema para ella favorito. (Segundo tan sólo quizás a la insistencia en el terror al Lobo).

O tal vez porque justo esa noche vino.

Pero después de la salida del Nazareno la vi llorar arriba, escondida en el pasillo, mientras abajo el baile y la orgía se desarrollaban normalmente.

Quizás también llorara cuando entró. No lo sé de cierto, tal vez quiero recordarla así. A aquella mujer de olvidado nombre.

Llegué a pensar que tal vez ella me hablaría esta noche. Que de alguna forma u otra rescataría su voz cascada. Como hoja de espada oxidada y sin funda que se torna polvo al palparla u oírla. Pero no. Recuerdo, intermitentemente, sólo sus quejas, fuera de contexto sus comentarios.

La madrugada que siguió a la visita fue la misma Magda curiosa quien le preguntó. Lo único que respondió, más como una objeción a sí misma y que por tanto nosotros poco entendimos, ni siquiera las más veteranas que la conocían desde hace tantos meses, o desde otras pesadillas que se tenían ya por legendarias, lo único, en fin, fue Qué diferencia de cuando venía el Bautista.

Yo había escuchado rumores, y el nombre, pero todo es rumor en el silencio de ese desierto. Y el Lobo y el Pato y Steve y los otros –cuando se dignaban a hablarme–, jamás mencionaban aquellos nombres. Ni siquiera entre ellos lo hacían. Porque para ellos nada de aquello, o sea, esto que cuento, existió. No existe aquel lugar, o existió: No existe ni siquiera éste, donde hoy estoy. Su presencia (de ellos) era ahí sólo abstracción, fantasía, ellos no residen en ningún sitio, Es el gran poder de los patricios sostenía la Vieja cuando se ponía melancólica o didáctica.

Ella había dicho, Ése traía atrás a sus matones, aunque esos no entraban, entraba él, solo: despotricando. Dijo luego, Dicen que fue guerrillero, de junglas lejos, Pero acabé igual sirviendo al Imperio, despotricaba, Traidor, pero de traer… Alguien me salve. Insultaba con palabras horribles a las mujeres (ellas… que estaban acostumbradas, imagínese nomás la soldadesca, y lo que se les obliga a gritar, a los soldados por ejemplo, en aquellos videos secretos, a los soldados destrozando supuestamente estos lejos a los invasores). Temería usted por ellas le pregunté esa vez yo a la vieja, más como una cortesía, se río, también se rieron ellas, me miraron con la conmiseración usual, la misma con la que se atiende a un niño metido en una conversación que no entiende, de adultos que saben que este mundo es el peor, pero también el único, Nomás nos reíamos, regaló ella, y luego, como un adendo de orgullo, Un montón de palabrotas de ese barbudo no alteraban ni la décima parte del ozono que la mirada plácida del Lobo deja disociado y exánime en las mamparas.

Fue quizás ese nuevo temor, anterior y posterior a esa mañana –hasta que yo hablé con el Chino–, su manera de afrontar el fin. Su manera, de ella, y de ellas. No de Magda.

Es el destino de nuestros siglos, de nuevo melancólica la Vieja. Aunque enigmática. De ahí no la sacaron ya ni los pedidos de las más jóvenes, sentadas a sus pies, queriendo oír antes de irse a dormir un cuento de verdadero horror.

(Pienso: es increíble cuánto puedo no contar en estos segundos. Con cuánto puedo ocultar aquel temor. No sé ya si sueño o imagino. Tan distinto a como normalmente. No debo, no debería, ni uno ni otro. No soñar más esto. Sólo una pesadilla. Es la escritura que sueño que realizo la desesperación dentro de esta pesadilla. Sólo sé que necesito descansar de lo que he escrito. He escrito tanto… Debo terminar tan sólo un párrafo. Aquél con el que inició mi sueño. Nada más necesito. Eso lo que sé.)

Porque concluyó: Por eso le pusieron ese nombre a ése. Narco. La Vieja deshecha por la visita. Era ella la que deseaba irse a dormir en un silencio que prometía aparecérsenos nuevo a partir de entonces.

Entró sin aviso. El Nazareno. Era una noche floja. Cómo pudo colarse sin salvoconducto es algo que me preocupó. La Vieja al rebasarme antes de irse a su alcoba en la mañana nomás suspiró Imbécil, (yo no había comentado nada, ¿cómo pues lo supo?), lo conocería, o mejor no, mejor pasó sin su necesidad, a él, como sucesor, se le abren los caminos.

Dijeron las muchachas que lo vieron caminar sobre el agua. Órale chamacas a quién creen que engañan. Tanta es la necesidad de nosotros los pobres que hasta vemos agua en el desierto, susurré. Ellas bajaron la vista, la subieron empapada de rencor. Me sentí un desgraciado, culpable: la única vez. Tanto necesitaban creer.

Quiero pensar que estaba el Chino atrás, en aquel rincón. Aquella noche. Quiero pensar (no sé si antes lo atribuí a otra razón), que por ello justamente tuvo su primer ataque. Entra por la puerta, el Nazareno, aquella (penúltima, primera) vez lo miro, igual fingimos no conocernos.

Se acerca al estrado en sus ropas desastradas. Nadie lo ataja. Ni los secretos que cuando la noche es así de sosa y no hay nadie importante ni siquiera oilmen de los de a diario y el César y sus advaisors están lejos (o, si en una noche de estado, entre los diplomáticos e industriales y contratistas asiente con un movimiento casi imperceptible de la cabeza, o con su sonrisa tétrica, el Chino) se ponen a bailar con las disponibles, se sacan la verga discretos como si extrajeran la fusca de la funda oculta, en una muchedumbre, en el centro de la pista, ni un gesto, ni una mueca, ni un ademán lascivo, las muchachas corren luego aguantándose el llanto y el desprecio a la pileta. Esa noche ni esos. Llega así hasta el escenario. Yo lo sabría. Quería verla. Pero cómo, verla cómo, verla sola, no, verla en qué –fue lo que discutirían la madrugada (y tarde) siguientes las mujeres entre ellas, después de que se largaron la Vieja y ella a fingir dormir. En la pasarela, o sufriendo el embate de los látigos, con una bolsa de plástico de basura en la cara, o bajo una pirámide de aquéllas entonces favoritas del Pato, sobraron las teorías.

Llegó al estrado, susurra algo, baja, sube entonces las escaleras. Hasta Yolo que generalmente era rápido para aproximarse a los clientes demorábase. Aguardaba como otra estatua entre nosotros. En este caso el respeto, inercia, o sentimiento era otro, una mezcla de duda, de miedo, de temor de darnos cuenta de su sentido. Es difícil poner a prueba la fe. Por ello nadie se mueve.

Fue el nuestro un gesto no de bondad. No de agradecimiento. De soledad.

Entonces me azuzó la Vieja. Con un ademán esquivo. Ayúdelo. Salí del estupor. Curioso que a pesar de la bruma como de sueño en la que cuento puedo recordar la cualidad de aquellos sentimientos. Corrí, hacia arriba. En mi recuerdo ella estaba ahí. Sabía yo que sola. Era un día flojo –lo mencioné ya. La puerta, su puerta, entornada.

Él pierde tiempo, husmeando entre los cuartos. Quizás buscaba otra manera. Subí por la escalera trasera, la de emergencia. La que diseñó el Pato por si alguna vez llegaba la prensa. Ji ji ji farfullaba como intentando reír, o generar su efecto, el Chino, riéndose del Donald, asustado éste bajo el barniz de desdén, pero mirando aquél en verdad sin ambigüedad al Prieto, advirtiéndole así que aquello no sucedería nunca. El Pato, que sacó de su propio presupuesto el dinero para la construcción del edificio. Y después para la escalera. Dijo, una vez construida, Es un gasto inútil, si esos comen de la manita.

Yo: el minotauro de aquel laberinto, sabía donde estaban ocultas, las armas, las máscaras, los disfraces, y Ariadna. Corro para asistir a Teseo en aquella su nostalgia de una mitología. Tan confundido como el mundo. Corro.

A la primera alcancé en el anaquel la apropiada.

CONCUBIO

10

Las preguntas, siempre las mismas. Esta vez en una plaza desierta. En calendas. Antes de llegar a la frontera. Yo ya entonces escapando. Después de lo del balcón pero antes del arresto. Y del juicio. No sé si puntualizar esto o que no importa.

Un pueblo de frontera. Desierto.

En unas mecedoras robadas. Vestidos con ropas de mujer: Mojados secándose el sudor.

Butacas de troca destazadas junto al desierto. Un galpón relegado, una pista de aterrizaje. Y el desierto.

Un guaripudo con un moño colorado bajo el sombrero.

Coño tú un evangelista de mierda. Pinche fama y rumores y chingaderas pero la pura mierda. Dijo el del moño.

Silencio de los otros. Yo no asentía.

Porque se vieron. No lo niegues. Eso de a güevos: Se sabe de buena fuente. Por eso cuenta.

O empieza al menos güevón con algo de más antes.

Por qué les interesa tanto pregunté. No tiene esa importancia, recuerdo que añadí.

Ya dispuesto por un trago de aguardiente. El aguardiente se atoraba con los recuerdos. Entonces, uno que hasta entonces no había hablado interpuso Es cuestión de fe.

Los otros insistieron.

El primer pedinche, Coño es bien cierto que el Nazareno se encerraba en el desierto. Como penitencia. Chingados nos vienen luego con que nomás era que para agarrar una puta avioneta deluxe. Confiesa…

Aquel día. Del periplo: Uno de tantos. Después de que destruyeron el edificio: Creía yo que era un liberto.

Se me ocurrió entonces un subterfugio.

Escucharon. Asintieron.

La imaginación socorro en el éxodo.

Algo que rumiar en el camino. En el divagar mudo por los plantíos inmensos, o para espantar al mismo. En esos pueblos donde la migra busca nomás negros. Que porque cobran mucho los cabrones…

Algo de que jactarse. En los puteríos donde las putas despatarradas en los cuartos bajan la vista de la telecomedia en el mueble del techo nomás para untarse de un tarro vaselina en la vulva. La cortina de chaquiras en el vano de la puerta oscila.

Lo del balcón.

Porque con esta historia hasta la vista a la hetaira se le desvía hacia el guaripudo. Con el control remoto apaga la sony. Te salió el tiro por la culata puto, dice. Se separa, se sacude, corre: trae a las otras, encueradas pero con las votivas, se ponen en la cabeza como velo cualquier trapo del suelo, rezan, en la esquina del cuarto una vieja que se finge sorda aplana sopes.

Chinga pendejo, piensa el guaripudo, mira (guacha él diría) la cola de afuera, se amonesta Ya la cagaste.

Dice uno en la hilera, que saca para amenazar una fusca vieja, Espetó, el pendejo, lo opuesto del ábrete sésamo.

Qué otra le quedaba, repitió para ellas lo ya para entonces bien trasquiversado.

Lo que dije aquel mediodía.

Lo notorio carnales es que no estaba ahí su jefa, cuando aquello, cuando al fin lo vio el César. Pero sí la jefa del César.

Suelta harto la lengua el aguardiente. Confieso, pues, que sí: Que pequé. Prediqué. La diferencia, mínima entre estas palabras, no accidental. Por ello mismo atentos los otros.

No no para ver al de las barbas y los ojos transparentes. (De gran aceptación este detalle con las putas de los caminos –me enteraría. Hasta las ya desahuciadas, de sida, en establos lo encomian).

Sino para mantener en jaque al hijo. Porque el Chino con el corazón destrozado. Su segundo infarto. Una carga en su camota. El César balbucea lo que hasta los centuriones garantizan: son sinsentidos. (Cómo les gustaba esta parte a las putas también). Si son pendejadas para nosotros imaginaos nomás para el resto de los otros. Sueltan los de inteligencia las carcajadas. Hasta el Chino ríe, por instinto ríe. Con esa mueca que ahora después de los infartos más miedo mete.

Cómo les gustaba esta parte también. Óiganlo manitas, no llevaba a su mamá. Solito. Dice el guaripudo.

Alguno, de entre aquellos a los que les cuento, en esa plaza y ese desierto, y que luego lo propalan, Es que era el Nazareno el superchido. Había llegado así hasta la cima. El único que se había, enfrentado contra el sistema desde dentro. Y lo domó. Pendejos que sí. Por eso: pasaba sin notarse.

Sólo ellas, las más que pronto olvidadas en los caminos de tierra, se daban verdadera cuenta. Y lo sabían. Y cuando otros esclavos o los de la migra y otros narcos venían o las violaban en bola, ellas entre dientes y bofetones los amenazaban con la venganza del Naza. Los jóvenes envalentonados nada más decían Si no existe, y me cago en tu pinche sida pinche loca. Y seguían. Pero los demás, los más veteranos, como que se les aclaraba el cráneo, y a la carrera se subían los pantalones, agarraban sus patrullas o coches, escapaban en la polvareda.

No. El Chino no pudo estar ahí presente. Decía yo, diría yo. La Condesa sí, pero como muy pensativa, con esa cara intensa, de encargada de mantener a raya a tanto desesperado… Preocupada ella con otros bárbaros, de más allá del mar, los de más allá del río le provocaban sólo escarnio. Escuchaba lo que ocurría pues pero ella ahí no estaba. O sea: Hacía nomás bulto. Generales, mariscales, jefes de migras, sí, entre las putas no se les dice migras, ni fundibularios, ni marines o marinos, Pinche nombre imbécil de todas maneras aquí a mitad del desierto, sólo centuriones:

Chamacas por qué ese nombre, pregunta el guaripudo, cuando él recuenta, después del favor, o del no favor, depende de cómo se le vea, contesta la anciana muda que está aún apilando sopes, Caballero, que qué nacos ya nos llegan, véale como se recortan las greñas.

El que casi no hablaba en esa plaza del desierto en aquella ocasión que recuerdo dice de pronto Las putas prometen que si uno cuenta más le hacen a uno más descuento.

Por eso conté… Tómese en cuenta para redimirme.

Creía que era un liberto. Pero era un juego más del César. Que por supuesto no se conformaba con los otros.

El César cuatacho con el Nazareno. Aquella vez que cuento. Preludio a lo del balcón. Mi Nazer por aquí, mi Nazer por acá. Te enseño ora mis yeguas. Ora mira allá mis caballos. Greit, ein dei? Esos grandototes negros me los regalaron unos árabes. Por eso se llaman árabes. Cuates de mi mami, cuates hasta de la Conchita aquí verdá que sí mi amor?…

La otra, estólida, mira al frente. El ceño fruncido. Cómo le gustaba al César provocarla.

Le gustan aquí a mi Conchis por negrotes verdá chula? A mí así me gusta la rorra tal cuál Nazer, por malencaradota. Tú lo bueno Nazer es me que onderstandes, sabes la carga que es andar con tu mamá atrás, y el resto de viejas, ai checándote. Por eso me cai bien este cabrón óiganlo bien todos. Y váyanle con el runrún al Chino. A ver si se le descerraja otro. Por eso claro que sí haceremos negocios. A poco no los llevamos haciendo ya desde hace el buen, Nazer. Puro para el bien pinche de los intereses del Empaier. Por cierto espero que no te molestas que te digo Nazer, y no Neza, como te llama la raza necia. Para sentirte más suyo. O soy yo para insultarte? Que ellos te dicen Naza? Ya no acuérdome. (Aquí entre nú nomás así te neimo para joder a la Conchita. Suena árabe y la tipa se pone arpía. También entre nú con unos cuates petroleros tengo una apuesta para ver a ella cuándo le da su aneurisma. Si quieres, con toda confianza, éntrale a la tómbola —me cai por qué no? Tú como de la familia. Que cuál es el premio. No me lo vas a creer… pero es el control remoto que controla la cessna que ai malos terroristas más desagradecidos que son esos muchachos malos se le va a estrellar tan cerquita a la sección de cardiología del hospital a donde se la lleven… Mamucón no qué un poquitín sino un chingo bróder —pero aceptamos ideas. Qué más quieres mi Nazer, yo soy malo, bien malo, bordo en requete malo, pero por eso les caigo bien a todos mano.) Un brindis. Salud… Ah qué vida tan chingona ésta…

Qué más podría contar. Qué más.

Y sin embargo esto hundía a la putas en una oscuridad profunda. Yo entonces lo intuiría. Cómo las afectaba el tener que creerlo. Que aquellos fuesen cuates. Y qué clase de tales. Que el Naza y el César sean eso en estas épocas. Porque, bisnes is bisnes. Pobres. Se sentirían abandonadas. Súbitamente solas. Casi otras. Malo, muy malo también para los hombres. Para el guaripudo, y los otros que esperan afuera. Y que imagino desde esa mecedora al borde de la carretera.

Por eso la historia debe ser otra…

Mientras escribe las letras grandotas encima del papel aparatoso del stay of execution súbitamente piensa Pero si es ese pendejo. Siente un nudo prematuro en la garganta. Quién te manda corazón. Claro que me acuerdo, pensó…

Pero duda. Mira a través de la ventana. El jardín hasta la rejas, las rosas, el centurión, Puto centinela piensa, haciéndote el pendejo, según él escondido, detrás de una columna. A quién engañas maricón.

Ganas le darían de tener aquí la escopeta con la que mata ardillas allá en el rancho. Meterle a éste un perdigón por el trasero. Ya quisieras estar echando novio con la cocinera cagón, piensa. Murmura La mera neta también yo.

Sabe que no hay escapatoria. Nada qué hacer. Le va entrando la melancolía, de aquellos los buenos tiempos. O de aún más antes. De cuando la capital del Imperio quedaba muy lejos y el mundo era otro: Su mamá y su papá por acá. Él por allá. La Cesarina todavía buenona… La mansión era más grandota que ésta y hacía más calorcito. Se la pasaba mejor allá. Güevoneando a gusto. Menos borlote. Mejor comida. Y también qué putas divertidas. Una vez se le ocurrió a uno de los cuates ir a cazar biners. Ai pendejo no la friegues le dijo él. Jafsíriusli. Así en slang. Cómo le gustaba el slang. Tú César no te agüites que nos vamos a entertein. Ya le decían César. Los cabrones hijos de su madre. Pero tenían razón. En todo. Qué puta divertida. En las motos a toda velocidad por el monte. Si bajo puntaje duro por el desierto. Gritando a todo pulmón. Con en la mano derecha las carabinas de aquéllas eléctricas que nomás atontan a las vacas. Cinco puntos por ñora, ninguno por los niños, y eso que había pocos, diez por el cabrón con la cara de espanto que se le solidifica en rictus cuando el chispazo le truena en la espalda. Pero eso sí, cincuenta, y si no era barrigón cien, por el pelao que grita adelante Ándenles córranles cabrones que ya nos cargó la chingada. Ya nos jodieron los hijos de puta. Pinches polleros, le traducía luego él a la Cesarina, cuando ella todavía jalaba parejo, tumbados los dos en la alcoba –Ya hasta casi se me habían olvidado para entonces las tetotas violetas, piensa, cómo pasa la vida…–. Me gustaría mucho aquí en el rancho tener uno ahí en la cabecera de la mesa del comedor respondía ella. Jaladora que era. Enmarcado de astas de dears le contestaba él. Cómo se reía ella entonces, con su voz cantarina. Luego que se le iba desvaneciendo la carcajada (o la tos, Pinche golden acapulco poca madre. No por nada se es aristocracia), decía, Abajo escrito, César, en una plaquita, Pollerus Rex. Ándale corazón, le daba él alas… Pero era ya bien mamona. Imposible negarlo. Luego luego Seguro le haría cara de fuchis tu mami. Que se la lleve la chingada, retobaba él. Aquellos los buenos tiempos… Dónde carajos quedaron.

Piensa será el sereno pero a mí me caen bien los bárbaros de abajo. Pa que voy a decir que no si sí… Por eso medio aprendió su lenguaje. Los otros de otros lados no. Okey Condesa. Okey Chino, u okey Pato Pascual, tenía que asentir después de rato. De según ellos él oír bien atento las burradas que le contaban: Prietos apestosos peligrosos todos… Pendejos. Pero si son buena onda pensaba. Más razón para escribir, ahora, aquí, No. Pero…

Pero toy cabreado. Pa qué me pasan este pinche papel si ya saben lo que voy a escribir. Dénselo al Steve caracho, o a los otros fanáticos de la seguridad, de nuestros intereses, etcétera. Pa que hagan puntos. Órale maricones les insistía él, que no se logra el favor del César así como así nomás güeyes. (Hasta le gustaba cómo hablaban más allá de la frontera. Frontera por conveniencia, para mantener los salarios bajos, que el Imperio no las tiene). Hay que ganárselo a pulso. Esto es un bisnes como cualquier otro…

Lo habrán hecho para joderle el día? Por supuesto que sí. Quiénes más. Los pinches de la Chía. Le gustaba decirles así. Pura agua de chía son ustedes… Pero ni le onderstanden. O pretenden no entenderle, responden corrigiéndolo. Bola de necios qué les cuesta hacer lo que el Chino –o más bien yo– quiero.

Claro, no onderstanden a los de allende el río. A los que me caen bien, más aún si pienso en mi juventud… Pinche mi secre se las va a ver negras hoy. Cont de mierda. Juro que me trai tirria. Sonofagun, montón de fails que me amontonó. Voy a hacer que la agujeree en un callejón uno de los secretos. En lugar de andar güevoneando entre las rosas el pendejo. Para que se te quite lo traidora. Tarada. Que no se me olvide mencionárselo al Steve. O a mamá.

Eso…, el Babas; sí, ese pendejo. Ya me acuerdo… Pero antes le decíamos de otra manera. No recuerdo cómo… Quién te manda corazón. Me sorprendes. Me cabrea que conmigo se te acabó la suerte. Pero yo qué puedo hacer, deer? En la bronca que me metería yo si en este pinche indulto que aduce, déjame ver, a ver quién, la presidencia de la colonia correspondiente que se autonombra república soberana, joy, joy que si no por lo otro por eso me caen tan bien, siempre para todo con sus bromas, aun en lo más gordo, riéndose, de chiste a chiste, no lo digo que son rebuena onda?, tal cual dice aquí, y también…, amnesia qué, puto nombre raro, amnesia internacional dice, tampoco me insulten cabrones, que menos firmo… Que si ya me acordé quién es. Y esos otros nombres más, una lista larguísima de, –intelectuales dice aquí–, que me da la güeva leer… Cómo quieren, pues, si así me tratan? Que yo firme, one güey or another. Ni modo mano. Qué le vamos a hacer. (Si yo pudiera, si yo pudiera ser tan malo como quisiera, te diría Ni modo mano. Tienes sin embargo que seguir viviendo). Y más en estos tiempos. Y con la Condechis haciéndome sombra, y conste que no es racismo, o como se llame eso que tanto mentan de moda, mentarlo. Pero la neta, salió cute el joke, me lo he de memorizar para contárselo a…, a… a quién? A la Cesarina? No, nomás me va a salir con su jetota de mal cogida. Al chinche Steve tampoco, se va a reír hasta rodar por el suelo hasta que yo le diga Ya cabrón ya, a quién crees tú que a estas alturas engañas? Al Chino será el sereno pero hasta a mí me mete miedo, si apacible lo mira a uno. Y se sonríe. Mejor no. Al Lobo, a los otros ideólogos reales, no, son bien zorros, ni se sonrosarían, y yo me pondría todo rojo… A mi papá. Nah, está cada vez más chocho. A mamá, nomás para ver cómo se eriza… Con el pelo todo blanco y la piel de saurio y los ojos zarcos cerrados y abajo el collar de perlas parece bandera de polacos. Y a quién le caen bien los polacos? Eh? A naiden… Aunque también coño a mí me caen bien esos cuates. Nomás si por barberones. Igual que los gachupines. Tantas otras de esas tribus menores. La última vez que vi al jefe de esos le dije Lameculos, todo azorado el otro, no se lo esperaba, Pa que veas cabrón que aprendí hablar ya bien, le dije dizque para disimular. No le quedó al otro nada más que reírse también, Venga César, qué tíos tan cojonudos sois vosotros. No, marica: Soy… Vale.

Estoy solo. Ya lo sabía yo, también quién me manda, descubro el hilo negro, el pinche poder lo aísla a uno. Podría yo andar persiguiendo biners en mi harley. Me recagan los helicópteros y los aviones. Las conferencias de prensa. Las entrevistas. Tantas cosas…Y el cuestionarme mi self como ahorita…

Por eso puede también que ande cabreado. O porque el sínico Chino me dijo el otro día Mire Mister César, (si yo supiera a cien por ciento que se está burlando la que se le vendría, al cabrón, cabezón, pero es imposible saberlo…), siguió, Yo porque no me da la máquina, pero aquí la secta nos tiene disponibles por si tiene nostalgia de su tierra unas cowgirls que cobran no sé cuántos miles por each half hour, pero dicen los abdulás que valen eso y su peso en oro luego… Pinche Chino. Cabroncete, nomás de payaso. Provocándome el bato. No es tu línea mano. Y luego cómo voy yo a la iglesia el domingo puto? Eso nomás por decirle algo. Para contestarle sin insultarlo. No me hago el beato pero vete a la chingada. (Esto nomás lo pensé). Con razón te duele el corazón joy. No estás ya tampoco para andarte de loca pelón. (Esto también, claro…) En fin… Tampoco me voy a quejar demasiado. Porque me cabreo más. Si en el fondo me la estoy pasando a toda madre. No como tú… Bubbas. Dicho sea de paso y con toda la buena voluntad del mundo… Digo. Para qué fijarse en lo malo?… (Ahora que lo recuerdo creo que sí así hasta te puse yo).

Por qué será que pienso todo tan claro y tan fluido pero cuando tengo que decirlo se me atora todito? Ya desde que andaba yo caliente por la Cesarina, que ya desde ese entonces le gustaba que así le dijera, sonofamisil piropos sabrosos que se me ocurrían entonces, como me bebo tu period, digo yo, a quién se le ocurre una sutileza así, a ver, tan vulgar como poética como precisa, puro misil de artillería mía, imperial, estelar, ni a los profes de litera dura la materia de la college de la que me salí, ni a los biners albañiles y peones que usaban los capataces en el nuestro rancho, o a los padrotes de los honkie tonks, los que reclutan los de la agua de Chía, porque son estos unos pervertos…, bueno pueque a los de enmedio sí, será por eso que me caen bien, también, pero eso es otro asunto, que no me debe de claudear el raso sino, que así se dice, ni distraerme: el caso es que cuando le ponía el labio en el oído a la Cesarina, me salía solamente: ai lob-yu… y como colofón nomás después de tanto esfuerzo: joni… Chingaos. Luego cómo la puedo culpar…

Pero por eso te cuento el chistorete a ti Bobas, desde aquí, que cómo que cómo, por telepatía bato, a ver si te llega, no me vengas tú con que no crees en ésa. Si yo creo hasta en la virgen. Y en la astrología. Y en irme a la cama temprano. Paque veas. Claro que en el Mesías. Lo que no mata engorda…

…Coño si esto lo dijera yo en público me saldría otra cosa, lo que no engorda mata, y al otro día en los periódicos, por eso no los leo, el grito en el cielo, con la plaga de obesos que invade al Imperio, peor que las langostas. Etcétera…

Pues sí, ni modo bato: ai perdones pero

11

A la primera, decía, alcancé en el anaquel la apropiada.

Era casi perfecta. Fue, junto con las otras, un regalo de la madre del César. Maravillosamente trabajadas. Costarían un dineral.

(Decían las muchachas, Esa señora es mala Dimas. Excitadas, Más que estos que se creen los poderosos. Porque vieras Dimas–como si yo no viera, como si yo no existiera– tú los ojos del pobre Ánade, o del Steve, cuando el escogido de los praibets, inyectado de sus anfetaminas y viagra ahí mismo en el estrado, tiene que ponerse una de aquéllas –dicen, aquí entre nos Dimas, que ella les paga, a través de secretarios privados, y ninguno de estos puede hacer nada, un capricho más del César, que se matará de la risa como un gato de sarna metido en su cama, entre sus sábanas finas, viendo la tele, imaginándose estos subterfugios–, y nos coge a todas, una tras otra, mientras estallan las carcajadas, hasta que se desmaya, con luego las convulsiones y la baba…, que esa señora es muy mala Dimas, nadie quiere voltear a ver al Pato, …la estrella en el estrado esa noche…(–como si yo no lo hubiera visto–), que se hace el distraído, cómo se le nota la amargura en el gesto desordenado, igual a los de los otros, nosotras, a pesar del resplandor de los proyectores y del dolor, sí, lo miramos, lo notamos, o en los otros, desde el estrado, no nos califiques de ardidas, y esto no es agudeza, o de sentimentales, eso sería bajeza, porque nos dan entonces verdaderas ganas de morir por el mundo).

Alcancé la apropiada. Tomé la máscara. Me la puse. Soy del mismo tamaño. Me visto igual, con ropas demasiado holgadas. Baratas. Casi harapos. Meto las manos en los bolsillos. Me paro en el vano de la puerta. Miro vehementemente cómo la Magda hojea las páginas de una revista de telenovelas. Como si supiera ella que esto es una puesta en escena. Supe yo, ahí (siempre) que ella veía el envés de los hombres. Dije ya que no logré reconocer más eso cuando estábamos junto al río. O deliraba ya ella entonces. O acaso todo aquello, fue, como esto, únicamente otra manera de impedirme reconocer mi identidad, última, que el sueño me niega, que sé que es otra, no acostumbrada a estas actitudes, latitudes, actividades, incluso el lenguaje no mío, que sólo el final de esta pesadilla logrará, quizás, revelar, revelarlo, revelarlas, no seré yo éste, en esta bruma que me confunde, que me mira, porque regreso a esa esquina del pasillo, miro hacia el interior, los dientes podridos y la mirada distante, intento plasmar en mis ojos, desde el corredor, desde el rellano, desde el inodoro, la intensidad que desquicia.

(Varias de las alocadas, cuando se quejaron con la Vieja, aquella vez que ya conté, dijeron que cuando las miraba dolía, como aquello no surtió efecto añadirían Salían llamas de lágrimas, de los cromos de los artistas de la tele clavados a las paredes, como tampoco servía, O de las de los hijos en foster homes, se derretían las virgencitas de miga, pasta, o cera, y los niños dios, otra vez Ya bájenle muchachas, intervine: Es nada más el calor y la poca brisa).

Después de un rato asintió, él, con un gesto ambiguo se despidió de mí. Como si entonces siendo otro me reconociese. Como si los que servíamos al imperio, nos reconociéramos: extranjeros. Pense que entraría. Supe que me haría a un lado. Que me desembarazaría de la máscara en el excusado.

(Dato baladí. Se utilizaba mucho. Me explico: Porque daba poca gracia ver a un tipo con la jeta del Lobo cogerse por el culo a una esclava never mind the rest. Hasta que una noche de sábado, generalmente cuando venían los altos sacerdotes si estaban en el rancho, la mulata o negra disfrazada de mora, inspirada alzó una mano equilibrándose quién sabe dónde, y le arrancó al córporal la careta. La máscara. A continuación como mejor pudo se la puso ella… Entonces sí el aplaudidero y lo insólito: Hasta se excitó el Chino. Dicen.)

Pienso. Bien lo sabría el Nazareno. Pienso. Que aquel Lobo era yo. Pero no importó. Todo era aquí —es aquí— apariencia. Y aquélla lo era. Una mentira. Por lo tanto también lo que esperaba.

Yo sugerí, entonces, aquella madrugada o tarde siguientes, después de que se largaron la Vieja y ella al fingir dormir, ignoro por qué, lo hice, nunca me entrometía en las discusiones de ellas, sabía que yo las repelía, el respeto entre nosotros fue también señal de odio, acaso aquella ocasión porque presentía que ya no quedaba mucho tiempo, era eso lo que yo veía en la visita no lo que ellas veían, sugerí, Querría ver cómo la mira el Demonio.

Se santiguaron cuando dije aquello. Pero asintieron. Cambió el tono de sus respetos. Quizás porque robé esa nomenclatura, vaga, estúpida, favorita del César. Eran por supuesto supersticiosas. Tantas veces lo exploté sin remordimientos. Cómo me arrepiento ahora.

Sí. A eso vino, Dimas, dijeron. Miraban hacia el piso, como trazando con la vista sus pisadas sobre el piso.

Poco que trazar. Reandar.

No, no hubo necesidad. No me aparté. Tampoco la tiré. Cuando bajé al salón ya se había marchado. Dijeron las mujeres atónitas, y algunos de los presentes, que hablaban como si hubiesen presenciado un milagro (racionalización del Pato: un jomles que entra en el lugar más caro, en el más selecto, y no pide un trago o un taco, una limosna o una colilla, por supuesto que es un milagro. Un gran milagro. Y doble): que nunca bajó las escaleras. Yo pensando que sería más milagro haber salido por la puerta que lo contrario. Sólo la Vieja respondió a mi guiño.

Ignoro si todo esto tiene algo que ver con la verdad. Con mi futuro. Con el desenlace. (Cada acto una piedra más en el camino. Decían las putas. Al final del coito. Nunca supe si irónicas. O platónicas. Pero eso le gustaba a los tipos, ayudantes, banqueros, generales o chivos expiatorios: Todos religiosos. Mas ellas, ingenuas, continuaban. Cada falo una reliquia de un clavo del calvario. Respondían las muecas o las pausas. Las bofetadas. Se callaban ellas.)

Aquella negra grande de entre las chamacas a la que los picudos le habían puesto de apodo y por sus atributos Concha (y no remedando al César) se soltó gritando a todo lo que le daban los pulmones que he has the whole world brothers in his hands. Las otras mujeres, más recatadas, más acostumbradas a la periferia de la sumisión, guardaron silencio.

Yo me pondría filosófico, ya lo dije, al otro día, debería haber dicho entonces, no lo que dije sino Quiere ver lo que nosotros vemos. Porque si la muerte es la misma para todos… Etcétera. Ellas igual asentirían.

Como tú junto al río. Y contestabas cosas como este río es el de la muerte. O un río que se le parece. Por eso aquí nos encontramos, por vez última, Dimas, carajo ni siquiera conozco tu verdadero nombre…

Nunca puse en duda tu presencia a mi lado.

…Ni él la mía ese día o yo la suya. Ni siquiera cuando luego (semanas, meses, días, no importa…) nos llevaron juntos al rancho. Era tan sólo otro hundido. Pero quizás por eso mismo este intermedio, este lujo ocioso y estéril, cuando no sobra ya tiempo.

Como un tributo póstumo a las mujeres muertas. Como un tributo pobre a un hombre triste.

CONCUBIO

En la noche. Ateridos alrededor de un bote de chapopote. Encendido el bote. Esclavos ahí calentándose. Yo no sé si fue el tiro o era él ya así desde antes. Él no se acuerda. Yo un poco más. No me explico. Son las prisas. Explico ahora que aparentemente él llora.

Aquella noche. Hace años. De la que no se acuerda. Encendido el bote de chapopote. Para ver desde fuera, tomo apariencia desesperada. De desesperada. De puta barata. Pintarrajeada la cara. Las medias rajadas. Pelirroja, falda sicodélica, bragas negras, brasier burgundí. En el muslo el tatuaje de un gladiador. Traigo abierta la cremallera de la minifalda. Añado un cigarrillo a la boca… Jodida como los jipis y los indocumentados amontonándose ahí. Calentándose.

Para narrar tengo que turbar el escenario, lo menos posible, qué mejor que así, una puta yonqui que repugna. Me sienta este disfraz. Aclaro si narro lento es porque mientras, le estoy echando un ojo, aquí a nuestro héroe. No tan sólo ahí, aquella noche, en la cual él uno más entre los jomles amontonados junto al tambo de chapopote en flamas, aquella noche lejanísima de atentos oídos a la migra, sino también aquí, ahora, colapsado agotado y solo sobre las hojas de su cuaderno.

¿Él, durmiendo, o el que él sueña que él es, durmiendo?: Ambos.

Porque dice él que no recuerda. Me entrometo así, de refilón, como un remordimiento. No. Esto no es repetición. O procedimiento trillado, nimio. Yo no soy un recurso, recuerdo, sueño, cualquier pendejo que se atraviesa. Yo soy la dueña de este lamento. Su fuente. Su espuma.

Aclaro. Si me corto de súbito ya se sabe. Por eso de una vez mucho gusto mundo. Hice lo que pude. Y para aclarar su origen.

Como es quizás de esperarse, esta cortesía desde otro mundo suena aquí vacua. Porque, ¿no soy yo la parte oscura? Que ahora brilla, resalta: me brilla la cara sudada, de noche mala, en el resplandor del bote, camino por el semicírculo como si me hubieran ya violado, ojos apáticos como de yonqui yanqui, pero estoy atenta, aunque no es necesario tanto teatro: nadie me mira. Me dan ganas de atraer la atención gritando Por ahí no va compas. Hoy la migra no es la de temerse. Sino algo mucho más gordo. Más oscuro. Más poderoso. Que maneja el futuro todo. Que se acerca en silencio. Acaso es la misma noche la que toma esa sombra súbita. Ni yo misma que todo sé la siento venir. De repente estará, únicamente el tiro. Que cambió su vida. Brotado de la nada. Pero me adelanto.

Estos argumentos, estas frases, insisto, una ilusión, un subterfugio para entrometerme en el tiempo, amplificar su tiesura con la minucia de las evocaciones. Soy pues sólo una intimación, un atisbo dentro de otro: Soy la inconsciencia… Mas aun lo que rumia el hipotálamo está encadenado por el tiempo. Y desperdicio los segundos. Bien sé que mucho él así no dura. ¿Quién pudiese más que unos desdeñosos instantes en una noche como ésta?

(El disparo…

Cómo puedo explicar una vida en una noche. Hablad, no quiero sentirme solo esta noche. Hablad os lo ruego. Ni yo ni los que me exigieron esto esperan más.)

…Okey. Ya se tranquilizó. No sabe ni quien soy. Cuento el cuento, el recuerdo. A lo que me trajo, trajeron.

El más jodido de entre todos está casi en el centro. Mal afeitado, de ojos amarillos. Le llaman el Nazareno. Lo buscan los batos cuando están desesperados. Unas versiones que es otro jomles. Así de simple todo. Otras que no. Que es el dueño del reino, insondable, subyacente, de esta zona fronteriza entre la vida y la muerte. Quien rige cada instante y cada movimiento. Que ante él hasta los poderosos se doblegan. Alguna vez un descreído, yo lo oí, aunque penando vestida entonces de qué no me acuerdo, para sentir, declaró, Hasta no ver no creer. Dijo El tráfico de qué, de armas, de droga, de lana, alguno pomposo le contestaría, Ignorante. Esos nomás son asaids: De almas.

No puede culpársele. Al descreído. Es difícil ahí creerlo. En torno al tambo. Es tan sólo aquel hombre. Otro más de aquellos que se están hundiendo entre las grietas del (así le dicen) sistema. Desharrapados, orates, desempleados, violadores o violados, beodos, flojos, putos, drogos, etcétera. Hay que matarlos, No, hay que ayudarlos, no son nada de eso, son sólo pobres, etcétera, depende de qué john hable, depende de qué john me pague esta noche. Pero desbarranco por la tangente. Tampoco es para sorprenderse. Intenten ustedes concentrarse por más de un instante en un mismo pensamiento, sin que se les meta por ditroit, digámoslo así, un lamento, un recelo, de esta puta aquí jodida pero aún tentadora. Necesaria. Que llama la atención a estas horas… Ah. Entonces piedad.

Los pobres de espíritu amontonados frente al fuego. Entonces si no era nadie por qué el disparo. Porque quizás en eso radica su fuerza. Una respuesta. Intentemos nosotros otra. Más facilito porque era todo y querían quitárselo de enmedio. El Imperio, aquellos que lo controlan. Otros capos. Etcétera…. Basta. No me detengo en eso. Cuento de nunca acabar. Y suena a panfleto.

Facts: El Nazareno tiene las manos adelantadas sobre el fuego. Los otros hambrientos, alrededor, las putas muertas de sueño (yo), los drogadictos y los enfermos, también alrededor, dónde más. También Dante Vergara y su compañero.

El tiro, de la nada. Dirigido a él, al Nazareno, según testigos. No, no fidedignos. Esos que ahora corren, ¿los oyen? Puro grito. Dirigido a él según el testigo. O sea yo, cada vez más en mi rol, de puta grifa, que se queda ahí, parada —la única. Tan ocupada si prefieren que ni se entera del peligro. Por eso es esta parte tan difícil de contar. Requiero hacer un esfuerzo de, llamémosla, prestidigitación. Igual en carácter por poner un ejemplo, a cuando el prestidigitador con una espada de hojalata corta en dos a una muchacha metida en una caja. O sea, no muy difícil si se sabe el truco. Pero así y todo espectacular. Sobre todo para los pobres. Estar ahí viviendo el momento y no sino narrándolo. Acto de literatura. Pero no, no es eso, el obstáculo, es porque entonces éste ahora grogui y lamentándose y llorando está despierto, y yo por tanto presente y ausente al mismo tiempo. No sé si se entiende... Pero así sucedió. Porque conforme observo cómo el Nazareno voltea hacia el aire desde donde proviene el estruendo, y conste que lo veo esto todo no desde los ojos de éste, (de éste, no del Nazareno), sino desde fuera, parapetada en mi muralla de stuffed wonderbrá roto y salpicado de semen y vómito, y veo a la gente correr y al Nazareno voltear, veo, como si desde fuera, insisto, cómo va pasando obstinadamente a la inconsciencia mi... (dueño mala palabra, ambas, aquélla, inconsciencia, es realmente un disparate, decidme si esto mismo no es un contraejemplo, y... dueño, seré aquí por elección puta mas me acuesto con todos los hombres y mujeres al mismo tiempo blablablá, pero, para qué me meto en camisa de once varas, a mí que me rechoca la metafísica...), quiero decir simplemente el que ustedes conocen ya como Babas o Dimas, nombres también igualmente malos, (como aquellos con que yo me designo), adjudicados por cierto ambos precisamente después de este suceso, que cuento, que el otro nombre será mucho después, pero no me adelanto, de ello él se acuerda, pero igual me adelanto porque hasta este momento que narro sólo pues un pobre diablo, éste que yace sobre sus páginas, del que se servirán todos, de los jodidos a los poderosos, lo digo aunque parezca slogan, exageración (o peor aún, simbolismo), si bien me adelanto a lo que está sucediendo y atestiguo, que boba y latosa constricción es ésta, cronológica, pero precisamente en ese sentido, pues, él el más interesante, nuestro protagonista, mártir, escritor aun en este trance, y famoso (hablo demasiado), y en quien precisamente por aquellas y estas razones estamos ustedes y yo concentrados, y quien pronto estará ante el umbral de su verdadero sueño, de su existencia misma, —y si no son aquéllas de más arriba razones suficientes para la atención a él debida (o porque yo me adelanto), entonces llénense estas líneas solamente de esta última.

Pero de nuevo me desvío. Perdí el hilo. Eres rebelde mente:

Éste, él, el que llamarán o llaman ya Dimas, algunos Babas, presentimiento (y doble, por ser un apócope, no añado más ya lo dije), va pasando a la inconsciencia –debería yo correr y cacharlo, pero no me muevo–, va cayendo contra el suelo de rastrojos, colillas, orines, excrementos, chanclas olvidadas. Yo lo miro desde fuera… pero igual me parto la jeta. No que se me note la diferencia. Espero que ahora sí entiendan la alegoría de la (nótese) guapa asistente aserrada en dos mitades.

Lo mira el Nazareno cómo cae al piso. Sabiendo. Porque tiene que saberlo, que el disparo iba a él dirigido. Lo atrapó con la cabeza el que va cayendo. O fue tan sólo un rozón. Eso al menos lo que veo yo desde aquí desde este desdoblamiento y que claro él –bauticémoslo por comodidad ya Babas (desde entonces de seguro, desde antes quizás también pero no me consta, en parte porque a esas cosas no les presto yo demasiada importancia)–, no puede ver. Y mucho menos recordar.

Eso con lo que quiere hoy jugar en sus sueños como origen de su futuro.

Ergo aquí estoy, disfrazada de piruja. Para complacerlo.

Que como intermezzo la mera verdad aquí entre nos es una joda. El puto infierno. Lo que ve uno en esta realidad asusta… Y no sé qué pendejo dijo que era yo (o sea, soy), el basurero. De los deseos de los hombres. Qué idiota. Dejo eso para otro día que es cuento largo. (Ja: estúpido recurso racional, como si hubiese otro día… Aunque prometo, aunque sólo sea porque soy jodona, contarlo en otra ocasión, desde los delirios o desvelos de algún otro protagonista, si ya no de ésta de otra historia. Hay tantas…, y la eternidad es eterna).

Claro que todo esto invita a elucubrar cómo yo lo puedo recordar. Ver desde hasta allá. Con fondo de tambo de alquitrán con llamas y lo demás. Y por ende con qué posible autoridad narro lo que narro. Contesto: Buena pregunta. Le pega de lleno al follón de dónde, concretamente, es que yace la conciencia. Y, o, cómo se logra tornar en incon… (nombres poco apropiados dije pero en los que reincido). En caso de que le falte pedantería a esto, como a la comida del imperio el picante, cómo es que vive asimismo en el tiempo y sin embargo puede extraerse a voluntad de éste. (Moderadamente, por supuesto, eso de la voluntad…, tampoco exageremos: eso de andar disfrazada de puta de bárbaros del imperio tampoco es la gran cosa…) Y, ¿resulta pues entonces que ejerce o tiene la inconsciencia voluntad? ¿Es por este preciso motivo por lo que lo que capta es verdadero? ¿O no será acaso lo opuesto?… Y todo este problemón: a mitad del corredero, del pandemónium de miedo que sigue al disparo. Sólo yo no me muevo. Por tanto la respuesta que aquí puedo dar: Short and sweet: Por favor: No jodan. No estoy yo aquí para eso. Para explicar. Tampoco es esto salón de clases. Ni están ustedes realmente dispuestos a oírlo. Rompe el flujo. Es muy profundo. Sí. Ya sé. Ya lo rompí. Pero podría ser infinitamente peor. Y yo soy aquí en esta historia una prostituta y vine para que me cojan. Para que me jodan. (Momento). Yo la jodona. Ya me estoy haciendo bolas… Por otra parte, una razón más. Indiscutible:

¿En qué relato que se precie de fidedigno (y a pesar de lo que dijo o diga este escritor –y ni siquiera me estoy deteniendo ahora en bobadas de si es él el que habla o yo, o si somos lo mismo, tomando solamente formas distintas–, este relato es la pura verdad, nada es inventado, pues presentadme vosotros a mí (¡a mí!), un producto de la imaginación que no sea un regüeldo de la realidad, pero, dirán, qué sabe un pájaro de volar, nada cabrones, respondo, para eso están los ornitólogos sí, gordos, fofos… –para que noten las diferencias, él si despierto, por su identidad o profesión, hubiera preferido ironizar qué sabe acaso un escritor de literatura, para eso están los críticos…, pero lo conozco, es miedoso, no se atrevería a decirlo, consciente–; pero mejor aquí le paro a eso, además de que aunque es otro rollo, tampoco hay demasiado tiempo ahora…), decía, (ay Dios estas frases tan largas, tan como mal soñadas, como si no fuera yo la psique de este mismísimo tipo que escribe –aunque quizás no en esta noche– tan distinto…, aunque no debo aquí, en mi omnisciencia (o coadyuvante estupidez), develar su identidad fuera del sueño de esta noche, fuera del sueño de su vida…), decía pues, en qué relato que se precie de ser fidedigno, a medio camino de un intento, secretísimo, de asesinato (y no contra cualquier pobre diablo, no, damas y caballeros: contra el mismísimo Nazareno), y que, además, resulta fallido, gracias a la intervención (ahí sí) de un pobre diablo, al que por eso, quizás, llamarán Babas, Dimas, y que se queda un tanto minusválido como resultado –aunque eso es cuestión de interpretación, ¿acaso se le nota, o no? (o, refra-seando, ¿es la apariencia una manifestación más de la realidad o ella misma toda? Ésta es facilona, aunque truculenta: se las dejo de tarea)–, a mitad de todo ello, una puta jodidísima, estática, bocona, que entregaría con gusto el palpitar de su culo por un pincho de olvido en medio de aquel pandemónium –por cierto, como puede notarse, el disfraz, o la heroína, es excelso–, se va a soltar disertando sobre filosofía?

(Uf lo logré: Terminé la frase, que si bien lograda culmina siempre en el absurdo).

Descansa la defensa.

No es regodeo. Pero tan sólo imaginadlo. En medio del de-sierto, de aquel descampado, del mar de zapatos volteados (todos lisos) y trapos olvidados, del bote en flamas tirado ahora, de la mirada triste del Nazareno que abarca al no muerto, (y, en primer plano, como si fuera reportera de guerra), una hetaira, egomania-ca, que discute, con esta voz rasposa, de congoja que no mata la noche, no obstante el desenlace del suceso, cual aguardiente que no no mata el hambre (¿cómo podría ser mi voz otra cosa?), y dirigiéndose hacia el vacío (que eso, con el debido respeto, es lo que sois vosotros), la epistemología de su existencia, su correla-ción, íntima o inexistente con la consciencia, etcétera…

Ja ja ja ja.

(…)

Aunque…

Pensándolo bien, hasta no quedaría fuera de tono. Enmarcaría bien el conjunto, la pobre puta ni se enteró del atentado, sigue ahí la muy ególatra, despotricando metafísica contra el mundo, da hasta más lástima, ahora mírenla, se está encuerando, mal mal no está, (gracias), cualquiera de estos batos correlones le haría el favor, si no fuera por la corredera y el pavor, mientras habla ella de lo intemporal y de lo perecedero, en mitad del caos, de los gritos, de la piedad súbita o fingida del Nazareno, del inescapable destino. De todo lo ajeno…

Sí… Está bien. Me salió el tiro por la culata. Caí yo en mi propia trampa. Qué fiasco. Gritos de autogol llenan el coliseo. Pero le queda a la situación que ni calzada la actitud de confusión de la hetaira. Hasta esto la hace más verosímil. Así es la vida. Aunque se pierda se gana. También viceversa. Porque, por ser yo quien soy, sin que me exima una razón para cambiar de actitud o de intención, puedo cambiar intempestivamente, y más en esta encarnación. Y entonces ceso. Cuando los correlones en lugar de correr me miran con curiosidad (quiero creer que no sólo por estar ya en pelotas –también soy realista, estoy muy manoseada, no paro el tráfico en la quinta avenida, o pensilvania, o via apia, o como se denomine hoy en día la gran vía del Imperio, como se habrán dado ya cuenta para mí los nombres no cuentan–, sino, más bien, por las verdades que arengo), yo me callo. De sopetón.

(Uso este silencio para subirme la faldita, imitación lince luibutón. Hace frío en esta celda. Y en el desierto sin fogata. Sigue soñando el que sueña ser. Y ser –ahora se entiende por qué–, Dimas.)

(También para pensar –perdonando el lenguaje–, un detalle que hasta ahora se me escapaba. Es a partir de entonces, justo cuando el nombre de Dimas por fin se afianza, y adquiere así la legitimidad que no necesitaba porque ya se la habíamos otorgado, que le da al pobre hombre, o a todos los otros, porque ya saben cómo son los hombres, son todos la misma cosa, por llamarlo, o llamarse a sí mismo, Babas. Que más que reflejar sus limitaciones, insisto, es un vislumbre, un apócope, como verán, quizás lo sabrán ya, de su último nombre. Sabiduría popular y destino. Otro tópico para disertaciones. Apoyado éste (el destino) en el insípido argumento de que la cronología okey no es la misma, pero estos son también otros tiempos. Como si hubiesen otros tiempos…, Pero si hasta los glaciares cambian de forma, con el tiempo se deshacen, Sí pero son aun así los mismos —etcétera: Otro despeñadero que se mira y se admira (como aquellos) —y se olvida. (Esto, lo de los glaciares y lo del apelativo, bien lo sabría el César…). Pero basta. Tal vez todo esto esté aquí fuera de sitio —es decir de cronología, narrativa o la falsa—. No importa. Mea culpa. Al menos así expando —lo único que en realidad me importa— el reposo de este condenado.)

Eso fue silencio. (Todos los significados. Todos y los incorrectos). No puedo estarme callada más tiempo. Siento la misma sensación de atosigo que la puta siente porque le falta el fix. Pero ni quien la pele ya en el desmadre. Inspirados o no pensamientos al aire. Ya se jodió, la hetaira, le quedó grande el nombre, va a tener que largarse sola también de ahí…

Y sí. Eso en resumen lo que sucedió. Narrado desde primera fila, en technicolor where available y con comentarios. Creo que llena algunas lagunas que perseveraban. Más bien las desborda. Perdón. Por ello: Que conste aquí que no paso la tanga que debería ser gorro para recaudar fondos…

Lo que siguió era de esperarse. El Naza le dio su protección y cuando el César pidió a alguien de confianza y pocas palabras para su proyecto secreto para allá salió el Babas. Al menos así lo cree él. O ustedes. Al menos eso le da cierta cohesión a lo que no la tiene: A la realidad. Pero ya lo dijimos. Todos los hombres son los mismo… El resto creo se los contó ya él o se los estará contando. O todo lo contrario. No lo sé, no he prestado demasiada atención. Tampoco me importa.

Tú ya álzate. Despiértate que es casi ya la hora de despertarse. Además yo ya acabé. Dije lo que me sentí obligada a decir. Quise aclarar pero quizás confundí. Que es aclarar, bien lo sé. Ustedes también… Pero no es por eso. Ni porque el tiempo corre. Por lo que debes levantarte. Más que nada… porque ya me hartó el disfraz de whore. Hasta por ditroit se le mete el chiflón. Y la noche aquélla, y ésta, están tan frías. Además de que, como cualquier puta que se precie de profesional, sé que después del clímax que forjo con mi esfuerzo (si no eso, al menos llamémoslo acaecimiento), después del clímax, canso. No sólo eso. Doy asco. Es otra ley más de la vida. Hay tantas otras menos bobas… Por eso hasta aquí llegué.

Pobrecito… Desperézate. Tómate tu tiempo. Yo te hago casita. Quizás hasta valga la pena detenerse un instante más en aquella anamorfosis. Porque asoma como símbolo de los tiempos. Símbolo o lo que sea. Corro el riesgo de pasar por machacona. Y eso no va conmigo. Molesta también sonar tajante. (Resulté remilgosa… Ya ya: Hablo mucho. Aunque todo esto cabe en un segundo). Pero decía. Para darte tiempo: El retablo. De este lado supuesto calvario del Nazareno pero con tiro. Tirado ahí no él sino tú. Tambo en flamas que calentaba mojados allá. En la esquina inferior. Y el coro de güetbaqs y jipis se va. El de lloronas se va. No se amontona abajo en hemiciclo, en devoción, sino huye. Una verdadera vergüenza. Se ocultan los asesinos. Ésa la verdadera. Señal de que a pesar de las apariencias, nada nunca cambia en la historia. Historia. El Nazareno que, aunque no lo aparenta, controla el universo, se hinca y te acaricia y no dice gran cosa. La que este pobre –tú– nombras me imagino en tus memorias (ya me imagino esas notas… –perdonadlo, que no sabe lo que hace…) brilla por su ausencia. O casi en pelotas se colapsa en el centro del abandono. O habla y habla…

(…)

Nadie más ahí. O aquí. Una voz a la que nadie atiende. Que se esplaya en incoherencias, disparates, jerigonzas; rodeos, enredos, turbiedades. Único testigo. Que se declara aquí ser la consciencia del mundo…: Único testigo, y la oscuridad. Y el desierto circular que no delimita. No muy lejos un río muerto. Lleno de cascajo y muertos.

12

Por eso la historia debe ser otra. Por eso los que la predican, en los rincones perdidos del imperio, o más allá del mundo, supuestos proliferadores, la cambian lo confieso. Lo confieso y porque sé que nadie me creerá.

O porque la gratitud de los olvidados es grata de imaginar...

No mijas no sean zonzas. Oyen ustedes a cualquier bocotas. A cualquier babotas, digamos, a cualquier charlatán soltando de pendejadas en los caminos. Pa tragarse un taco y un trago. Y más. ¿No que muy expertas, etcétera? Psst. Pendejas. No se junten con esos, cholas zonzas. A ver usté abuela tráigase pacá unos sopes, que voa contar parejo, ustedes tápense las chichis con un suéter, que con tanto chillar marea el zangoloteo. Paren, las orejas chamacas, sobre todo ustedes dos, las culonsitas, sí, ustedes, que al rato como peimen me las llevo allá al catre, nomás que coma, pongan pues atención, que no voandar repitin. En sus nalgas, listos..., pues pinche César como no le gustaba chambear y era la hora del lonch después de una mirada al piojoso ése —no se me alebresten chavas que eso sí de a güevo no hay cómo extirpárselo, no hay vuelta de hoja—, y luego otra menos intensa a su chingona ma suya, del César, que asintió sin que apenas lo notaran los otros,

(aquí las pobres mujeres igual se decaían, tan ingenuas, luego ya en pleno entre, una de las nalgoncitas murmura, explica, Nosotras es que creíamos que no tenía, Ay niñas, cómo en unas cosas se puede ser tan ingenuo y en otras tan... lo opuesto, ha de haber la palabrita pero ahora lo que menos me preocupa es la pinche palabrita...),

le dijo al pobre confuso, que repetía, como tocadiscos, que su reino no era de este mundo, Mira mano eso está ya muy visto, para estas alturas, aunque sea el albor de un nuevo milenio, o a

poco me ves tú resucitándotelo (recitándotelo?) lo de las catapultas de destrucción masiva?…, se soltaron todos las carcajadas,
hasta la Condesa, la irene, creo le decían, o no estuvo ella allí, que
no se rió ni cuando luego los corceles árabes le tiraron en la cara
luego un pedo al Steve,

(ay, Magda, en lo que degenera todo, por un par de… sí, nalgas, tetas —en esta ocasión al menos dos…),

levantó los brazos el César, acalló a la multitud, No cabrón no
por nada pero es que ya está muy visto. Modernízate joy. Lléven-
selo con el Chino, a que se encargue el Chino de él. Me vale madres su segundo infarto que haga algo ai nomás el sucker tiradote
en su jóspitalsuit, costándonos el dough…Que él te condene.

Y se lo llevaron…

Las putas son curiosas. Pero el destino último no las obse-
siona. Porque se lo imaginan. Pero sí esta vez porque esta vez
es un Chino. Ellas creían que debería ser otro. Cómo que otro,
retoba el guaripudo. Señor, de otra raza, creeríamos nosotras. Ay
chamacas, ¿no oyeron de la misma bocota del César que hay que
ponerse al día? ¿Tonches? Globalícenseme o como sea que se
me convenga… Ahora el que juzga lo mero mero es un Chino,
ni más ni menos, y si no se ponen ustedes más jariosas y tiran la
mugre tele ésa a los marranos y sacan a la anciana ésta y le hacen
un cobertizo afuera o la ponen a que duerma con los puercos y si
no se ponen güenas con el látigo y se disfrazan de enfermeras o
alumnas de escuela de monjas y maestras de preprimaria y carajo
hasta de migras para que les plantemos tamaño gargajo en la cara
y nos las cojamos re a gusto dogui stail, yo les advierto, en un año,
a lo más, marquen mis güors, que yo espeto la trú, la fría y dura
sin fatuos frufrús trú, que a poco sí no, ya me oyeron hacerme
el pendejo hace un ratito, las chinas las substituyen, que cómo
coños no, si no se tientan ésas el corazón con nada. Imagínense
lotro…

Butt tranquilas. Que tampoco les panda el cúnico. O que sí
que eso no lo he sentido yo nunca. Que no entendieron. Trans-

leito. Calmantes montes que el mundo no es tan cruel chavas. Vean por ejemplo al tal Chino. Parecía muy que sí y que no pero al final hasta él tuvo que tentarse el corazón. ¿Guetit? (no confundirse con Quétit que ustedes están medio planarias in front, facilito se han de tocar el corazón ustedes). No hay pues nunca que decir de esta agua no beberé…

Transposiciones, voces, nada más para argumentar, el proceso erosionante con el que se desvirtúa, se crea, la verdad.

Por eso yo, ya desde aquel entonces, mentía. Tratando de alterar ese deterioro. Tratando de alterar la alteración. El deslucimiento. La ruina.

Bajo esqueletos de árboles en plazas desiertas. En vagones atestados de deportados. En pulquerías infectas insignificantes. En ese escaso lapso. En la huida última.

Con o sin Magda. Antes y después de que se me uniese.

Es cierto que sólo un loco puede atentar eso. Lo imposible. Y de una manera tan abstrusa. Peor esperar que triunfe. Que sirva por lo tanto como evidencia.

De qué. Intento ponerle nombre.

(En un momento de debilidad le mencioné esto al Legorreta. Hice un esfuerzo por contar lo que aquí intento. Dijo el abogado Demasiado laberíntico. Pero barajó estrategias. Peligros. Nombres. Veredictos. Dijo luego No. La gente está hoy por hoy muy tonta. Es perder el tiempo.

Amor al prójimo. No, tal vez no. ¿Un deseo confuso de remendar el pasado? ¿De remedar el pasado?… Pero mi pasado y mi futuro no existen ya. Sólo esta noche que imagino a medias. Que mido a tientas. Fuera de su transcurrir, el tiempo su negación. Fuera de este sueño, mi vigilia: Fuera de esta vida.)

Quizás por eso me capturaron. Y lo sueño aquí ahora. Cuánto después, no lo sé, después de aquella visita al rancho. El súmit, aún por contar. Yo sabiendo en mi ingenuidad perenne aquélla la sima.

Igual lo sabrían los abogados. Al menos el Legorreta, y eventualmente el otro, el joven, que entonces ignoraba lo que es la vida, sus fajos de diplomas y papeles, cándidos imprudentes. Mas no lo suficiente, no lo suficiente tal vez. Como yo esperaron lo prometido, que perder es ganar. Como lo sabía el Nazareno.

Yo hubiese contado eso a los guaripudos. Por otro trago del licor caliente. Pero añadiendo Para la putas, güeyes, como aquí. Ustedes no se lo tomen tan en serio, ustedes, carajo, no frieguen, no se suelten llorando. Le echan la culpa a las ropas de viejas. (Fue entonces, aquella vez, que uno se levantó el sombrero y le vi yo el moño. Luego lo tapó como si fuera el sombrero la tapa del féretro). En ese mismo silencio imperturbable. Cierto, todos tenemos nuestro corazoncito dije. Si hasta el Chino, que ahí me había yo quedado. Es tan laberíntica e ingrata la vida que acaba uno aprendiendo nada menos que hasta del Chino. Ya dejen de chillar cabrones. Cómo que por qué. Porque ellas con los ojos bien secos ya nomás hubieran asentido. Ya verán.

Asienten.

Vestidos de viejas. Dizque para pasar desapercibidos. Los migras desde los óldsmobils cagados de la risa. Al ver la fila con las mecedoras a lo largo de la carretera. Me pregunto si ya buscándome. Lo dudo… Entonces le diría uno de los centuriones en la patrulla, al otro, muy probable son (o eran) pochos, igual diálogo, Mira John, cabrón, este trabajo es una shit, yo sé bien que siempre te me ando bitchin, te meando, bitchin, eso, quejeando, no no cogiendo ése, puta por si me faltara razón, puta que no sabes ni lo básico, quejiando, quejiando, con cú, parecido pero no lo mismo, de qué pinche asteroide te mandaron, quejiando digo con la misma cantaleta, que mierda para allá, mierda para acá, en fin, no no te me estoy echando patrás, claro que no, sonó a albur, que bueno que ni te diste cuenta tú, decía, pero que hay momentos como éste pareja, dime tú moderfóquer si no, que hacen que valga tanta mierda hasta la pinche pena. Dime si no. Ve tu nomás allá. Deja que se lo cuente a mi mujer, la sádica, lo va a gozar… Y en medio de su alborozo zas, le voy a contar del mío… Y ja ja, se va a poner toda pachucha, ja ja, momentos como ése, pareja, también… Dos pájaros de un tiro.

Los dejamos asintiendo.

Les pregunto si han oído de Dante Vergara.

Los otros dicen no. Uno sólo asiente. Dice Ése era sólo un ladrón común…

Es demasiado tarde ya. Pero haberles dicho, la que es más verdad que si fuera cierta. Haber insistido que.

Pobre Nazareno, tan quietecito, ahí parado, después de que lo vio, lo corrió, el César, lo mandó al chino. (A la chinada, dijo él, riéndose pero sin ganas), descontenta (pero a él le vale madres) la Cesarina, enfurruñada la suegra, se le ocurre a ésta y se lo dice al jefe del entourage o al Steve, o a uno del staff, …¿Acaso no se le pueden dar unos azotes?, algo así, Pinche jefa, dijo el César (pero quedo), qué lata, tolerarla es un calvario…, luego ahí parado, lo miró el Chino, desde su cama, su máscara de oxígeno, sus sondas. Haber añadido yo por concisión histórica Se lavó las manos…, pero cómo si no podía, todo ahí conectado a los aparatos, la cara cetrina, más calvo, ni palabra dijo, lo mandaron al Neza, como le dicen también en el Imperio pero para mantener distancias, con el pocho siniestro que funge de cultrario, procurador, dándose ínfulas. Encerraron al Naza en una celda, la gente lo llama, grita, Neza, lo condenaron, ya no nos sirve para nada más el cabrón, eso.

Decidme si no es ésta la verdad. La que debería ser cierta: La verdad de las putas. Más puta verdad que ésta no debería ser ninguna.

Y yo redimido, tranquilo, ahora, entonces. Y los guaripudos inspirados, y las putas contentas. Mejor el mundo.

Tal vez por eso escribí esto… Y miento sí, pero así mintiendo, miento sin mentir. Para hacer feliz al mundo. Soy un insensato.

Es mi última oportunidad… Pero no será así y todo suficiente. Demasiado soso, demasiado visto. Cómo añadirle más sufrimiento o dramatismo. ¿Más sufrimiento o dramatismo? Lo piden los estudios de mercado… El mismo César frente a esos un pelele. Aunque según él no le gusta que con él usen esa palabrita por futbolera. Si lo saben ya hasta las putas. Las más rascuaches entre los huizachales vestidas ya de regulares de la migra. Unas temerarias hasta con caretas clandestinas del César. Del Chino. De la Condesa. Las putas prietas más ambiciosas copiando al César la nombran (se autonombran, se propagandan) Chonchis. La Conchis. O la Chinchichis. Las culteranas la mentan la Prusiana. Pero la imitan. Con ese poquito de imprúbemen dicen cómo les suben los emolumentos. Les habrá dicho aquella tarde el guaripudo que llaman impunemente ya mi apóstol, A poco no. A poco no es esto progreso chamacas… Y qué. Que las escupan más ahora y que las madreen más, chingaos aguántense…, quierelotodos, es el precio que hay que pagar por el progreso. A joderse. Pongan algo de su parte, güevonas.

Eso pensarán. Pon algo de tu parte.

Por eso pensarán, los que lean esto, si los hay, cómo cambiar esto que cuento, cómo alterarlo para satisfacer a los nuevos dioses.

Por eso hay que adelantárseles.

Cómo, muy fácil. Ni modo.

Con la triste verdad:

pero la Conchis es bien chinche y tengo que cuidarme las espaldas así que te chingaste. Aunque tienes razón, si es acaso esto que siento como nostalgia yo tu pensamiento en ritórn, igual sin estos achichincles de la chingada igual firmaría yo:

(…)

A poco Júpiter o tú culpar me pueden? Cors no. Ya sabía yo desde hace mucho que tú y yo nos entendíamos. Cómo podría ser de otra forma?…

Me rimembro del calvario. Santo retablo que armabas, si no te confundo aquí, en mi escritorio, aquí nomás aburriéndome, con otro, no que ande yo aburréndome con otro, bobo centinela secreto has algo, cógete a esa criada, la que riega las rosas, algo, no nomás ahí hablando con tu guau qué toco, levanta al menos las pinches hojas secas güevón, perdón decía yo, sí el retablo. Nomás de verlo daban ganas de confesarse a la noche con el preacher de papá que venía a tragar casi todas las noches a la mansión el gorrón… Y conste que yo me precio de no ser señorito. Apretadón joy soy no. Soy bien promedio. Hasta más sonso de lo que creen. Por eso el populus quiere a su César. O al menos eso me dicen. Por eso el Chino y lo sabe no tiene ni pinche chance. No que él quiera. Por eso lo aguanto. Y según yo tampoco la Condesa. Que aprendan. Que aguanten vara. Sí que pinche calvario, faltaba gente luego, pobres damas ahí clavadas con esos enormes por decirles así pernos que ni se podía ver la pasión de tanta entrepierna, siempre te dejabas Babas para el aplaudidero ese sentimiento o aura de ser el menos idóneo (que me oyeran estas palabras los de la prensa, esta soltura, hijos de su mal dormir que son lo que me sobran ganas), solo, abrumado, absteniéndote, luego me decía el que impersonaba al Neza, tan teatral, No te creas Junior que hice esas piruetas nomás porque tú venías, no te creas tan importante cabezón. Es lo de todos los días Junior. Pregúntale si no al Pato. Que viene casi a diario. Lo

hago para mantenerme en forma, no te caería mal a ti. Ve nomás.
Esa panzota de niño rico… Luego perdía el valor, y me desobe-
decía y cambiaba de tono y mascullaba Yo sólo obedezco órdenes Señor… Ai, nomás porque lo necesitamos si no también lo
mandaba a que acompañara al Babotas ése allá. Babotas por dejarse agarrar, no que le quedara de otra, claro, y haber visto más
de lo recomendable claro, y por más que trato de acordarme no
me acuerdo de tu nombre. Por aquí ha de estar escrito pero qué
te crees César, que tú te puedes ordenar a ti mismo, no cabrón,
ni siquiera yo mismo me ordeno, así soy de importante, así que
no se me hinchan los tompiates y no lo leo…

Que la llevo yo de pendejo un día nomás por mamón, que a
mí ni me gustaban esas cosas. Se veía que al Babas tampoco, pero
estás de ilegal mano, haces lo que te ordenamos, si no a lavar
baños en un cuartel de soldiers cabrón, total, que la llevo, a la
Cesarreina (o Cesirena?… Naw) desde el rancho y pensé ya ai se
me va a guacarear tráiganme unas chelas, a mi viejo criado el Yol
y vacié el hielo en el piso todos bien atentos híjole folks el César
es un cabronazo, pues sí, le gustan al tiempo, odergüei le gusta
al tiempo güeis,… pero ai estoy, espere y espere y la otra, no se
guacarea: On the contrary. Quién la viera, aplaudiéndoles. Ni un
oh my god así exhalado como de lado. Suspirado. Nada de nada.
Y yo como pendejo con mi cubetota de aluminio en las manos.
Mala leche Donald Duck cuando pasó enfrente nomás dijo sin
que se le notara, ventrículo, Órale junior, ai la llevas, no te nos
vayas a vomitar. Hijo de su malencarada madre venida de Marte.
Ánade. Anónima. Quiero decir que no tenía. Por eso lo metí
ahora en camisa de once varas. A ver cómo te sales de ésa mijo…
A ver cómo te zafas de esa maldita guerra. Cada vez que me llega
tu renuncia aquí al lectern (insisto, coño, si soy bien chingón…
Si tan sólo se me notara… Más), aquí con la misma estilográfica
ésta chida no china pero con letras hasta más grandotas que éstas que hasta me paso un buen cacho de la tarde rellenándolas,
escribo, No amor, ora te jodes. El dizque pretor de las Colonias
del Sur que es cuate aunque medio penco me dijo que ellos en
su sabiduría joy joy le llaman a eso la ley de Herodes –…o del

Prieto, ya no me acuerdo, o se me estaría pitorreando… Lo que quiero decir es que Señoritas puritanas de las Colonias. Nosotros los cowboys le decimos nomás me la mamas.

(…)

Pobre Babas o Barbas o como te llamas. Y…

Ah qué buena idea se me ocurrió… No sabes qué… Que se te viene hoy lo de…

Ésta sí te la podría yo evitar. Con otra llamadita más tarde y ya. Desdiciéndome. Pero me va a dar güeva. La otra. Quizás… Naw, no es eso. Como podría yo decirles eso imagínate qué mal quedaba tú yo? Pero no creas que no lo pensé, o sea, lo opuesto, así que si en tu soledad oyes voces de comfor, piensa nada más, soy yo.

El César.

Nada más y nada menos: Fortunado tú…

Mmmh. Hace mucho que no me concentraba yo en una sola cosa por tanto tiempo. En la Cesarina menos esa vieja me tiene ya hasta la madre. (Carajo cómo me gustan tanto estos barbarismos de los bárbaros. Se me meten tan fáciles.) …No no creo que te haya yo dicho ya que soy bien cabrón, y malo. Malo, pero de los malos. Bien malo mano. Hasta a veces yo mismo me espanto. Búu. Ai, brinco. Pinche centinela güevón con tu audífono allá en la terraza y atrás el obelisco egipcio fíjate, protégeme de mí mismo. No me hagas caso cabrón, no te espantes de los gestos, nomás te la estoy mentando. Tú síguele ai, haciéndote el importante… Returneando al tema, que habré tocado, sí también la presión de los de las iglesias pero eso si me conviniera me lo pasaría yo por el arco del triunfo. Soy experto en esas maniobras. Como a la jundidas naciones maricas o como se llamen entre ellos esa colección de pigmeos que atosigan al Imperio. Si no pregúntales tú. Ya sé que no puedes cabrón, de eso se trata, pero si pudieras… Pon algo de tu parte…

No, no me creas tonto, nomás aquí yo mamuqueando, gozando, llanero solitario, que esto no lo pueden leer ni ver ni los del agua de Chía. Ni ellos. Joy joy de ai el puro placer. (Aunque es una verdadera lástima también. Me encantaría que se enteraran, que me conocieran…) Aunque la neta quién sabe con esos. Son rebien siniestros. Aquí entre nos en plena trust unos hijos de puta. Nosotros tú y yo y hasta el pinche Pato Donald unas santas palomas. Hasta el Chino. Bueno, tampoco tanto. Exagero. Ojalá que se los chingue un día el Nazareno. Uno por uno. A fuego lento. Estoy convencido que es el único que puede. Pero claro carnal, de seguro lo tienen en la nómina. Por qué crees que hago lo que quiero? Aunque debería yo informarme de eso en detalle pero para que veas, qué buena y saludable es la güeva, de lo que lo protege a uno, nomás pues no lo hago. Por eso me ves aquí vivito y coleando, como un renacuajo, evolucionando, contentito. Ya lo decía mi padre. Más vale pasar por tonto que por pendejo.

So wise… Por eso, aunque sea así de lejos, nos entendemos tanto tú y yo. Lástima los leones. Una verdadera lástima… Pero dicen que amor de lejos…

Pero… Voy a hacer la llamada.

Y voy a cancelar los meetings de hoy. Para ellos, la razones: nomás porque sí… (cabrones).

Para pensar a mis anchas, para regodearme en los viejos tiempos, cuando las cosas eras sencillas, campiranas, como a mí me gustan. De seguro tú también te lo preguntarás, metido me imagino en algunos separos, calabozos, esos de seguro asquerosos, fuchi, te preguntarás, cómo acabé yo en esto. Pues ya sabes, no estás solo. Yo desde el polo opuesto en esta hora precisa pienso lo mismo…

Lo bueno es que a mí no me dura mucho la agüitada, se me aliviana luego luego. Y luego ya ni me acuerdo.

Nemo me impune lacessit.

(Chinga, insisto: carajo why no me sale así en público?)

Caray, y las palabrotas del lenguaje bárbaro me salen tan fáciles y no puedo usarlas en público. Chinga qué mundo, todo patas parriba… Será la democracia, o la tal freedom?

Chin no me acuerdo ni como se llama mi secre. Éste es su botón en el interfono, pero, cómo se llama, ella?… Que se le viene
encima el mundo. Ni modo, cómo le ponemos hoy? No andabas
tú pendejo con una tal Magda? Que te ayudaba la güevona en el
tabló? O es tablao mejor? Retablo? O estoy nomás inventando
yo cosas? Que también yo tengo mi imaginación eh… Aquí lo
vas a ver. Pronto lo vas a ver. Porque aquí entre tú y yo me gusta
el chorro inventarme madrolitas. Como todo esto. Sí, las catapultas ésas infames y cosas de ésas, la mera neta ya quisiera yo que
aquella fuera mía. Estaría yo bien orgulloso en esta pinche sala
del trono hecha para güevonear si no para qué entonces la forma
de güevo que tiene pero lo reconozco, también soy modesto. A
Júpiter lo que es de Júpiter y al César lo que es del César. Nunca
más como aquí. (Inventaría yo ese dicho? Porque ya lo había
oído antes… Pero es una pendejada. Andaría yo moto, o tratando de joder al Pato Donald. Sepa la bola.) Lo voy a decir en voz
alta: Un lugar para cada cosa y todos coludos. O era cada cosa
en su lugar o todos rabones? (Me salió o no?… Pero por azar los
albures no cuentan…)

Va por ai, al buen entendedor muchas palabras. Por eso te
sigo hablando. Pa que la sientas. Orrai, nomás por estresarla la
voy a llamar Magdita a la secretaria. Aprieto el botón. Magdita,
venga acá. Pásele. Ai Magdita, le voy a decir, ya la vi el otro día
haciendo esas cosas, no no me excelenciee Magdita. Que la flas-
heo… Cómo que cómo cuáles Magdita, ésas, aquí entre usted y
yo, y los sacerdotes de la chía, y el vicecésar que todo lo mira,
son unas cochinadas, debería de darle a usté vergüenza, imagínese nomás usté si su mamá la viera, no no le voy a decir, aunque
ganas no me sobran, pero me debe una Majadita, ándeseme con
quer, que si no la próxima la van a crucificar con vergas de máu-
seres, no no me salió muy bien la metáfora pero usté me onders-
tú, cómo de que no, órale ora sí excelencieeme, decía nomás no
se me haga la tonta Magdita, piénselo, cómo de que no entiende
nada, tampoco llore corazón, puede que sí que no entienda pero
tampoco es para tanto –se lo deletreo: nomás cancéleme todos
los meetings. Todo (sea guerra fenómeno natural o cualquier

otra bobada). Mándele cualquier cabrón que insista mucho (o si dice que es Alejandro Magno o ése del que hablamos (hablaba yo) que nos hace más milagritos allá en mi cantón que los mismísimos petroleros carnales del Chino), mándeselos al Chino, sí los más mamones obiusli a la Chinchichis, digo a la Chonchis, ai que trabalenguas a la Conchis. No, esa es mi criada. La bárbara. Écheme una mano Magdita. Chans tu chain. A la Condesa, ándele. A veces le digo así a la Condesa. Por supuesto que por equivocación Magdita. No me diga usted que estaba pensando en otra cosa… Ah que bueno. Bueno. Gracias Magdita. Ai que día, verdad Magdita, estamos todos sobreexcitados. Ya no llore. Sí con lo de hoy en la noche…

No, nada, no es nada de importancia realmente. Por eso yo nomás me retiro por solidaridad con usted, no se crea, yo soy un alma grande, majadmita, majadita, para que luego no sea malagradecida. Aquí le echo yo porras. O sea, arre burro, arre. Pero una última cosa. Ponga atención. Que me tengan el canal de la peni listo para la madrugada, de seguro voy a estar jetón, pero por si las flais. Ai se lo encargo. Y si llega el de la pizza, mándeselo también al Chino, hay que cuidar su cucharón. Joy, joy. No no me crea Magdita, (coño ya me acordé, si lo sabía hace un rato, es la Cont, mi secre, así le digo, me lo recordó su rostro, debería de rasurarse, demasiado tarde: Cómo se me pudo olvidar?), límpiese ya los mocos, estoy nomás vacilando, como si no me conociera usted, como si no leyera usted las noticias, como si no la hubiera yo a usté visto encuerada. Cómo que cuando, no se me haga ahora la insómnica… Ay Contita, otra vez cayó. Anda lenta, Magdita, ¿no cree que debería estar usted un poquito más despierta para este trabajo?, piénsele, nomás, la antesala del corazón del Imperio, la antesala del mismo César, en sus manos: la mera neta es bien importante. Tons. Póngase las pilas güera… (Cómo me encanta el latín popular, la pura buena onda. Ya lo dije?). No, no llore, no se avergüence, sin diéresis, y menos pida perdón, ya bien lo sabe usted, lo que sucede es que yo soy bien malo, ya lo sabe, soy malo y qué le vamos a hacer. Y eso que no sé alburear. Una lástima… Le mando un besito. Nomás de refilón eh, no se me alebreste. El puro airecito. Ándele sí, váyase después nomás a echar un café. Si ve a las vestales bárbaras de la limpieza dígales que les mando un ósculos. Aunque no entiendan ellas. Eso. Usted ríase. Bien. Ya se ganó un punto. No no está tan dormidota. Nombre si nos viera el chinche Chino la pura mueca. Su tache para el sínico. Pero conste no se le vaya a salir a usted nada de esto. Frente a él. Así me gusta, bueno… Déjese de venias, ándele ya. Bye.

(Pinche puerta cuando la cierran se confunde con la pared. A quién se le ocurriría esa chingadera? Me sigue llamando la atención.)

Estas chavas. En este ambiente tiene uno que sacrificarse, reeducarlas, las gasta, pobres gatas… Bueno, enof por hoy, ai nos vidrios guorl… Mañana es otro día.

Pero tú…

13

El César va saliendo de la sala del trono. Acaso en este preciso instante, o un poco antes, pero en este concubio. En torno suyo, pinturas heroicas, esculturas, y cuadros. Razona que la Historia para ser verídica tiene que repetirse pero con roturas. Con pequeños desperfectos. Como todo lo hecho por el hombre, piensa, sintiéndose no obstante un tanto confuso. Por albergar estos pensamientos. No le gustan estas metáforas, bobas, si es que así se llaman, murmura. Porque a leguas son eso. Eso es claro. Quizás fuese el Lobo quien repetía a cada rato esas bobadas. Fuckin Lobo pendejo. Qué bueno que se lo quitó de encima… O el Chino. La cosa es que se le quedaron grabadas.

Y ahora las rumia. Le suenan falsas. Como tanto de lo que dicen. Por qué, no puede articularlo. Por eso mejor se calla. Y escucha. En los meetings. Detrás de los ojillos de rata que se divierten, solamente la Condesa sabe que no está divagando. En la novia de los pezones violetas que le consiguió su madre cuando iba él en el colegio. O si no en el batallón de fantasmas en el que lo alistó el César previo para que no fuera a combatir la guerra en la jungla. Aducía una razón estúpida pero certera, fingiendo aquella risa nerviosa, le decía No te preocupes Cesarito, ¿qué no ganó el Cid su mejor batalla ya muerto?… Argumento pinche enrevesado pensaría el Cesarito. O muy bueno o muy pentonto. Viejo truculento. Hasta él podía darse cuenta de eso. Además porque nunca había oído él hablar del tipo cidoso ése. Porque ya es hora de que alguien la gane ausente mijo concluyó, en aquel lejano pasado, la figura paternal. En quien piensa brevemente. Cuando la Condesa le observa los ojos turbios. O piensa Por mucho tiempo pensé (zonzo que yo era) que los pezones eran tales porque ella (por supuesto) pertenecía a la realeza… Pinche Condechi. Pero ahora no pendeja. No pienso en esos. Ni aunque me vieras.

Porque trae una idea fija metida en la cabeza mientras recorre los pasillos vacíos del palacete. Una que otra mucama desaparece al moverse la oscuridad en las encrucijadas de los mosaicos. No, aquí no hay mosaicos, hay paredes y cuadros. No fuentes pero hay alfombras. No cielos enormes claros sino candelabros. Si eso es una metáfora salió pinche, piensa… Por eso no tuve que hacer lo de los látigos piensa. Sonríe. Se le iluminan los ojos. Con la idea que se le ocurrió hace poco. Toma de la pared el teléfono que tiene cerca. Tartamudea unas palabras, eso es todo. Así de fácil. Prosigue por el pasillo ya listo para irse a su alcoba. Canceló la Cont ya todos los meetings. Antes de dormirme me gustaría verle la cara a la Condesa cuando salió del cuarto de las putas piensa. Me excita aún, la méndiga imagen, no obstante tantas veces.

Y recuerda. Para eso solamente planee la explosión. Precisamente, en ese instante. Para que ella saliera desprevenida. Pocas veces capturada así. Me excita. No por la chinche Chinchichis, pobrecita ella, feíta, ya quisiera ella. Sino por la conmoción, por la desnudez interna expuesta (qué raro, me salió la frasesita de un tirón, tan difícil): Lo único que nunca ha dejado de atraerme… La mera verdad esas putas se esmeraron… Y porque la Choncha es la única otra que lo sabe. (Además de mi madre. Y el Chino… no, el Chino no). Precisamente por eso tanta excitación… Doble, triple… cuádruple…

(Tampoco es cierto que sea lo único que me fascina, si todavía a veces sueño con esos trémulos pezones morados. Como lunas de pinche planeta volcánico. O doblones de arcón que a esa cierta hora submarina reflejan el arrecife sulfúrico. Qué complicadas y maltrechas me salen éstas. Metáforas creo que sí es la palabrita. Okey, me salen malas. Pero me salen, cabrones. Me he de escribir una nota: No seas perfeccionista, César… De vez en cuando el Steve entre los folios de Estado me mete los catálogos que compilan los agentes ondercovers entre los ondercovers. De los que ni la Condesa sabe. Creo. Ojalá. Madre mía, qué cosas, me sonrojo, tengo que cerrar el cartapacio que afuera dice tratado internacional del medio ambiente joy joy. Luego interpretan todo tanto los tarados de la prensa. Coño pienso ya bien serio, cara de estadista, dónde pueden conseguir esos agentes a esas mujeres. Serán falsas tú, Steve. Ni lo miro. Él serio. No pensé que eso existiera. Pero no Steve, ninguna se le acerca. Say to the boys que no se me anden con burradas. Pero que sigan buscando. Y que no pierdan el tiempo fotografiando a la susodicha en las playas de las colonias mediterráneas. Está fofa, y con hijos, no es lo mismo, da, no sé, cosa. Pero síganle, diles, que el que busca encuentra…)

Casi la única… El Chino lo intuye pero no está seguro… Por eso realmente hice que montaran aquel edificio. Cerca del rancho, que a mí no me gusta viajar. Pobre Pato Donald, pobres soldados. Todos puros peones. Con las putas pobres. Llevadas a límites inimaginables.

Dijeron hasta los invitados que para quitarme el estrés enorme. Joy joy cuál pendejos. El de las responsabilidades. Por eso un entretenimiento bravo. Necesario. Ni madres, no es cierto. Por más que intento comunicarme para afuera no me conocen aún. Yo no tengo estrés. Responsabilidades. A mí me gusta pescar, cortar árboles, ver videos, dormir…

La voy a poner en la videocasetera.

Por eso sólo aquellos que entienden (o pretenden entender) eso (sutil… y para eso esta ahí, tomándose su corona, o su vaso de agua, el Chino, si todo esto le da a él tremendo blues, por supuesto otra razón más para tenerlo ahí, a él y a todo el teatro, a él que a pesar de todo sabe es la única corona que va a poder tener entre sus manos…–sutil, no digo?–), y reniegan de las beldades que les ofrezco gratis, reciben mis favores. Chingonsón sistema chido que me inventé. Habría que patentarlo. Ejemplo Calígula era un pinche amateur. Le faltaba la sutileza mía. Que sin embargo nadie parece notar… Calvario mío. En fin… A toda madre los grisers, los mejores conejillos de indias. Por eso los quiero. Así carajo acabé confiando el fin del mundo en el méndigo Lobo, pero su justicia en el pinche Prieto. Por sus raíces.

Pero el Lobo es otra historia. Él es la mismísima desnuda desnudez interna. Expuesta. Horrible. Que claro asustaba hasta (hasta!) a las mismas pirujas. Pobrecillas. Ya lo sabía Chino, le dije al otro, creyéndose el condescendiente cuando me vino con el chisme. Sí, el Lobo en una reunión de estado el equivalente del edificio ése. Pero claro más portable. Por eso hasta ahora ha sido aquí indispensable. Y por eso acabó aburriéndome. (Si con tan fuckin malo que yo soy hasta a mí me acabó asustándome). Ahora lo mandé lejos. (Tal como me lo recomendaste Cesarina, no puedes quejarte, tus deseos son órdenes nena, y eso que no sueltas nalga, pero ni te creas que ni quien quiera). Que recorra el mundo. Que predique a los incrédulos. Yo voy a ver el video.

Qué bueno que hice la llamada desde el pasillo. Afuera de mi recámara. Directito a quienes están a cargo. Por eso me siento mejor ya…

Desaparece el César en su alcoba. Al final del pasillo. Dentro del palacio. Casi como Magdalena cuando subía al segundo piso del edificio guiando a un diplomático. A un asiático. A un africano… O al César mismo.

Raquíticas. Parecen no querer dejarme ahora. Imágenes que me acompañan. Mientras otros duermen. Aquélla…

Debería evitar ahora imágenes así. Pero me atosigan. Con la imposición de realidad que tienen los sueños metidos dentro de otros.

(Me oigo tan otro, tan fuera de carácter, pero igual sé que en esto no estoy solo, ejemplos, el Naza, el César. Magda… El pobre Pato, dichoso el único que no se guarda sus remordimientos para sí mismo…)

Porque la historia (también si con mayúscula) está hecha de tierra. Y va rellenando de sus propios detritus sus propias grietas.

Por ello tan poco logra sorprendernos cerca del fin.

Ruidos en la puerta… El cerrojo. Aquí me traen la cena.

Ceno solo.

INTEMPESTA

14

Sí, entonces hablamos.

Ni siquiera mandó el Chino traer al traductor. Después de contemplar de arriba abajo al tipejo enfrente señaló con un dedo una silla. Se sentó aquél como mendigo al que invitan a la mesa. Tartamudeó sólo lo de que el Lobo que parece Señor es su ayudante o si no algo así del señor Pato que aquí así le decimos asusta a las mujeres. Están histéricas, Señor… Este lo mira como entresacándolo de la transparencia, como entretenido (no se acuerda el otro, el tipo recién sentado, si había atrás espectáculo).

Ahí sentado. En paz. Como santón indostán. El Chino. Ahí pero asimismo presente en ese mismo instante en otros cien sitios distantes entre sí y distintos. Los poderes especiales del Chino. Un dedo, o el cuerpo todo, en cada resquicio del Imperio. Cómo poder decirle algo tan banal: Sabe qué, Señor, espanta el Lobo a las muchachas. Eso es todo, Señor. El otro lo mira fijo, de improviso soltó la risa con la mitad de la boca, la otra comisura inamovible, cómo instilaban frío los ojos duros y fijos, mas también con un disloque, con fracturas de indulgencias o amarguras, y que parecían querer pedir algo, sugerir no soy lo que me imputan, pero la frialdad, ahí, latente, para desanimar cualquier pretensión. ¿Por qué se rió? ¿Por la denuncia? ¿O porque el Lobo era tachado de achichincle del Pato? ¿O por la falsedad, certeza o sonoridad de los nombres que él no conocería porque nunca se los habrían comunicado? ¿Y en los que se reconoce? ¿Y que se los adjudicaron las mujeres y la vieja y el hombre ahí sentado y Yolando y todas las gentes presentes como si simultáneamente? De seguro no por eso, no podía ser por eso.

El Lobo con los dientes podridos, susurrando a veces contra las esquinas del edificio, o abajo en el rellano de las escaleras, o junto a la barra del bar, sus explicaciones y sus motivos, los motivos del Imperio para el nuevo orden del mundo. En las esquinas balbuceando, intentando sigilosamente convencernos de la inevitabilidad de la realidad. Peor señora que si fuera un exhibicionista alzándose el gabán o la gabardina para mostrarnos un glande agusanado. Dijeron ellas. Las chamacas lloran si lo ven, Señor, eso fue lo que añadió él, el tipejo retrepado en el borde de la silla.

Sí. Me reconozco.

Le había dicho la Vieja (cuando le dijo él al fin Se lo voy a decir al Chino, a quién más si no) Es una pérdida de tiempo.

Lo niego. Lo negué. De ahí mi castigo.

El Chino en silencio. Por un rato largo no dice nada. Cuando abrió la boca susurró en su idioma algo distinto. Algo…

Que constituye la verdadera razón, lo reconozco ahora, no lo entendí así siempre antes, por la que recuerdo el asunto. He dado demasiadas vueltas. Porque sabría sin recordarlo (o querer recordarlo) que podría yo haber escapado. Pero he llegado a ella. Ni siquiera presentí al inicio que estas páginas me arrastrarían aquí. A una simple confirmación.

Tropiezo con mis propias frases.

Éste el intríngulis de la pasión. Lo que me faltaba explicarme. Recordar, ¿recordar?, esta noche.

Debería haber iniciado este capítulo con estas frases. O esta pretensión de algo póstumo. No tengo tiempo de corregir nada. Tal vez es natural que emerja así. Oculto. Difuso en un rincón, como yo aquí. Como él ahí.

Insistía la Vieja El Chino no tiene poder sobre él, ni siquiera, usted lo sabe, (otra vez de usted, ya lo noté), el Pato, a quien le encanta hacerse la loca nomás de pantalla. Tampoco la Condesa… Quizás yo nunca llegué a entender cómo las mujeres, tan caladas, tan heavy duty digámoslo, que duraban es cierto tan poco tiempo pero que aguantaban tanto, podían tenerle aquel miedo a aquel alfeñique, la Vieja no podía explicármelo mejor, se me quedaba mirando, como después, ahora, el Chino, decía Eres un imbécil, dejando de tutearme, Por eso llegará usted a más.

Estúpida intuición femenina.

Pero cuando el Chino habló no fue intuición lo que me puso (iba a decir chinito pero no hay tiempo ni sitio para bromas bobas), lo que me puso la piel de gallina. Tampoco habló para jactarse de mi imbecilidad o prestancia. Nada más dijo.

(Lo traduzco, transcribo, así, la voz de oráculo tan fluida tan sólo un eco frío en estas galerías, oquedades.)

Nunca yo mismo he soportado al tétrico ése... Me simpatizais pendejo. Os voy a dar este consejo. Que no es un regalo. Os va a hacer sufrir. Peor: Es una sentencia. Os lo advierto, aunque ya es tarde. Así son mis designios. Sencillamente el mundo es cruel conmigo. Escuchadme pues bien.

(Las palabras exactas no las recuerdo. Tan sólo recuerdo cómo, luego, solo, ya metido en mi cuarto –cuando me andaban buscando a gritos todas–, las interpreto. Indiferente yo a los ruidos –¿fue entonces que mataron a la rubia?, quizás, quizás no, los días confusos, indistintos...–, pero sí recuerdo que en el cuarto claramente volví a escuchar):

Como nuestro César no puede tocar a tu Nazareno –porque estos son otros tiempos, y ahora somos amigos–, se le metió al pobre el capricho de esta vez deshacerse de

(aquí su sonrisa seria sería una manera de recordar al César preguntándole Óyeme Chini ya se me forgueteó cómo se llamaba aquél, se me olvida la damn storia, y eso que soy yo bien creyente. Piensa el César no te hagas tú el pendejo del rogar pelón que para eso te pago, para que no se me pasen estos detalles... pero dice, Camón, sóplame, eso, así mi buen Cheinis, tú siempre con un as bajo la manga, pero claro...)

Barrabás.

Añadió, con un suspiro, después de la pausa escarmentadora, de padre tutor o padrastro resignado Dice además que es lo más que uno puede hacer en estos tiempos postmodernos, pero que él está dispuesto a todos los sacrificios...

Tal vez las palabras dichas. Dichas con toda la buena voluntad del mundo.

O sea… Por lo que dijo luego. O yo imaginé que dijo, porque necesitaban tan poco esos ojos para decir aquello:

…Todo esto ha sido únicamente un teatro para divertirlo. Por un rato. Al César. Entre invasiones y guerras. Por eso lo de las chamacas no le llamó nunca la atención. Que parece un imbécil sí pero es el más temible, el más cruel. Se rió. Quizás esa mueca pudiera llamarse así. Continuó. Aunque él no lo quiere creer. Veos si no, por qué creeis que os escogimos. Por ser quien sois. El gato con el ratón jugará siempre. Nunca se hartará. Antes se acabará el universo mismo. Os lo digo solamente porque esta conversación nunca sucedió. Lo estais soñando todo.

O es que caigo yo en otra trampa. Tanto hoy aquí como entonces allá. Porque nada de esto es cierto. Ni siquiera, el sadismo legendario del Chino. La fiebre me llegó al darme cuenta de aquella, y esta, maldad. Llegué a pensar, como hoy en la noche cerrada en mi delirar, pero entonces con las mujeres alrededor, bajándome la temperatura, mayor crueldad ahora la soledad, que quizás el Chino y los otros eran, paladines, los que atajaban apenas al otro… Qué sinsentido. A tales extremos avanza la desesperación. ¿O es acaso todo lo opuesto de sí mismo? A tal grado que, por un instante, si bien efímero, quise al Lobo, intentando explicar el pobre diablo su delirio. Compañero. Desde la puerta atareado en ajustarlo, a una camisa de fuerza, de lógica escueta, inhóspita, en la vida, en nuestros días, (en horribles palabras del Pato que surgen del olvido) como verga de moribundo indultado en recto de las nuestras… Pobre tipo, con razón la sonrisa podrida, los dientes aquellos, con razón (al fin lo entendí) las putas ese miedo. O no. Otra visión preapocalíptica del apocalipsis. La fiebre. Mujeres por qué no me avisaron antes. Todas las mañanas, en que se drogaban con lo que les regalaban, con lo que quedaba, y avistaban, podrían haberme advertido. Con palabras que entendiera un condenado. Un loco: Un hombre. Por lo mismo estoy aquí, buscándolas, pretendiendo hallarlas…, y desdeñarlas.

Por eso relatando aún. A pesar de la hora. Para explicarme a mí mismo lo que sé que nadie intimará, leerá, lo que a nadie importará. Con razón aquellas miradas, todas sabían, todos, la Vieja, el mismo Yolo, Magdalena, solamente yo enterándome demasiado tarde, como un iluminado cualquiera, como saliendo casi ya de un sueño, o entrando, no estoy seguro de estar o no aún despierto. Las miradas de piedad y admiración, pero por otra razón:

El Chino, mientras me erguía, como una limosna más, un acto más de bondad, como lo es la puntilla al animal:

La verdadera sentencia.

Lo de retardado mental jodido o soñador o escritor etcétera a propósito. Nothing personal. Un adorno. Le gusta más así, la publicidad, al César, además lo necesita, se siente especial así, siempre cala más la pena capital para esos dice. Eso y lo de terrorista la pareja perfecta Chini joy joy. La criatura perfecta. La creación perfecta. Y mayor restregada en la jeta para los amigos bárbaros, dice…

Otra pausa. Ya no continuaría pensé. Pero continúa.

Pero antes de eso falta algo. La última joya en la corona. No os la imaginariais. Magda y el César… Una insignificancia realmente. Pero clásica…

La sonrisa. No, no me hagais caso. Olvidad todo. Bien sabeis que tú y yo nunca hablamos.

Mas vereis. Pronto.

Luego se irguió él. Convulsa, triste, mueca, de asco, mínima, escueta. No era el espectáculo. De nuevo la visión, mirada, entre dura y tímida, desesperada, como si harta ya de tanta generosidad. Ya lo rodean los del servicio secreto, ya parece flotar en andas de aire, lo transportan hacia la salida. Poco después (¿o mientras tanto?) matarían a la rubia. (¿Yolo? ¿O fueron ellos…?) No. Yo, tratando sólo de ser también… generoso, en aquélla mi última intervención con él, con Yolo… Si me confundo, disculpadme. Pero no, no me confundo en lo que dijo, dice, el Chino, al salir, insiste, Incauto, no os creais nada de esto, que es tan sólo un cuento, porque sé que os gustan, clásicos –clásico–, y peor, un cuento mal contado, mal recortado si no recordado... cómo podría ser si no, si contado entre el César... y tú. Como tu Lobo y tus pirujas, útil sólo para asustar niños y viejas, como éste lo es para tí, ...igual tú al otro, imbécil a quien me debo, hechos el uno para el otro, hasta me dais ternura

ya va llegando a la puerta, yo a las escaleras de emergencia, luego al sudar, dudar, aprehender todo así tan transparente y verdadero, es decir hiriente y falso, que por ello logré (bendito, inocente) olvidarlo... O no.

Por eso, el tiempo justo, en este encierro. Tan justo aunque fuese infinito o suficiente aunque fuese exiguo.

Sadismo infinito el suyo.

Luego poco a poco comenzó –comienza– a precipitarse el fin, lento porque si no se nota.

Con razón aparecíamos luego tan libres, Magda y yo...

Conforme desaparece el Chino por la puerta de salida en la maraña de hombres oigo que, casi como en un pensamiento, otra vez triste, inmensamente triste, insiste

asociado para toda la eternidad, destino ingrato,

insiste

con este par de babosos...

ya eso, inaudible, como lo anterior.

15

El amargo cáliz.

En el rancho. Después de que nos sacaron del coche. Nos trasladan a los dos a un patio. En un balcón espera el César.

Desde el balcón. Abajo butacas cómodas. Mesas. Botanas en platos. Vasos. Al frente sentada su madre. Más atrás su señora. En una esquina un equipo de filmación, el director, otro con un boom, etcétera.

La madre dice sin dudar, sin esperar, Ése. Apuntándome.

Cierre el hocico jefa, retoba el César, sonrojándose al instante, tapándose la boca con la mano, Echaste a perder el suspenso, gruñe después, algo más tranquilo. Levanta la mano el camarógrafo. Dice el camarógrafo Con todo respeto no importa, lo podemos repetir. Tantas veces como juzgueis necesario. El César No, ya se jodió, a mí qué carajos me importa esa película. Era el momento, dijo. El pathos.

Todos voltearon a verlo. Hasta su madre. También la Cesarina. Tal vez hasta el Nazareno. No yo. Noté que no estaba el Pato. Y estas cosas eran harina de su costal. No esperaba ver al Lobo. O a la Condesa. Demasiado sagaces para creer en pantomimas. El Chino jodido en alguna recámara, firmando contratos. Insoportable con las enfermeras por haberse perdido el ridículo. Pero en ese momento la Cesarina levantó la mano. Pensé, intenta aplacar el malentendido. No. Como respuesta en cambio un ruido como de compuertas, originándose en el sótano. No lograba yo orientarlo mejor.

El subsuelo aquí es esta tierra, el infierno, diría Magda, al final. Después de todo esto y la huida. Huida no. Periplo. Antes de que me arrestaran. En la frontera. Y la soltaran a ella por sabe Dios qué argumento. Me llevaran solo a la primera celda. A la otra pantomima. Y luego aquí, a esta isla. Que creo ser tal. No lo sé. Iremos, ahí, juntos, insistiría, ella, delirando.

Pero entonces. No logré ver. Porque en aquel instante miro al Nazareno. Parado a mi lado. Se le iban los ojos con los platos de comida. Éste el hombre que controla, pensé, no sólo la frontera misma, sino juran el imperio todo. De quien hasta el Lobo, y aún el Chino, se mantienen a distancia. No obstante lo considerasen uno de sus mejores aliados. Igual los tipos fláccidos colorados y calenturientos que se morían de gratitud cuando los invitaban al rancho. Y algunos, pocos, ya lo dije, los más selectos, odiados o preferidos, para mí era difícil saberlo, al edificio perdido en el desierto. Para entonces ya historia muerta. Mentira. Leyenda. Pesadilla. Antes, en el foyer del rancho, había yo escuchado susurros de mayordomos, de mujeres vestidas de mucamas, en lenguas varias de tierras bárbaras, que murmuraban, Ése, aquél, sí, ése, es más importante que los saudíes. No me cuentes. Simón. El otro no sé. No lo conozco. Pero pobre ¿no? Sí. Los dos los más pobres mendigos de todo el Imperio. Quizás sí, tú. Jodidísimos, no kidin mana. Sí. Qué horror.

No logré ver pero del piso comenzaron a brotar esclavos, migrantes, imposible confundirlos, imagino recién alimentados, aunque vestidos la mayoría con las ropas con las que cruzaron, uno que otro con alguna túnica, o turbante raído, taled, teristro, caras sudadas que en lugar de atisbar hacia arriba buscan entre la turba a sus familias. Las túnicas largas deslumbran en la luz del desierto, pero –no sé cómo, pero lo sé–, había dicho Steve, Señor da más efecto si es todo contemporáneo, no vamos a andar vistiendo a tanto bíner de judío, no por lo de la película que vale madres, o la lana, eso es lo de menos, anyway el Pato paga, no es por eso sire, es que no es necesario, debe ser tal cual, al natural, actual…, a lo que el César pensativo contesta, Tienes razón. Pinche cagón. Aguafiestas. Pero qué bueno que te tengo dijo ahora. Mi mano derecha… –porque el Chino es mi verga, por pelón y feo y chingón. Y porque no perdona a nadie… No sé en lo que ando pensando estos días Steve. Me pongo tan jetón aquí en el rancho que hasta tienen que pensar por mí…

Y soltó tal carcajada, que entonces sí voltearon todos, volteamos, Ríanse pendejos gritó, gritaba, no se las guarden que se les pudren, como los yuces del pubis…, no era su humor, sonaba forzado, mientras la Condesa con la cara seria, impenetrable, Porque tiene ella que estar ahí, había dicho el César, Es un placer verle esa jeta…, mira al suelo, y Steve piensa, con una sonrisita que se atareaba en parecerse a la del Chino (la practicaba frente al espejo. Eso es, me dijo, excitado, un día, en el edificio, mirándola: Sonrisa de meato, por fin le pego…), y murmura, Steve, Sonofabitch, cómo carajos le hace, es que no hay manera de no quererlo…

No, esto no está bien contado. Era una gran tragedia. Para el mundo. Para mí. Para el Nazareno que según yo cuando lo llevaron libre hacia el desierto aún no había comido. Si aquí suena, vulgar, vodevilesca, o a lo más esquemática, es mi culpa, mi falta de habilidad. Difícil de invocar ésta dentro de esta bruma.

Pero aquél era el día siguiente a la aparición de los buldóceres.

¿Y dónde, estaba, Magda, mientras? ¿Dónde escondida?

Tremenda gleba de güetbacks que por instrucciones de mayordomos y capataces que levantaban carteles gritaban Justicia. Los cámaramen filmando. Cámaras en todas las esquinas. También (noté) en las azoteas. Junto a los francotiradores que ahí pernoctan, asomados también. Testigos, del momento más histórico en su vida, o a poco no, coreaba, ya de buenas, el César. Que a continuación le hizo un gesto de César al Steve.

Salió entonces de una puerta del primer piso un equipo swat de mujeres en batas blancas que en un santiamén sacaron en andas del patio a la madre del César como si fuera un seto en una maceta. Va en árganas gritando. Aquello, por órdenes previas, filmado con gran lujo de detalle. Close-ups, ángulos, zooms, con saña calcada a la de las miras telescópicas de las armas de alta precisión que yacen casi junto. Muerto de la risa el César nos palmeaba a mí y al Nazareno, y miraba a la Cesarina, cara de samaritana, abajo, a la cabeza de la manifestación. Parecían querer salirse los niños, las señoras, las abuelitas, los tipos malencarados, por los costados del patio, por sus costuras de corrales y quicios. No realmente un patio, más bien una cuadra enorme, donde cabalgan de diario imagino los caballos, con eucaliptos y acacias en las esquinas, y, en esta desolación, acequias de agua…, pero atestada hoy de gente, gritando, gesticulando.

Lo demás idéntico a sí mismo aunque en lugar de una mano huesuda de matriarca déspota y furiosa mil manos de bárbaros. Y al frente la Cesarina. Directamente ya bajo el balcón. Apuntándome.

Ése, gritó.

(Ella como adolescente. Le dirá luego, en la recámara nupcial,

Eres un imbécil César, chingaos por eso te quiero, le cabe toda, eso, la razón, ya te estoy copiando tus chistes bobos, decía, al Lobo —la otra también, no lo dije yo nomás porque soy de la alta—, pero no te olvides tú de con perdón metérsela pronto y profundo porque ya está cayendo pesado el tipo, mándalo lejos, sí, deja aquí al Pato, ése es inofensivo, jalador, pero manda al otro: a la chingada, a hacer, qué, yo qué sé, deja pensar, ponlo a controlar finanzas, o bobadas de ésas, te lo estoy diciendo desde hace mucho —hazme caso tontín—; pero volviendo a lo que hablábamos, le cabe bien gorda cuando dice que por más que trata uno de aborrecerte no hay forma. Y cree que gracias a él… Imbécil. Imbéciles todos. Y yo la pobre mártir. Te apuesto que lo mismo pensarían hoy simultáneos un chingo de los presentes. Te apuesto que está llorando de amor tu madre ahí en la mazmorra. Eres, me cai César, un verdadero hijo, de la chingada. Un regalo del puritito cielo… Por cierto el otro, tu adorado Steve, ése repite nomás lo que ya el viento se llevó. Ya hasta estoy hablando como el Felino… (Ay Felino, suertudo tú y suertuda yo, por lo menos usé ese título y no uno de los de las porno…))

Nada realmente original… Excepto que luego les sirvieron cervezas a todos los extras. Luego los meten en media docena de camiones de redilas que esperan afuera. Rodeados de reinyers, falcarios y márshales. Hay patrullas hasta donde comienzan a discernirse las hendeduras de las montañas. Grietas grisáceas, alumbradas de una luz análoga.

Cuando muy respetuosamente al Nazareno un chérif le ofreció Un lift en su Ford aquél dijo No. Pero cuidaron que se largara solo. Caminando hasta perderse. Que no lo siguieran, desbordadas, las turbas de bárbaros. Las instrucciones escuetas a los choferes. Que no se les descuelguen de las trocas. Porque le aventaban besos, le pedían favores, aullaban, que se acordase de tal o cual hijo que está en la cárcel, o perdido, en los confines del Imperio, o enfermo o muerto en la guerra eterna. Al que se bajaba, de las trocas, que se bajaron, que van hechas la mocha, un tiro de procedencia desconocida, antes de que tocase el asfalto del piso el bato o bata o niño. Quedaron regados cadáveres por toda la carretera. Pintando de colores pálidos, de sudadas ropas sobresaturadas, el gris del desierto.

A mí: Quizás el mismísimo Prieto me metería, él mismo, frente a su jefe y la corte reunida en semicírculo a la entrada, a una camioneta blindada. Pintada de negro. Un helicóptero revoloteaba encima para acrecentar la parábola.

La realidad es siempre de segunda mano. La encarnación del sueño en el mundo mal imita a la fábula. La trastorna, la muta.

A lo lejos, asustados por el ruido y por el hecho mismo, se alebrestan equinos. Ganado. Pájaros enormes.

El resto no tiene trascendencia, pero eso no quita que sea no obstante un bálsamo. (Por ello lo conté ya, al inicio…) Eso, también, lo inquietante de la muerte. No un defecto en el diseño sino un golpe maestro:

A mí también me dejan ir. Un toque contemporáneo. Como quería Steve. Quiero (quiere) decir sádico. Para prolongar el castigo.

Lo he dicho.

Babas, apócope de Barrabás…, y Barrabás de Babas. Ja.

Es seguro pasada medianoche. Debería dejar de contar. Dormir sin soñar en estas fantasías que sólo el Lobo Feroz y sus discípulos, benditos sean los pobres de espíritu, creerán aún al terminar la noche.

Al despuntar al fin el día.

Cuando yo ya me haya ido.

Estas memorias querían ser mías pero son de mis tiempos, el tiempo, o yo, un testigo del imperio en tiempos del César. La aludida maraña de rastrojo que únicamente pasa y cruza. Cuando el imperio llegó a tener más poder que el que conocieron otros Césares en otras épocas.

Por ello mismo dudo que alguien las edite. Y, sin embargo, en ésta mi soledad, sueño que no me molestaría ver a aquellos hombres y mujer, que se decían editores –y que más probable es que fuesen de aquellos que, decían las niñas, el César tildaba así porque decía Les salía pura agua de chía cuando se venían… Y por ende estos pensamientos, estas quimeras, terminarán probablemente en los basamentos de esta cárcel, de esta base, en cuartos insonoros, quemándose en un silencio profundo en enormes hornos junto con la ropa de cama de los prisioneros sidosos y los cadáveres de los amotinados, contribuyendo así, con un humo negro o blanco, igual da, pero humo sí de cónclave ocioso, a los gases tóxicos con los que el imperio calienta el mundo.

O, peor aún –y no totalmente improbable si lo que dije o imaginé más arriba es cierto–, en la mesa de noche del mismísimo César, en la capital del imperio, o en el rancho –aunque no creo que él disponga de la paciencia necesaria para leer los últimos pensamientos de un condenado. Pensamientos que no se cuidan (porque eso sería falacia, artimaña), de ser absorbentes. Subyugantes. Se los sumarizará quizás algún asistente. Quizás el propio Steve… Tampoco creo que nada de esto lo ofenda. Al contrario. Se sentirá un instante honrado, después, mandará…

Quemar tanta pendejada Steve, no me vengas con mamadas, mamadas al chile, no es que era así?, mejor ponme el video con la jeta de la Virgen Negra para irme con Orfeo. O era Morfeo? I aint give a fuck. Mejores sueños que esos chinga nunca, nunca mi fiel advaisor, te lo juro, por ésta Steve, ni cuando me pasas el video de las turris, de alguna manera ése ya no me hace ningún efecto. Tira ese montón de papeles pendejos a la basura, o si quieres… Pérate, ya sé, se me prendió la maceta, no te digo, si tengo rebuenas ideas, como la noche aquella última de precisamente ese Babas, te acuerdas?… Bueno, al menos con eso, al final casi ni se dio cuenta nadie de que me estoy poniendo viejo (que muy sutiles afortunadamente no son). Por eso mismo: mejor hasta publícalos, sí, no pongas esos ojotes, lisen, tú así muy por abajo del agua los pagas, con dinero de alguna de las agencias de inteligencia, tenemos nos sobran tantas que ni sé cuántas, mascullan lo que mascullan los generales o los cenadores muertos de hambre o el Chino o el Pato Paz Cuál o hasta mi ma o mi vieja (por cierto, no la has visto?, claro que no zonzo, yo tampoco, si no no te lo preguntaba, no no estoy preocupado o a poco se me nota?, chingaos, tú ponme el video, obedece y despreocúpate). Si ni el Chino que se cree un pinche sabelotodo… El Pato puto igual nomás desvaría pero es una bestia herida, por lo tanto peligrosísima. Sin embargo. Lo bueno es que el Lobo es ya nada más un recuerdo. Pero por ai de vez en cuando cuando ando dando vueltas, y todavía perdiéndome no me lo vas a creer por los tantos corredores y dormitorios de aquí el palacio, es que son fuckin tantos, me viene su tufito a sufre. Dile a los de intendencia o como se llamen los negros esos que usen más amonia a poco no les da para un poco más el presupuesto. Si no que usen gas mostaza, o yo que sé, de las cochinadas ésas que eso sí autoriza sin broncas para matar bárbaros el güevón del Pato. Eso ha de acabar, a poco no, con el olorcito que, la mera verdad ya me tiene hasta la madre, porque la sonrisita que todavía flota por ai y las palabras, me las paso por los güevos, pero el olor todavía no lo supero… Sí, eso, decía, gracias por echarme la llanta, por debajo del agua, sí, y recuerda: mientras más leña me echen más flota, y navega, viento en proa, este Imperio cabrón. Si para eso estoy. Nada como una buena distracción. Es un pinche globo aerostático, esto si lo digo en público me confundo todo, creen luego porque me conocen que a propósito, que lo sigan creyendo, tú sabes que es la mera verdad. Y aleluya. Y los enemigos del Imperio no

se han dado cuenta de nada de eso los muy güevones. Son otros
tiempos Steve, son otros, ni el Chino me la gana, a poco no, deja
que piensen todos lo que quieran, tú publica estas páginas... y que
las traduzcan a todos los idiomas, a todos: me oyes?, sacas la lana
si es preciso del presupuesto de la Conchis, yo mañana mismo lo
firmo, si ni ha de ser mucho, la otra nomás pasee y pasee y nada
de nada, nada que me traiga a firmar, a echarle una firma, o a poco
no cabrón, tú dime si no, claro que simón, tú oye mis palabras, si
quieres hasta se las repito al Chino cuando venga a quejarse como
todos los días, Si publicamos estas babosadas hasta nos van a ayudar. Big time... No por nada, no lo niegues, soy yo la mamá de
los pollitos. Eso. Ora ponme el video. Y si ves a mi ñora dile que
cómo estuvo el palique. Cómo que con quién, Steve. Con el gato
ése. El cácaro. Ella lo llama el Felino. Como yo al Chini Chino. Se
cree muy güiti, la zonza... Y que yo te lo dije que se lo dijeras tú.
Tal cual. Para que se amosque un chirris. Chingaos, soy una yúgüel,
un maldito... Entonces las publicas. Pero. Te voy a confesar una
cosa. Aquí entre nosotros nos nomás. Ayer le puse, para cuando
entrara a su cuarto, una cubeta de agua arriba de la puerta. Sí, de
su recámara. Pero luego me arrepentí. Y me la llevé al baño –sí
a la cubeta zonzo, a quién más–, y la vacíe. Es mala señal Steve.
Quizás, güey, hasta el principio del fin. No le digas eso sí esto a
nadie. Es triste. Creo que ahora sí me estoy poniendo viejo. Como
botón basta el de la maestra. Por eso, bien visto, insisto, no estaría
nada mal que publicáramos estas... memoadas. Memordias. Memordias. Agarras la onda, loca? Ves a lo que me refiero? Ya, con
una venida basta. No te acalambres. Acaba pues de leerlas tú, yo
no tengo ganas, con lo que oí me basta. Pero eso sí, que las saquen
rapidito, nada de tardanzas, de burocracias, de excusas, diles a los
pendejetes que pasan por editores y que se pongan en contra que
esto es importante, que lo ordeno yo mismo, desde aquí, desde mi
cuarto, así, desde el epicentro mismo del Imperio, y ya en piyama,
si quieres te lo firmo, que lo saquen lo más rápido posible y en
edición de lujo. No, pérate. No. Normal normal. Mejor. Lo más
normalita que se pueda. Hasta poco tiraje. Vas a ver como así le
sacamos más kilometraje. Pinche bendita libertad de expresión...

Ándale ora sí ya vete. No te hagas el mamila otra vez con esas venias pendejo, y, no te digo?, zonzo, con el entusiasmo del escándalo ya hasta se te olvidaba ponerme el video, pedazo de buey, sólo eso me faltaba carajo, tener que hacer las cosas yo mismo para que salgan bien. Joy joy. I'm a gas. Mejor más fino no podía salirme el chistecito. Aunque anyway qué güeva… Pero insisto. Conste. Tú estás a cargo de que ningún editor moderfoquer o peor los ídem pero más pendejos mercadotécnicos (te lo digo esto sin afán de ofender, no seas susceptible), le ponga peros a este manuscrito. Vale tal cual está su pinche güey en oro. Orden de hasta lo más alto. Eso, a todas las editoriales del mundo. Chingaos si yo sé de esto. Como sé de todo. Soy un chingón. Soy. Luego di claro que fue idea tuya. No lo voy a dudar ni yo. Adentro de esa manada de advenedizos los sabios oirán mis palabras: Las palabras míticas mismas del Gran César. Y leerán así sus actos. Nomás por ver la cara de espanto del Lobo al enterarse de que yo ordené esto me gustaría tenerlo todavía cerca. Chúpate ésta Coyote cojo. Extraño gritarle así. Pero odio el olorcito. Y me lo tuve que aguantar por un buen…

Ándale ya mariposón, bye, y dile al pistolero de la puerta que sí que hoy sí la deje entrar. Pero antes quiero ver mi video, íntegro… Gual pa ti cabrón, tañana.

…quemarlas.

El silencio que atrapan estas cosas, los barrotes, el catre, el retrete, se desbaratará cuando yo no esté.

Me pregunto si se llevarán antes los restos de la cena.

Pensar. En las mujeres lavándose en la pileta de agua al amanecer. En los mil vericuetos que tomamos, después, para no llegar a ningún sitio, la Magdalena gastada y yo. En las distancias vacías en las que el imperio cauteloso se desvanece en la bruma. En los contornos de las montañas azules, en el cielo de tormenta que se aproxima y raras veces llega.

Nada de ello me infunde nostalgia. Mis sentimientos silenciosos dentro de los susurros de esta jaula.

Que de seguro herirían, o harían reír, más bien, al César o al Naza. Tan cerca, ambos, verbos y hombres.

Los narcos aterrizaban en la pista, se iban. Así comencé… Atisbos. Llegando a puerto, dejando sus mercancías, yéndose a saquear la tierra, los desiertos, los vacíos. Apuntalando el imperio… Cuento en círculos y así me place. Una última libertad. A decir verdad la única.

Porque refleja una espera. La insuficiencia. Y porque la insuficiencia es sincera.

Porque el círculo se basta a sí mismo.

A la Condesa una noche la Magda, en ese estado de autoinmolación en el que ya vivía, se le acercó. La Condesa traía recuerdo en la mano un único anillo, que reflejaba el fuego que entonces crepitaba en el estrado, algo u otro replicando el tormento de los primeros emperadores de estas tierras, cuando fueron conquistados, le tomó la mano Magda, extrañamente se deja la Condesa, deja que se la lleve Magdalena adentro de la tanga. Yo lo sabía. La Magda deseaba un culatazo en la cara. O una ráfaga. Cuando ninguna llega, cuando siente la sonrisa enigmática de la esfinge enfrente, retiró ella misma esa mano. Subió las escaleras, se encerró en su cuarto. No tuve tiempo de ir a verla porque esa noche casi se incendia el local, el enturách del César ese día tomaba todo tan en serio, y hubo que apagarle los pies en flamas a la pobre chamaca (¿era la negra acaso? ¿o la china? ¿o la que apodábamos aún gaucha?… ya no recuerdo) con un extintor que afortunadamente funcionó. Aplaudían todos, me felicitaban. Yo miraba hacia las escaleras… Nunca antes había visto a una esfinge aplaudir.

¿Qué tanto de esto que yo imagino recuperado aquí garrapatea sobre estas mismas páginas en la mesa sobre su cama donde le sirven su cena el mismo César?, no lo sé. No lo sé. No lo sabe tampoco él. Él y yo, unidos, en este reconquistar del miedo. Él siendo escrito, y yo, creado por él mismo. No lo sabremos jamás. Ustedes tampoco.

Quizás aquí con una ligera sonrisa en la boca el César escribirá una escena en la que la Condesa lee libros, toma notas, discute asuntos de inteligencia o inteligentes con el Lobo, con otros intelectuales a quienes mirará de maneras diferentes, cosas así pero perdidas aquí no por mal escritas sino porque el Chino las tacha, moviendo la cabeza, nada que es del César escapa a sus manos protectoras.

El Chino como mi defensor... El lic. ¿Qué habrá sido de él?...

Continuemos, pues.

La Vieja bajaba al mediodía con ideas raras. Que simulemos la entrada a la ciudad, en el edificio, algo de las palmas y los asnos, pero en lugar de palmas látigos y en lugar de los burros las chamacas a cuatro patas. Vestidas ellas en látex. Los praibats pujando, recibidos con aplausos. Y se le iluminaba el rostro. Ella sabía que sólo eso le quedaba. Yo ya para entonces nada sentía. O debería decir, Yo para entonces la nada, sentía. La extrañeza del mundo todo. Asentí. Fue un gran éxito. Me felicitaron. Me besaban la Vieja, las muchachas, felices con las propinas y las promesas. Todo esto quizás ya lo inventaron en su momento los diarios. Con sus veredictos. Para acompañarse también a sí mismos. Lupanar de la frontera. Etcétera. Muy lejos del rancho, y del imperio. Todo cuidadosamente descrito y cercenado. Aclarado.

Pero nada de esto, por supuesto, le bastaba al César. Él quiere crear un nuevo tiempo rompiendo piedras, cánones, historia. Eso no lo logra articular, de ahí la cara de estupor, frustración perpetua, de la Condesa. Confusa o clarividente, advirtiendo la oscuridad en el abismo del cielo.

Esta, extrañeza, es la única compañera que acompaña siempre al fin. Quisiera poder describirla de mejor manera. Es lo que me queda de esta noche irreal.

Perdonad el tono. Pasan minutos y los pensamientos. Desordenados. Desesperados. También.

Magdalena amaba la carencia de porvenir, por eso me quiso

al final. En lo mismo insistía la Vieja, sin mencionarlo o tan sólo con la sonrisa escueta, cuando los petroleros, los potentados, los cíios de las compañías le daban la espalda a sus supermodelos jariosas por la droga y se venían con las nuestras, demasiado enanas, garabateadas, prietas. A sus cuartos que huelen a fritanga, a ropa arrugada, a cañería, a propósito. La muerte es el magneto que atrae hasta a los muertos, a poco no, decía la señora, para sentir o sentirse algo en los desayunos de rostros malencarados o en los rarísimos picnics. Patéticos, estos, a la sombra de un chasis chamuscado, donde a la noche guaruras fumaban crystal meth. O a lo largo de un montón abigarrado de magueyes achirriscándose imperceptiblemente en el calor. Lejos cerros y los carros que nos vigilan. Luego la frontera. Las tierras bárbaras. El horizonte. Arriba el sol.

Indiferentes al paso de las horas con su silencio.

Cuando ya luego en el edificio me capturaba a mí la nostalgia me ponía la máscara del Lobo abandonada en su alcayata en una esquina del cuarto de los tiliches y desde la puerta miraba llorar a Magda. Si eso le trajo solaz a aquél por qué a mí no. Recuerdo el hedor del vinilo y los suspiros que amplificaba. Ya para aquel entonces cuando me retiraba por el pasillo ni me miraban las mujeres.

Nunca pensé que esto acabaría así. Esto que comenzó como el esfuerzo tardío de concluir un párrafo. Aun mientras sueño. Y mientras sé que sueño.

En la memoria de tiempos sin extensión que se mantienen inconmovibles.

Ni siquiera sé la hora. Los títulos o tiempos que imagino son nada más eso. Pero después de tanto encierro he desarrollado un cierto instinto. Asumo que ya pronto terminará la noche. Iniciaré la Nenia.

(CONTICINIO)

(Esta noche en el congal fronterizo prendieron temprano la tele sobre el burocito en una esquina del mostrador del bar donde recargaban la marimba también el burro para planchar. Esperaron las noticias, los tipos impacientes y ellas implorantes. Pero nada dijeron, era, o aún muy temprano O no vendrá nunca dijeron ellos, y eso que se soplaron la sección del clima y hasta la de los deportes.

Los tajos de la parte de abajo de la marimba, marcan según los chismes cuántas veces el Nazareno mismo había visitado este sitio, donde trabajó por última vez, por unos cuantos meses, después de que la dejaran libre luego de lo de unos supuestos buldóceres, y una huida, y antes de desaparecer, la Magdalena, para ver coger a la Magdalena, Porque de alguna manera hay que mantener un censo, diría el músico, que se creía antropólogo, ahora dormido, desvencijado en un ídem, diván.

Luego el que seca con un trapo gris los vasos, pero que no se seca las lágrimas, que se le resbalan por la cara sucia, ofrece una ronda de tragos, Pareja dijo para que las chamacas no se tuvieran que ir a coger compungidas. Una de las cosas más ingratas en esta vida, Fausto, le decía de niño su jefa. Y se puso a contar historias. Él, que decía ahora casi gritando, aunque lo calmaban las más veteranas, que había sido compinche del que llaman ya con veneración las chavas, Dimas, Cuando pasamos la frontera, óiganme bien todos... Las más federales, que de todas maneras sólo cobran de mironas, o por vestirse con las ropas de (Y actúen ridículas cholas, como) las esposas de los tipos, en ese mismo rincón del bar, pusiéronse a armar un altar. Mientras Fausto hablaba, ellas armaban. Unas viejas entran y salen, como temerosas, traían y los enseñaban en una bolsa de gimnasio straps-on con púas y decían pagamos buena lana pero aun las federales dijeron No hoy. Mañana. Ora nomás lárguense de aquí, Pero a dónde, y aquí les dieron, en susurros, más propios de interiores de iglesias, las señas de unas calles y Ya si llegan a ellas, las contraseñas del laberinto de puertas. Se fueron sin insultar la tristeza reinante que se sume contra el congal como la neblina. De dónde sale esta pinche neblina si todo está aquí tan seco. Más razón con el milagro para que las veteranas armaran su rincón. Dante Vergara también apodado Fausto cuenta añoranzas, y cuando alguno de los tipos en los taburetes en una pausa le pregunta Pero tú quién eres de esos picudos, Fausto o Dante, retoba Igual esos dos putos se la pasaban penando iguales como yo por una bata inalcanzable, mi musa dice, a la que le echaba la culpa de todo, De mi decadencia, las chavas atestiguan, Is barniz, es una gabacha, ciudadana, quirite, no bárbara, is, pero nada de lo otro: encantos, cualidades, falsedades, no le crean nada…, tenía solamente eso sí en el otro lado una tienda de suvenirs, de esferas de plástico truncadas hechas en colonias extranjeras por esclavos orientales, que traen escrito Welcome to the Empire, y que si las voltea uno simulan nevadas, en el desierto, y sí sí vino un día, gorda, de pelos rojizos pintados, lentes gruesos, ojos azules precarios, se quedó mirando así sí, al amigo, putativo del Barrabás…, que por la jeta de triste que siempre carga en el bar, desde que regresó del Imperio como tal, le pusieron, las batas, y los asiduos, por supuesto, qué más podría ser si no, Getas, el Getas, también a veces Oh Getas, ella claro que lo reconoció, se le acercó, en voz ronca pidió ahí mismo sobre el bar ella los servicios de un tipo que estaba anunciado afuera en un cartel, Hasta en el otro lado, dijo, en los postes de teléfono, de luz también, dijo Nomás a eso vine, crucé la frontera asquerosa, pobre Imperio tujav que tujav a todos ustedes como neibors…, al tipo cara en los postes lo trajeron borracho de una cantina de cerca, era todavía temprano, esto sucedió apenas, una o dos semanas antes de hoy, la fecha fatídica, en que están todos atentos a la tele:

Por eso mismo hoy ellas no están nada seguras de las lágrimas de cocodrilo del, Getas, hoy, por esa visita, pero ora no, hoy, al advenedizo jetón cobarde antes, hoy le está dando por exigir, Gestas así de nombre.

Para ir en orden cronológico de tristezas, pues trajeron al tipo del cartel, rostro de rodolfo valentino amaciado por la miseria, le dieron unas pastillas, lo metieron a un cuarto, pagó la tipa, poniendo el efectivo del imperio justo ahí en esa esquina del bar, con ese dinero ordenaron todas ellas y los asiduos tragos muy complicados para mantener ocupado tras el mostrador al ya llorón, era un gemidero pero resonando en el patio, en estéreo, que trajo hasta a los judas, quienes para acabarla de joder típico se aventaron sobre la tipa, ya le habían advertido, en el otro lado, los migras, sus supuestos amigos, decía ella, de su tienda, también no meterse ahí, pero ella insistió Quiero, de alguna forma tengo contactos con el Nazareno, arguyó, A jijos los ohs, los ahs, de los migras, esto lo gritaba mientras los policías la violaban: sacaba, sumido a un lado de la cama, entre la cama y el plafón que servía de pared, a veces la cara y un ánfora el tipo del cartelón, dicen ex actor porno reducido a puto, ya ni mentía que de la troupe del legendario edificio, eso sería un suicidio a estas alturas, y miraba, pero con la vista ida, pero los policías igual siguieron, porque o algo intuían y querían ayudar, o eran migras disfrazados con sus propios asuntos por saldar, que no sería la primera ni la última ocasión, o nomás no se aguantaron las ganas, a pesar de que la tipa, luego cuando ya se acabó todo, y se fueron todos, se dijo, Está la mera verdad bien fea Getas, le dijeron al Getas, (y recordando eso hoy, entonces sí, condescendientes, Gestas), las chamacas, Te lo decimos no creas nomás porque cuatas…, aunque él igual despotricaba, gemía, Pensar que yo pintaba con sprey las patrullas de los reinyers, parecía el puto correcaminos por el desierto, se caían nomás, como el coyote los centuriones, Beatriz, Márgara… –he ahí el origen del otro sobrenombre–, y hasta eso daba risa, porque la pelirroja pintada natural del imperio aunque cuando se la cogían le decían juai trach, se llamaba nada más, Mary.

Ahora, mientras contemplan la estática de la tele y las rajas de la marimba, y las tipas raras que se van por la puerta de salida con sus artilugios, de idéntica manera lloriquea él del Dimas, de cuando él y aquel otro penaron por el desierto, pero como siempre acaba su relato solo y muerto de sed él enfrente de una tienda de suvenirs, de café aguado y gasolina cara, solloza, donde, la pobre imperial de desasosegados ojos se completaba el salario, cogiéndose, camioneros… Getas, perdón Gestas, contrólate, le insisten, también por enésima vez, como la contadera de los tajos, por hacer algo, Pero también no exageres, bájale, Ustedes viejas parecen recorpléyers, dicen las más muchachas, todavía hasta hace pocos días atentas, capaces de hasta jalársela al Getas por misericordia, pero él no quería, las más veteranas y temerosas Cállense chamacas pendejas que no por nada se llama la tal mártir señora señora Mary, le salvó la vida a este pobre pendejo, deshidratado casi, lo mantuvo por años, mientras intentaba unirse este güey, iluso, a la gente del Nazareno…, las más nuevas La güerca güera pensó de aquí salgo bien parada, esto (la gasolinera la tienda y la trastienda) se vuelve emporio, del imperio, a mitad del desierto, mini las vegas, no mames pendeja, no pasó por supuesto nada de eso, pero ellas las veteranas insistían, Que se llama enisgüey María, hay que tenerle respeto, algo tiene que ver con toda esta historia aunque no sabemos ni qué ni cómo…, las muchachas hoy ante la tele hartas, del clima raro con la neblina y tanta tristeza y las babas del Gestas y sus historias pendejas repetidas, y los tipos en los equipales que cuando ellas los jalan para llevárselos dicen Espérate prieta aquí quiero oír un rato más las cuitas, toy güevón, o, Tú no, o, Hoy como si fuera viernes de íster como que no se antoja la cogedera, ¿o no?, por qué no se van a dormir güercas un rato o se largan a la calle, a contar perros muertos mosqueados que hay hartos, cuando explotan vieran qué luces, de bengala, pero aromatizadas, las moscas verdes grandototas como sepa lino, o, Miren las telecomedias, alguna habrá nocturna, tremebunda…, noche triste, tristísima, profética, Déjennos aquí un ratito en paz oír a este pendejo, hoy es día malo, de esos en los que uno se viene con sangre, váyanse…, y entonces ellas, las más chamacas, las más verdes, como las moscas, hartas, y aburridas, explotan, finalmente les gritan a las betabeles, ahora, Viejas pendejas, no ven que vino la tal Mary a que se la cogieran, así de mal andaba, qué va a tener que ver chingaos con nada, no es nada especial, así de mal, como todos en estos tiempos, venía ni siquiera con el puto

Gestas aquí puta ruina que ni siquiera articula bien, pinche indio, la mugre historia del Barrabás, el pobrecito, que qué horrores no estará sufriendo ahora, sino con ese pobre diablo de la vergota, y la cara de mariquita, que va de pueblo en pueblo tratando, obvio, de pasarse al otro laredo, al imperio, enseñando su regla, sus marquitas, como ustedes, jurando nomás dando lástima, como ustedes, vino pa provocar a este pendejo que ni se dio cuenta, para que se la cogiera. Pinches viejas sonsas, así de desqueridas han de estar ustedes también, agarrándose a cualquier despojo…
—en lugar de ahogarse con dignidad…

Y mientras tanto ya duerme el César. Se duerme temprano. Su cama como de cuento, con mosquitero de expedición al África. Se jura, lo viene a acurrucar su chief of staff, le lee su historia. Luego le lava los dientes. Luego, para enjuagarse la boca, su sorbo de shiner. Luego, mientras se estira y acuesta, Ai pinches semitas que así yo los tengo por que se encarguen esos pencos del trabajo sucio. Mi ñora, sepa dónde la chingada. Anda por ai, no andará muy lejos…

De vez en cuando la patrulla su mamá. Les dijo él a los de la secreta que se dediquen a algo más productivo, o los manda a Persia, ha de andar en la sala de proyección viendo bodrios, telenovelas:

Le gustan. Luego grita que le pongan unas tres equis. Lo grita desde la butaca. No una chela, pendejo, al bato cácaro, Y no te hagas conmigo el pentonto, sabes que a mí lo de esos no me gusta, pero una que tenga una trama. Romántica si puedes, aunque sea sosota. Añade, Felino, no te molesta que te diga así verdad, a mí lo de gato no sé pero no me gusta tampoco, pinche latoso César insiste…, Felino, de las que según esto grabaron en el antro por el rancho. Nomás para estar in. De las que escribió el escritor, eso por llamarlo al tipejo aquél de alguna forma. Interrumpe el cácaro. Con todo respeto: ¿no lo quiere ver en circuito cerrado señito?, es pronto, en un par de horitas. Nomás nos tardamos aquí el inge y yo unos cinco minutos o hasta menos conectándonos con el circuito secreto de la gran armada imperial, y se lo proyecto. En vivo. Vivito y coleando, no podría ser más correcta la expresión. ¿Para qué cree usté si no señito que está el chingón satélite vuelta que vuelta con perdón de la majaderiota bárbara, se me chispoteó, por favor se lo suplico no me reporte al señor Steve. Lo siento en el alma. Señito. De veras. No Felino, no te agüites. Y ni te molestes. Con eso. Estoy pachucha. Pinches tés con la prensa, y las fundaciones médicas y chácharas de ésas. Ay a mí también se me salió una palabrota. ¿Te diste cuenta? Ay, qué miedo. No me vayas a reportar tú Felino con el César, o con su madre. Por favor. No. O debería decir yo o con su pinche madre porque ay, sólo los humanos (y aunque no lo quieran creer, Felino, yo, Cesarina y todo, soy una mujer, no un mueble o un animal), entre todos los animales, erramos dos veces. Pero eso significa que tú no puedes darte ese lujo... (¿O será tanto helado? Y eso que era el mío, o sea, güey guachers...)

Órale. Basta ya de esta conversación Felino que me estoy deprimiendo. El César ya ha de estar jetón. Tú nomás pásame la de las azafatas y los pilotos en el cock-pit.

Hasta el chief of staff le pregunta para entonces también al jefe. Sire si quiere verlo usted se lo pasamos. En directo. Están esperando allá en la peni con nombre de letra griega para apantallar de nuestros orígenes eximios las órdenes de si transmitírselo o no. Se sentirían muy honrados. No se olvidan que usted los aprecia. Desde que trabajaban en la otra peni de nuestro casita-estado, Júpiter bless it, ¿se acuerda? Y la pura verdad si me puedo permitir esta insolencia o intimidad, a usted le hacen bien esas cosas. Además, otra insolencia, no ha habido, en la Historia, César que se precie que no presencie las tales, susodichas. Fers le mete sabor al caldo, secon respeto a los súbditos, las bot not lis (para no decir bott a las flor de lis)..., el espectáculo, Señor. Qué espectáculo! Lástima que los tiempos ya no son los mismos. Eso, sí: Aquel boato, aquel público en el coliseo... Ahora todo tan íntimo. Pero no me haga caso don César, con los años me estoy volviendo un sentimental... Ah, y el Ave César...

(Porque lo de César a pesar de los años no se lo cree aún bien casi nadie. En las cocinas y en las oficinas y en los establos de los caballerangos del rancho nomás por chingar le decían, señor pelele, digo pelesidente, una vez se le chispoteó a uno, en plena reunión sobre el medio oriente, es que tengo frenillo, lo oyó el César y mandó que corrieran Al pinche insecto (su nombre real era interno). Pa que aprendas, güey, la sentencia. Además tás feo. Chingaos díganle al Steve que no agarre chamba ni en el quentoquifrái. Si a mí nadie me compara con mi padre que es una carguita menos con un pinche futbolista y lo peor bien negro. Lo voy diciendo y diciendo. Insistiendo. Ya sé que el Steve dice que es solamente una palabrita soccerrona. Pero cómo les gusta este símil. Por qué será?, si ni se juega aquí en el Imperio el tal sport… Concluyó: Aquí las cosas por su nombre señores.)

Pero esta vez, esta noche, la que más se enoja de la indiferencia reinante es la madre del César. Anduvo buscando a la mejor es nada del César por todo el palacio. Esta pendeja dónde se mete. Servicio secreto de decuriones ineptos. Al fin la encontró bajo la mesa del comedor para las cenas de estado, comiéndose un tarro de helado entero. Con una cucharita de plata con la que parece se lavaba la lengua antes de meterse a la cama el primer César del Imperio. Pedazo de museo. Indigna dicen que dijo la madre del César. Luego sin dignarse a voltear, para hacer algo, se largó a ver si se les ofrecía algo a los generales metidos Los pobres en ese sótano del palacio tan feo insistía ella, ni una magra ventana, ni unas florecitas, todo apestoso a … pizza y greivi y cerveza tibia, viendo mapas y lucecitas, radares que se proyectan en las pantallas. Las cetrinas, cargadas de tiritas de tela casacas, tiradas sobre las butacas. Se le despierta ahí el instinto maternal: ¿Se les ofrece un trago de algo fuertito, señores? Tenemos mezcal de los bárbaros, finísimo, hoy muy a propos, hoy no sé si se han enterado, ustedes siempre tan esforzados, tan trabajadores, joder tan machos, ya quisiera yo que los viera más mi retoño, digo por si no sabían, que yo entiendo que perder decorosamente una guerra no es asunto de todos los días, de enchílame otra Cesarcito como dice la irrespetuosa hija de puta esposa de mijo, dónde carajos digo se la fue a conseguir, para mí que se la están endilgando otros, para no repetir el mismo verbo, no sería nais, fino como el mezcal que les digo, no me hagan mucho caso, no los vine a molestar con eso, nomás a ofrecerles, si no eso un vermú, o un güisquito, y también ver la... no les echo a perder el suspenso, porque hoy, les decía, es, me temo que no lo saben, del último bárbaro que nos echamos. Al menos por un rato. Snif, snif. Siguen invadiendo nuestras fronteras y no nos podemos echar así a muchos... No lo entiendo. Que porque sale muy caro... Me lleva la que me trajo. No no la caridad señor general. La chingada. La que se llevó hasta a Frank Sinatra, snif snif. Franky... Qué les digo a ustedes, perdónenme, se van a reír de mí. Vieja chocha. Perdónenme. Hijos de putas (cuántas veces, serían un sinfín), chinos con su pared es lo que le digo a mijo, acábala mijo, aprecia, cuántos mongoles se quedaron fuera. Ah verdad se me queda callado el junior. (Si tan sólo le hicieras tantito caso a tu madre, pero no, mira nomás con la escoba con que te fuiste a ayuntar, ¿qué de malo tenía la tetona?, además aristócrata, pero ésa es otra espina). Perdonen señores, aunque sé que aquí estoy entre amigos, prosigo pues con algo de historia militar, que hasta ustedes pueden aprender algo o entretenerse y si no tírenme a loca. Y eran bien bravos, los mongoles, no como estos batos de dóciles. Sumisos. Mansos... Chingaos si hasta se parecen. Aunque no en eso. A poco no señores. Los ojos achinados, los labios gruesos, la cara de pambazo. Si no entienden los términos castrenses es que ustedes, en el fondo, de las fronteras saben poco. Eso le insisto a mijo también habría que cambiarlo. Ay mamá se me queja –ya lo conocen, pura baba de perico–, No te digo mami que a estos batos los necesitamos, no podemos cerrarla toda. Cuántas veces hay que insistirte madre que basta la migra. Y ahora la guardia imperial. Cancerberos idóneos... Ja. Venirme a mí con ésas. Y con latinajos. A su propia madre abnegada que le lavó lo zurrado. Bueno, tampoco. Que teníamos nanis. Por cierto bárbaras. Mantienen los salarios bajos ma. Hasta con los pinches chinos que citas logramos esta sutileza de nuestro Excelso Imperio. Pero no me hagas explicártelo otra puta vez. Cómo habla vulgar mijo señores. No saben ustedes cómo me avergüenza, de seguro ya se habrán dado ustedes cuenta. En fin…, son ustedes tan buenos, unos ángeles, si nomás quería yo ofrecerles un tanguarniz, ya saben cómo somos de mañosas las viejas. Pero necesitamos de vez en cuando también desfogarnos carajo. Si me les confieso aquí es nomás por empatía, si yo esto sólo a nuestro preacher, que está en contacto directo con Júpiter, se lo confesaría. En fin. Y recordarles que si quieren sintonizen… También ahí si ven a ya saben quién, exacto, a esa loba, así sin decir nombres para que los micrófonos del Chino se vayan a chingar a su madre, o son aquí del Pato Donald, okey, el supuesto jefe de ustedes, je, je, hasta yo también me río, no saben cómo les agradezco yo a ustedes esto… Noche que debería ser de fiesta, y yo me siento tan vieja… En fin. Por favor si la ven díganle nomás pa ver si así sí entiende que se deje de pendejadas y se vaya a ver esas guarradas por lo menos arriba en su alcoba, para que así no se entere nadie, que esto no es gomorra o constantinopla o babilonia, todavía. Perdónenme señores. Perdónenme. Que yo no vine a insultarlos. No les digo…

Ay qué suspiro.

Bueno. Adiosito… Que duerman bonito.

Y conforme la noche se retira y se levanta la neblina en el congal donde la marimba calla, con sólo uno que otro tiro distante de vez en cuando de dicen los tipos de los equipales Narcos o nadies, que están tristes no saben muy bien ni por qué los güercos, pero así explayan su malestar, acaba la congoja ahí en un pleito de tipas junto al bar, las actoras contra las mironas, las modernas contra las chochas, las verdes contra las vetarras, arrancándose entre ellas la ropa, las greñas oxigenadas en cubetas, en cazuelas, y con los tipos de siempre mirando desde el bar, desde los taburetes y equipales, la neblina levantando la sábana del patio como si hubiera algo ahí qué inaugurar, el Getas ya callado con un dedo escribe en la condensación de un vaso sin fijarse en el pleito todo lo que escribió en las paredes del otro lado con su bote

de spray, para recordar, o como homenaje a su amigo de aventu-
ra, nunca más visto, que no podría articular bien sus pensamientos, por eso él los escribía, en los vidrios de los rascacielos, en los
parabrisas de los coches, con faltas de ortografía y realmente sin
decir gran cosa pero y qué, si hasta en verso le salían, pedazos
de una comedia que era la peor tragedia, está el otro lado lleno
de aquellas babosadas, de esas sandeces, pero ni las notan...,
mientras las tipas se pelean, los despechos explotan, y destro-
zan las jóvenes Que sí que esperamos que cualquier día de estos
pinches viejas tragamacanas de chotas lameculos de curas llegue
el llentelman del ampayer y que nos va a llevar, ardidas, como
concubinas, y criadas durante el día sí y qué, si total ya allá luego
nos le desaparecemos al vejuco..., el altarcito recién hecho para
el Dimas, caen, los vasos turbios sobre el bar, las fotos, de pre-
cios y actos escondidas en el menú de alcoholes, cuando en eso,
súbitamente, la más vieja y fea –que por lo mismo en el menú
pegado también con un clavo a la parte de atrás de las puertas de
los cuartos la anunciaban con (literalmente, decía) gran pompa
y fotos pero de espaldas para que luego no nos manden los que
se pasan la frontera nomás por el día a sus putos loyers, que aquí
todo pero todo se ha visto, como La Federala, y como tal eso sí
la mejor mirona en su silla vestida con sus charreteras y su falda
y su peluca y su carabina ahí nomás unos cuantos pasitos dentro
del cuarto, mirando (como no puede saber y menos decir Gestas
que miraba el Chino desde las penumbras de aquel edificio cercano al rancho, porque no sabe que existió el edificio, y el Chino,
y el rancho, porque no volvió a ver a Dimas después del disparo,
si ni siquiera se acuerda del nombre del amigo antes de aquél, o
los otros, que le imputan), de vez en cuando carraspeando, La
Federala, por una bicoca señores, que por cualquier tip le metía
por detrás tantito al tipo que gimoteaba el tip de su carabina de
madera, con el tapón que luego hace pum, (esto extra), o del
treinta treinta de utilería–, pues sí, ésa misma, armándose de una
fuerza nunca antes vista, en el corazón de la congoja general
y la neblina y la lucha libre, levanta la marimba, con todo y su
legendaria historia, en sus rajadas, como –símil no tan ridículo–

marcas en cazabombardero del imperio en la guerra continua de la conquista, y sus baquetas con sus borlas metidas en una bolsa de manta, colgando en ese instante verticales como gónadas, y se la estrella en la cabeza a la adolescente que anunciaban en ese mismo menú como la última virgen de esta desalmada urbe, y también en postes del alumbrado en la cuadra, que añadían la última de la última puta siudad antes de entrar al Himperio del mal, de la perberción y de la decadensia, aseguraban los postes o el mismo menú de las puertas, sonó su cabeza como tórax de gaviota al que aplasta la rueda delantera de una troca, aire que brota de huesos que crujen, que se desangran ahora en el lodazal que descubre o delinea la neblina, junto al bar, mientras los hombres la miran, y en este momento tristísimo para la Colonia, nuestra Colonia, todas las Colonias, susurra, como transfigurado, el Gestas (ya nadie hoy le dice Dante, tampoco Fausto, y menos Getas):

En este momento álgido, en que todo lo malo nos está pasando: aguántense las ganas de ir al mingitorio compadres porque aquí viene del finoles. Y no hagan caso, pinches viejas si así le sonaran a los invasores, con una tropa de éstas llegábamos hasta... la tienda de campaña del César, reconquistábamos la tierra santa entera, perdida, carajo hasta rescatábamos a mi compañero de cuitas de su martirio..., y lo demás que dijo ya no se entendió por la lloradera, y también porque justo entonces (momento al que no le queda escapatoria, por no ser el de arriba, de ser calificado ni modo, no hay de otra, como de super-tristísimo), justo entonces a la Federala, a ella, como ángel exterminador confundido ella pisoteando la marimba, le viene tremenda punzada en el seno, y le explota la aorta, y se colapsa encima de la otra, de la joven, de la que se desangra en el suelo, aún (por supuesto) virgen, y las mujeres todas sueltan entonces gritos que se confunden con las sirenas que ya comienzan a desenmarañarse de la distancia, de la oscura lejanía blanquecina, por los rumbos del río, de las ambulancias o de las patrullas de los judas o de los migras que saben que a río revuelto ganancia de polizontes y más en una noche como ésta, y que llenan ya la atmósfera mientras los tipos siguen estólidos, en sus taburetes, en sus equipales, bebiendo en silencio del finoles, buscando en el alba el centelleo de los cuernos de diablo —cuál diablo bueno fuera que de eso fueran— en la cabezota grasienta del Gimas (su más reciente nombre), que llora mientras ronca sobre la barra del tugurio.

Noche tan trágica luego llega la policía. Judas coloniales o migras. Nadie sabe si traen órdenes o si nada más son buenos actores. Dicen que vienen de hacer un trabajito en el otro lado. Ya desangrada en el centro La más buenota, nota uno, de todas las lloronas. Las otras con las manos contra las bocas, pegadas contra las paredes que desembocan en las bocas de las recámaras. Los tipos en el bar cantando a coro ahora, una canción de Cri-crí. Encima de la jovencita casi sin ropa por la reyerta la fea también desnuda que nomás empujan a un lado con las botas los uniformados. Eeeel chinito no quería ya vivir en el jarrón. La mitad de los cuales, con una prestancia y una precisión impresionante, se encarga de violar a la chamaca, Ora que todavía está calientita camaradas, ora nos tocó buena carnales dejen a los otros lo otro quién quita al rato nos toca a nosotros hacer de lo otro que hay que vivir en el presente cabrones o sea, vénganse, o sea, eso mesmo, pero eso sí: con desciplina. Los otros los que hacen casita se acercaron al mostrador del congal o sea al bar, que desde entonces, desde esta noche, desde hoy, es histórico, se puede visitar, es una vecindad ahora el lugar, peligrosa, abigarrada, pero afuera junto a la puerta de la calle tiene una placa, mal adherida al ladrillar, guarnecida de ladridos de perros y gallinas y de gritos de chiquillos que por un peso guían al aventurero por el laberinto de calles hasta ahí, cubierta pues de hollín y de las cacas de las palomas que viven en el patio, pero placa al fin y al cabo, dice algo la placa, se menciona la fecha de esta noche, mala para nuestra república declaran abajo letras casi ilegibles por las pintadas de graffiti, de las clicas que aquí amarizan en las noches, tan subsiguientes, pero entonces, en esa, o sea esta, noche, ya pasada la medianoche, se acerca la otra mitad de gendarmes a la barra, Pueees estaba dibujado en las garras de un dragón, de un manotazo como quien tira de un movimiento los platos usados de encima de la mesa, tiran de los taburetes a los timoratos que caen de lado, al piso de tierra, entonces de lodo con matices rojos, como monigotes de ajedrez, como jarrones, acolchonados por la neblina, y se le acercan, sin dudar de su identidad, al que susurra en sueños, Beatriz, tanto que hice por ti, y venir a humillarme de esa forma, y luego eso, lo que está de seguro sucediendo allá ahora, en estos momentos, y de lo que nadie se entera: juenito reins purs..., sus ojos, como los de los nuevos parroquianos, apuntan hacia el patio donde se le montan mientras tanto a la finada mientras las otras miran o meten de plano las caras en las manos o en los vanos, pero no miran, sus ojos, están mirando otra cosa, el interior de una cárcel en la que ya quisiera él estar metido para no haber visto lo que tuvo que presenciar en días pasados, y ahora mismo, pero Ahora, dice el que parece el jefe, que parece capitán, que trae estas órdenes en un papelito que se esfuerza una y otra vez por leer, como queriendo encontrarles un error, aunque sea una falta de ortografía, para zafarse así, piensa, de esta mierda de encargo que lo trae cagando piedras desde que le dio el tipo el de los espías del imperio, el papelito, con la orden terminante, ni madres, se para, no hay vuelta de hoja, levanta la cacha del cuerno de chivo, y mientras agarra vuelo, dice, y ni siquiera carrereado, le da suficiente el tiempo para decirlo todo, Ahora cabrón hay perdones tú pero dice aquí en tinta que hasta te la mostraba la nota pero estás bien pedo para que veas te la voy a dejar encima paisa para que no me caiga a mí la mala suerte, que también a ti te toca hoy maricón, es la única manera de cerrar el círculo completo dice aquí, no me preguntes qué círculo puto ni como un círculo puede no estar completo ni nada capcioso o conceptual como así, que yo cumplo lo que me ordenan namás los de arriba o sea los del cielo o sea los del imperio, pero parece que la orden viene de muy rete arriba te lo digo aquí entre nos namás bato chingaos, por qué no, para que te sientas el importante aunque parece no desde hasta lo más arriba, eso para que no pierdas la humildad tampoco aquí en este trance tan precisada, y sí, también pues para lavarme las manos eso sí namás no me vayan a oír esto esos mis muchachos haciéndome el güimpi, pero tengo ganas por mi madre de cagarme en los pantalones aquí mismo ellos (no no mis pantalones) gracias a Dios distraídos por un momentito con la cogedera, del cadáver putos nacos muertos de hambre insaciables que me tocó comandar. Si ojalá al menos se callaran las pirujas de mierda chillonas gritan más que un corral de ponedoras cuando entra el gavilán que me están poniendo nervioso de que te lo digo aunque namás sea para llevártelo eso para el otro lado, que esto no está bien lo sabemos todos compa, lo sabemos bien, pero no hay salida güey, nel, no hay, hay perdones tú, ya están volteando para acá mientras se la jalan a los que esperan, madre mía qué horror, se le están saliendo los sesos por la ranura a la muerta con la movedera. Ya no puedo más. Yo te prometo a ti mejor suerte at list…

Pero ya no habla más… baja nada más a gran velocidad la culata del arma no que antes así no se moviera la misma y a pesar de los gritaderos histéricos de las mujeres alrededor del patio, como en un coro de teatro alrededor de lo que sucede en el centro del foro, suena el impacto más fuerte que si una sandía un machete partiese, (obviamente), y hace que por un instante se callen los gritos, los gemidos, de ellas, de ellos, (respectiva-mente), los lloridos del cadáver goteante, Aquí yace Dante Ver-gara dice la placa en la entrada –si se talla el hollín un poquito–, conocido también en esa gesta como el Gestas, Murió por la Patria, concluye la placa que pagó el municipio, nadie supo por qué, difícil de encontrar la placa pero es la única prueba en la así llamada realidad de que todo este sueño esta noche no es un cuento chino, esa prueba aún no ahí, hoy, pero pronto estará ahí, para atreverse a decir adelante quien quiera cerciorarse, las malas lenguas que porque una quirite no bárbara aunque ajada y que de seguro era jipi –porque se veía traqueteada– vino y soltó, dis-plicente, una buena lana, dizque según ella de una gasolinera que vendió como depósito de gasavión y otras indispensabilidades dijo para las avionetas y la tienda como bodega, y le soltaron los narcos la lana, se retiró a la playa, vino nomás a hacer esta manda a uno de los santos serios de cara de ellos pero prometió tam-bién que nunca más va a volver a venir, pero, Chingau su meidr si no puten la placau, sentenció, en el edificio del cuatorviro, quiso decir así que Porque los que bueyeraron la gasteichon van a venir a desquitarse si no la len sus irs que por aquí pernoctan, y no quieren eso, Du llú?, No, se respondió, ella misma, cuando el poncio porque así de serio era el asunto le preguntó para que no hubiera duda si podía entender esto como una orden del Cielo (o sea del Nazareno), o del Imperio (o sea del César), nomás se lo quedó ella viendo, raro, como diciéndole en esperanto No seas pendejo güey, o, En qué indocumentado confín del mundo vives baboon, tal vez quería decir cabrón, pero no hablaba bien bárbaro, tampoco pareció importarle mucho, lo único extra rescatable de las nieblas del futuro es que se hizo la desentendida, cerró la puerta de la oficina, y desapareció.

En un futuro no lejano. Que aunque hoy es aún apenas esta noche ya sucede, sucederá, sucedió.

No, le contesta sin ganas. El César. Antes de dormirse. Al chief of staff. O al que lo vino a reemplazar hoy por ser noche especial. Para hacerle la misma pregunta.

Miniatura se ve el César en la cama. Doseles de gasa o seda, más allá la ventana y el alféizar. Hoy no se me antoja Steve. Lástima que sea hoy pero no se me antoja. No sé qué me pasó… Su verdadero nombre no es Steve, pero así le dice el Señor. Por más que lo corrigió al principio, Ave César no me llamo Steve, Steve se le quedó. Ahora es Steve. Lo que vuesencia guste usía. Aquí está su Steve por si cambia de opinión. Pero… ¿No ve sire que es ahí donde apostamos a propósito para esto a su esclavo el Yolo?

Porque Yolo fue jefe de caballerizas del César cuando estaba emplazado éste en la frontera. Como procónsul de su estado. En los confines del Imperio, ante los bárbaros. Luego cuando se fue a la capital del Imperio y venía nada más para visitar ya no, ya para entonces está Yolo de supeditado a su destino: A ese ergástulo. Al edificio… Luego a éste. A aquella infame güing.

No sólo porque hablaba Yolando el idioma

–Ni tan bárbaros pinche Yol no los ningunees ni a su cacófona lengua de curas, que a mí me gusta,

decía el César, Así de mimetizante es el Señor decía Yolo en las eternas lavadas de los vómitos, en aquellas lejanas madrugadas quietas, añadía Sería su virtud, daba ya entonces impresión de lento pero era entonces en su más peligroso, como las víboras en el desierto dormidotas en el calor…

Entonces para qué los venía a ver, le preguntaban a Yolo. Después de un rato respondía

Más de alguna vez lo acompañé en la troca… Después de una pausa, Se relamía casi cuando se sentaba en la silla sobrecalentada por el culo enorme del guarda obeso y güero, que se la cedía con una venia,

decía Yolando que según él,

Don Yol o quieres que te diga Long Yon, a mí me relaja, cada quién tiene su modito, su hobby, Yolo en potro, te puedo decir Yolo en potro?, Claro su excelencia, Ta güeno, a unos les gusta armar avionsitos o irse de putas, para mí esos ambos serían lo más fácil, hasta podría aviones de adeveras y putas pobres, pero no. La mera neta no. No me gustan. No me atrain. Como sí estas expresiones. Lo del rancho sí, ya me ves tú.

No sólo pues porque hablaba Yolo el idioma–

sino porque se lo llevaba el César a ver los domingos (o cualquier otro día porque para él esos días eran festivos) los matarilis. En aquellos tiempos idos. No ahí mero mero no, sería feo ai metidos Yolín, como decirte Yolando Dando, me onderstandes?, nomás desde aquí, mira, desde esta claraboya esmerilada, o los circuitos cerrados de los guardias.

La silla era lo que le llamaba la atención al Señor, agregaba de nuevo en aquellas ya mañanas Yolando, Pinche tecnología cabrona decía. Aunque esa manía de hacerlo a la medianoche es una puta friega. A poco no tú. Sí señor. Me saca de ritmo. A mí me gusta estar en mi cama como a las nueve. Cuál buen cauboi se queda palomeando hasta las doce, eh?, eso es pa putos, o pa puteros, o pa padrotes, o pa muertos. A poco no mi buen. Pero bueno, una que otra vez hay que sacrificarse…

Luego ya no las veía. Las ejecutadas. No tenía tiempo, diría Yolo. Y además, ya estaba lejos.

Por eso después de la debacle y el arraso del edificio puso a Yolando ahí. O eso él (Yol) creía. Quería creer. Eso quiso (Yol) dar a entender. Con grandes esfuerzos. Hoy. La única vez que lo volveremos a ver. Un bato de confianza, que compartía los mismos gustos. La misma prehistoria. A pesar de las quejas del Pato…

Cuando él, Yolo, usando la antigua cercanía, se atrevió a preguntarle, en alguna visita clandestina del César A esta isla, a esta bahía, a esta base desconectada del imperio, como si fuese un segundo segundo satélite del planeta, (como le gustaba designarla al César aunque no fuera cierto, pero le tenía querencia, a esta cárcel), Por qué, (refiriéndose al arraso, a la purga, a este destierro), el César lo mira como desconociéndolo, y luego, haciendo un alto aun más raro en la tour se digna a murmurarle: No cuál por los ataques bárbaros, Lalo, no era ése tu nombre?, no?, cómo que Yolo?, Yolo, qué pinche nombre más tonto, pero allá tú, Yolis, tienes nombre de bebericua edulcorada, pa putos, pobre; ni por los fenómenos naturales, me hacen reír, ése es bueno, ni menos como dicen entibiándose cuáles presiones de la prensa o familiares, si no existen ambas, qué no lo van a entender carajo nunca?, sino nada más guarda Yolis de toronja o Yolis-es, nóteseme lo culto, porque se me hincharon las pelotas, bueno, se nos, al Chino y a mí: joy joy –el burro por delante.

¿No ve sire que es ahí donde apostamos a propósito para esto a su esclavo?

(…)

El César suspira, percibe. (Ignora completamente a Steve). Su mente lejos. Piensa:

Tanto contar de todo, de todo lo que no importa, para estirar el tiempo, o consumirlo, para no llegar a lo único que importa, que no quiere (yo tampoco) sentir, decir, pensar en ella, pero que sabe que debe, antes de que el tiempo al fin se extinga…

Lástima que todo ha cambiado…

Y que a pesar de ello yo no pueda articular esto.

Lo demás totalmente anticlimático. Con la consistencia esquiva de lo que rellena el vacío entre la vida y la muerte. Se largó a cagar el capitán a los retretes, el capitán de decuriones, judas o migras, da igual, duró tanto tiempo ahí metido que no se enteró de nada, o se taparía los oídos, no querría saber más, cuando salió se fue directo a las cuadrigas negras, a las camionetas, a la patrulla, con cara de compungido, de traidor en tragedia, según los subalternos, dijo nomás, Jolou mí, Pasumecha chorro dijo uno pero murmurolo quedo, ni se había lavado el pretor que ellos así le decían por prieto la sangre que se le endurece en los pelos prietos, parados, un reciario recién reclutado fue el único que se atrevió a susurrar, Capitán, perdón, mariscal, qué hacemos con las tipas, iba a decir vestales, le salieron tipas, no se atrevió a más, o a corregir, el polizonte, el capitán, retortijones canijos en las tripas, tuvo que agarrarse de la carrocería, de la cheroquícuadriga, Todavía no termina esta noche, dijo, y cuando dijo lo de la puntilla dijo el cabo encargado de eso, que mientras el otro estaba encerrado en la letrina del otro lado del bar, él cruzando el patio iba haciendo la ronda, sintiéndose torero acabado, Eso ya está hecho general, yo mismo me encargué ya, y pensó el cabo mientras hablaba a este pinche general ya se lo llevó la chingada, y el capitán como si lo hubiera oído, es lo que querían, piensa, Los que me lo ordenaron, no fallan una, siempre, matan dos, tres pájaros de un tiro, y luego nos acusan del otro lado, que no somos efichens, que… cómo llora, se le botan lagrimones, mientras se vomita sobre el parabrisas, o los caballos, o sobre el asfalto, entretanto desde la esquina de enfrente, los tipos a quienes dejaron ir, los de los taburetes, y de los equipales, y quienes salieron súbitamente sobrios corriendo del congal del que nada quedará para la madrugada mas que el presentimiento de que aquí algún día van a clavar una inicua placa de patriotismo igual, guachan Cómo llora, ése, ése, Cómo, y como qué, Como cornudo, como ladrón malo, No, peor, como mojado, rebotado por oreja…, otro tararea, quedo, …El chinito fue llevado ante un man-da-rín, quien entonces dijo así, cochi-cochi-cochi-cochi-cón-cón-chí: Contra el cornudo, cuernos de chivo, suena a puro viejo testamento, No, suena a discovery channel, o sea a puro darwin, o sea ya nos llevó la chingada, Vámonos de aquí pues, antes de que saquen los cadáveres, de las pirujas… de las vestales, se van yendo despacio, mimetizándose contra paredes de cascotes y una vegetación de arbotantes en perfecta simbiosis con parásitos de pares de tenis colgantes, dentro de una luminiscencia extraña, como de fiesta interrumpida, que envuelve la noche, o lo que queda de ella, han desaparecido casi completamente las siluetas cuando el que vomita se restriega la boca con la manga de la camisa, y dice, Ya saben, tropa, a las zanjas, como dice el reglamento pendejos, no se me anden con cabronadas esta vez, que se note claramente que es trabajo de imperialistas rarotongas, de raras sectas, no dejen nada que nos inculpe, o a los enlaces, o a los oficiales del otro lado, que ya la pinche conciencia basta, chingaos después de todo es la maldita culpa de ellos, por qué tenemos que hacer nosotros siempre sus putas cochinadas puercas, me encabrono chingaos, ni siquiera estoy del otro lado en la pizca, ni metido en lupanares pleiteándome con animales, estoy aquí, de este lado, en el socol basurero de ellos, tonces, es qué ni aquí nos dejarán tranquilos, no lo entiendo, seguir haciéndoles que me parta un rayo hasta cuándo pues sus voluntades, Tranquilo capitán, tranquilo, es más complejo, Déjame tú, y díganme general, vete pendejo tú a meter a las tipas en el de redilas, no se me guarden a ninguna cabrones, tengo también yo derecho a joder, o a poco no, que también yo tengo mi corazoncito cabrones, y hoy peor, hoy siento tirisias de que estoy interpretando, sin enterarme desde antes, un papel odioso, histórico por asqueroso, y no me pagan para eso, ¿o a poco sí?, ¿si no que nosotros nomás estamos aquí dizque para checar que las muchachas no les quiten sus denarios a los cogedores del imperio, que se retachen esos moderfoquerers contentos, cómo es entonces que hemos llegado a esto?...

Seguía, cuando lo metieron entre varios a la cabina, le dice un raso al de la puntilla, Parece que esto es algo atmosférico cabo, en esta esquina geográfica, dice, cabeceando hacie el bar, Pueque, o miasmático, Guatérber, Igual vámonos ya de aquí carnal...

Queda el congal o lo que quedó de él, tranquilo: únicamente prendas íntimas, de colores chillantes, pantaletas, manchas de sangre, etcétera, en el piso, las puertas arrancadas, un fuego incipiente que comienza –¿dónde más?– en la marimba, conforme se aleja el convoy (observado desde grietas de noche en los callejones por tipos tembeleques), cargado de mujeres que mañana por fin saldrán en los periódicos, lástima que no puedan ir ellas a la esquina a comprar sus ejemplares, para mandarlos como mementos a sus casas, la moraleja, no se puede tener todo en la vida.

Corolario de la moraleja, cruento, otra en sí mismo: Tampoco en la muerte.

Lástima. Que todo ha cambiado...

Yo también.

Se relaja de súbito el César. Sí. Lástima, piensa desde su cama. Pero todavía él se divertía como enano cuando Steve

(y a ése, ahí enfrente, qué le pasa, como si hubiera visto un fantasma, naw para qué preguntarle, como si me importara)

cuando Steve (que a éste claro que sí hubo que llevárselo a la capirucha), como entonces en el estado, le ponía en el escritorio las hojotas aquéllas llenas todas de letras ilegibles de los parols, etcétera, para el indulto del César, como hoy hace un par de horas, como si estuviéramos aún en Creta, o en Cesaraugusta, o en las otras colonias, cómo le proporciona sin embargo eso aún gusto, cancelaba las mafufadas que le traía el Chino intrigoso según esto vicecésar según lo apelaban al pelón los que querían congraciársele, y no se atrevían a decirle Chino, o pinche Chini, como él, lo aguantaba la verdad porque no le quedaba de otra, por Júpiter que nadie sabe lo que sufre un César, por eso necesita esa relajada, cancelaba y desde hasta abajo del cajón donde las guarda bajo llave (Pinche Cont y los yanitors y luego la Condesa, de seguro ésa las usaría de dildos, y no le voy a dar ese gusto), sacaba la estilográfica gorda y negra como la verga de aquel asno en el rancho cuando veía pizcar algodón a las negras sin onderguer, y que no había usado con tal gozo (la estilográfica) desde que firmó alguno de aquellos tontos tratados de quedarse fuera del ártico que vale menos el tratado que la plumota fuente que le regalaron expresamente para que lo firmara que por eso aceptó firmarlo, y con infinita paciencia, estirando el placer y el tiempo, estirando las letras y a todo lo largo del folio, en trazos grandes, como de escuela, desiguales, y temblando, escribía, escribe, simplemente, como siempre, N-O-P-E.

Estira cuando se acuesta la mano, asoma del puño del pijama que sale de debajo de las sábanas un pulgar, al que voltea súbitamente para que todos (Bueno, sólo los aburridos de los cuadros y las esculturas de caballos de bronce y las alfombras y los sofás que parecen de burdel pudiente de mi estado, pero obviamente en mejor estado) lo vean:

Ahí te va chamba Loyola… O es Layola. Por fin te atiné cabrón con el apellido. Tardé mucho pero valió la pena. Para que luego no chinguen con que no cuido yo a mi gente… Pero antes la orden que di por teléfono.

Satisfecho se toma su vaso de leche y oprime el botón del interfono sobre la mesa de noche, Cunegunda (Que no se llama Cunegunda ya lo sé no jodan pero a mí me gusta así llamarla, Cuntsegunda hubiera ya sido demasiado, qué van a pensar de mí, Cuntdesegunda peor), Cuneee, y si no contestas Cont, ya le dije que hoy no deje pasar al gordo.

Le da ñáñaras el Chino, insiste, no las puede ocultar todo el tiempo bien, ni aun después de tanto tiempo, qué le va a hacer. Y no es para nada gordo pero siempre le ha parecido a él un gordo. Dónde andará mi ñora piensa, si viera lo que firmé hoy hasta se sentiría orgullosa… No sólo un pinche indio sino de los que ya no sirven, de los malos, no decían en los buenos tiempos idos —alas— en que nos expandíamos sin tanta alharaca que el mejor indio era el indio muerto?, entonces, qué nos ha acontecido, yo hasta quisiera reescribir eso más, si es que hasta suena mejor, muertum morum mejorus morum, ah si pegara igual, pero por la misma alharaca mentada no puedo, aunque por otro lado soñar no cuesta nada…, en fin, esto de hoy es por ende nomás guarmin de motors, lo tomo hagan de cuenta como treinin, decía yo no sólo de los malos sino que además es creo como de los alelados, de los oráculos, algo así…: Coño qué más puede uno pedir.

Pero no os podéis quejar de mí, vos… mmh, cómo va, yes, que si buena vida os di, mejor sepultura os quité… Sí, eso, porque así de malo soy: E hice una llamada telefónica. Directa. Te (–se–) van a llevar una sorpresa.

Cuando entra el gordo que no es gordo, (Pinche Cont), y se sienta, le dice cuando entra, Hay que limpiar la raza Chino, (Pinche Cont, piensa, pero cómo carajos se llama?, carajo éste tampoco se llama Chino, él le decía Chini o Chinito pero degeneró en Chino, lo cual es perfecto, siempre pensó él éste mi Chino representa la parte oscura, sagaz, exótica del Imperio, y también el aliado al que temo), cuando se sienta el chino gordo no gordo tampoco no chino, cargado de papeles, con la cara abotagada, como siempre con la mano libre sobre el pecho, según él porque le molesta a veces.

(El César sabe es puro cuento, lo que quieres es pasarte, pinche Chini, por corso y no por chino… qué no te basta ser capo?, ni siquiera ser el pinche Chino?,… cómo es que se llamaba ese corso puto?, se le total igual quedó el apodo, intentó él ponerle Nabo pero no prosperó, se lo pondría él tal vez, piensa –a veces se le olvidan estas cosas–, porque luego se lo quedaba viendo fijo el Chino y era cuando le entraban las ñáñaras, a él, al César, y para que no se le notaran le decía, Y tú como el Chinito, nomás milando, verdad?... También es cierto que le fascinaba la idea de la muralla para mantener a los bárbaros afuera, de hecho ya había empezado a construirla. En realidad, piensa el César, el César pensaba qué me ves, güey, pero ya le decía así dentro de sí él a la Condesa, encargada a estas alturas desde que la cesé de irenarca, de las afueras, de los suburbios (joy, joy, o sea de bien poco o nada) del Imperio. Cómo le costó trabajo ésa, en los meetings de seguridad nacional piense y piense él en un buen mote, ella mirándolo a él, creyendo ver con rayos equis como si estuviera superbuena, tetas colosales o soldados fantasmales, le había puesto primero Condona, no sabe ni porqué, okey por mamón, pero eso es una tautología, (ah si pudiera articular estas delicatessen frente al micrófono sin trabarse), le pareció en su momento simpático y conveniente, pero se le quejó, el Chino —sí este mismo ahí enfrente sentado hablándole y él no prestándole atención—, que decía hablaba no por él mismo sino por los beatos y las beatas que eran la mayoría que sostenía al Imperio, Ta güeno dijo él entonces, magnánimo, sintió casi lo que siente cuando les da el congiario a la plebe, se le notaría en la cara, de ahí lo de Que qué me ves güey. A ella le caería bien güey, por esa testarudez y grisura, pero creerían que era porque estaba güena. Lo que no era cierto. Pero no pegó anyway. Que porque es feo para una mujer... Entonces, yegua. Decía él yegua es como güey, pero al revés. Que es lo que es esta mujer. Yegua... Tampoco. Ha intentado, intermitentemente, casi todo. Concha, Chinche, Chinchichis, Conchis... La Virgen Negra. Los otros —no el César—, le decían nomás Condesa.)

Ya se va el Chino y ni me enteré de lo que dijo...

Sería en una ocasión parecida cuando le dijo él al Chino lo que el Chino te diría..., Dimas. Lo que el Chino por supuesto ya sabría. Lo que el Chino quería.

Pero no hoy. Lo de hoy lo quiero yo...

Ya te dije pinche Cont que le mandes a él a todos los que insistan en joder. Sí, también se aplica a él mismo. Usa tu cabecita

Cont que has de tener. Si no te lo traduzco, otra vez: mandalos a la chingada. Nada más que entre hoy el chief of staff, nomás un ratito, pero para que me arrope mejor hoy el Steve.

Y esto, tal cual, sucediendo, esta noche, la víspera, o en prima, hoy. Yo aquí en la oscuridad, narrándolo, porque a pesar de todo no puedo narrar aún el mañana... Acaso esto, y aquélla, también en los ojos de Yolo en esos últimos momentos que pasaron juntos, antes de que eclipsase su susurro el cerrojo.

Eso es todo. La verdad. Le decía la vieja a las mujeres en el edificio o termas –por supuesto que yo me enteraba de todo–, Recordar que es mejor una mamada que nada. Porque todo lo otro o sea la nada son inacabables guapas. Eso es todo, ya lárguense a la pileta. Y no hay mucha agua, chérit. Y luego a ejercitarse eh? Nada de irse a inyectarse a los baños. O irse de putas que hasta eso aquí se ha visto. Se me duermen temprano como dicen que el César. No hay peor decadencia para un imperio chido que sus putas cayéndose jetonas. Órale. A lo que las truje. A traer pachocha.

Órale vieja. Qué bien sabías. Eso es todo. Ya te quisiera yo a tí de China. Pero ni modo. No puede tenerse todo en esta vida. Verdaderamente sólo yo el único capacitado de sostener la certitud de esta sentencia...

Mismas palabras que no les diré hoy en la mañana a mis generales. O se las diría mi mamá por mí. O la Condesa...

Porque después del high del Nope se va a echar su siesta. Piensen lo que piensen cabrones.

Una jeteada, dice por el interfono. O más. Cune mándate al gordo con mi mamá. No te lo dije ya antes? No importa. O con los judíos. Sí, también pallá los generales si me buscan y la yegua. A ti ai que espelearte todo: Cómo que cuál, no te hagas pendeja, si bien que sabes, la Conchuda, la Concha, la Cont. (No, ésta no, ésta es otra: coño eres tú. Tantas palabras que hay en el mundo y estas tres porque son tres tenían que venir a llamarse casi igual...). Ésa, la que quiere un día ser Cesarina. Joy joy. Sí, ésa. Por fin te cayó el veinte en la ranura. Enigüey diles que ya les dará ella el spiel. El que sea. Ya luego que mañana me busquen… Pa aclarárselos.

(…)

…A quién engaño? Me estoy haciendo el tonto. No no me estoy autobromeando… Nomás alargando todo. No sé qué me pasa hoy dije… Y así se lo repetiré al Steve. Pero no sí sé. Claro que lo sé. Por eso tanto retardo. Tanto alboroto. Traigo ya a la Cont loca (carajo me salió bien, será porque ni lo intenté). Pero por eso me siento así (no, no por traer a la Cont loca, no me vayan a malentender). Sino. Porque. Sí. Porque si yo fuera realmente malo lo hubiera dejado al Babilonio donde estaba… Castigo terrible. Vivir. Pero no… (Coño, por qué no le puse así antes, no les digo que ya me estoy poniendo viejo? Se lo voy a tener que confesar al Steve… O le decíamos Babas exactamente por eso?… Tal vez sí. Sí. No les digo…)

Y allá ella, la Condesa, estará, sentada, firme. En su lugar. Creyéndose la mamá de Tarzán. Junto el Chino sentado. Los generales que suben y bajan del sótano. Ella con voz de campanada: A ejercitarse para mi muchacho, ¿eh?. Nada de irse a inyectar al baño. Ni de putas que hasta eso aquí se ha visto. O andar haciéndose los zonzos con los putos demócratas. Nein. Esto es un Imperio. Se me levantan temprano. No hay nada peor para un establecimiento decente como éste como que unos putos como ustedes anden agüeitándose. Ya Almirante ya baje la mano. Y no me diga miss. Que qué. Que perdone Condesa pero si me permite la sugerencia es que el verbo es agüitarse. No es por joder pero sabemos que usted está verde en asuntos internacionales. Sí almirante pero usted el ignorante que lo que quiero es decir que tampoco se me apendejen. Por lo visto creo que no es necesario decir más. Okey boys and girls. A lo que los truje…

A traer pachocha.

El humo acre que flota y que parece de lejos la medianoche que regresa, denso como el que despide cerca la maquiladora por las chimeneas chaparras, se cuelga a las paredes como la pregunta después a los vecinos que al fin articula una vecina, muy metida según ella decía en el mejoramiento de la comiúniti, de, Por qué la pinche placa no dice aquí mero estuvo el Nazareno, o aquí vio quizás por vez última a la Magdalena, después de que al otro lo apresaran, por un carajo que aquí la venía a ver, cruzaba la raya ésa que nos separa del cielo como si fuera transparente, el cisma, de tiza, más milagro que ése no hay, a poco no vecinos, comparado con eso caminar sobre el agua es pendejada, que qué utilidad podría tener, aquí en el desierto, eh, ni madres... cualquiera sabe eso. Lógica implacable, que añade, Por qué no dice también aquí sobre estos insignes muros el Nazareno lloró, ¿eh?, eso sí sería chingón, ¿o no?, cuál árbol de la noche triste ni que ocho cuartos, y no esta chingadera con perdón del decir que aquí malvivió sus últimos días un chillón que servía tragos, o contaba aventuras sonsas de internarse al infierno guiado por un silencioso escritor a quien ya nadie recuerda, si tantos se pasan la frontera a diario, tantos que mueren de tantas bárbaras maneras, cuál es el pedo pues, ¿eh?, carajo explíquenme, que no le dio el ancho a una quirite fofa, de ésas que se conforman con carroña, qué carajos importa..., venirme a mí con ésas, pues pendejo que bien te sirva, para que escarmientes, de seguro, y bien saben ustedes que se detienen a escucharme, aquí en pleno patio, que a mí cuestiones de raza y más de preferencias sexuales, me la maman, digámoslo crudamente, nada de esos pruritos de los otros vecinos ya saben a cuales me refiero, hasta con un negro si lo hubiera encontrado lo hubiera hecho la tipa, y no me malinterpreten, o según otra versión que le partieron la maceta nomás por el simple hecho de no aquietar a sus güilas, digo si no podía con tan poquito bien se lo tenía merecido, ¿o no?, también que se la metieran, lo que no se merece digo yo es una placa, ninguno de esos comportamientos, pero eso sí ay de quien la quite, que le cai la rayo, la peste, peste bíblica en el desierto, eso sí es de creerse, y de temerse, moderna peste: lo balean las caravanas negras en el mercado, escrito esto como en un papiro sagrado de tan claro

Cállese comadre, cállese ya, susurra un voluntario en la rala concurrencia

Una trata, una se esfuerza, para levantar del lodazal este muladar, pero nomás no, y una se cansa, y no de echarle la culpa a los mulas del Imperio, hijos de la chingada a güevo pero no se puede echarles la culpa de todo, una verdadera lástima eso, digo yo, pero no, pero ok ya, ya me callo, okey carajo que estoy tragando fuego, que me largo okey a mi casa antes de que me callen por la mala, okey, pero nomás piénsenle batos en mis palabras, de sibila, sí ustedes que se amontonan con sus pinches enjutas bolsas del mandado, palabra de sibila en tiempos de peste bíblica, pero es que me calienta el coco la mamona placa. Eso es todo

Ya váyase pues comadre échese unas sales, un anisito,

Orita es que tantos turistas imperiales que vendrían del otro lado si se les dijera Aquí el Nazareno conoció el amor terrenal. ¿Qué bonito, verdad?, a poco no, si además los pobres güevones de geografía e historia no saben ni mádere, y se lo creen todo, seguro se la tragan con todo y tompiates perdonen el french como le dicen ellos a las frais siempre tan acomplejados ellos, tan puritanos, y ni le encuentran el contexto, nos llegarían los autobuses con el abuelero para tomarle fotos, a la placa y a todo, y la puta pachocha, digo, qué falta de visión de las autoridades coloniales, da coraje, digo, es una mina de oro en potencia que echan a perder nomás sus mezquindades, digo sus majestades, a poco no…

Que ya comadre, ya bájele al vólium, se está usté aprochando al callejón de las trompadas, cuáles trompadas, culeadas, cuáles culeadas, culatas

Culeros ustedes pero no digan luego que no les advertí, tanto bien que nos traería toda esa mentira a la comunidad, hasta una recreación teatral podríamos hacer, bailongo y última cena… stripetetís, de miúsical, cobrar la laniux, sí, por instanse en la madrugada de ese fatídico día pa conmemorar, si se quiere conmemorar…, pero no, Chitón bruja me dijo el secre del cuatorviro, un cuatro ojos, al que me le logré acercar, si yo ¿no les digo? me preocupo por la calidad de vida de nosotros, ahorita, no chinga luego, y no soy nomás baba de perico, que sí, que ya, fui, Chitón nomás que se la chupa la ídem, colega suya, señora, ¿necita traducción?, ¿no?, qué bueno, pues me vale madres e igual se la suelto, cierre el hocico bruja …Pos lo cierro, aquí ustedes son testigos, que esto es muy gordo, No tiene usted pinche vieja ni puta idea dijo, Pues lo cierro dije, ya lo dije, ¿o no vecinos?, son ustedes aquí testigos, es más, óiganme bien esto que dije son puras pendejadas que quede claro, no me oyeron ustedes, incautos, está loca la pobrecita, eso, ándenles sigan con sus vidas, soy una pobre profeta loca en el desierto si se las hacen de tos de las que hay de haber cientos, que chingaos al menos un profeta malhablado uno había eventualmente de aparecer en carne y hueso en un puto relato de esos que se precien de auténticos, pero eso sí, no muy pendeja: porque ya no hablo

Se desparrama la gente, se desvanecen las gentes en la plaza, en la memoria, como estas memorias del futuro, en el futuro, pero no la placa, que sigue por ahí, como la realidad: Llenándose de mierda.)

¿17? 16?

No no más silencio. Silencio que tanto cuenta, que todo cuenta, todo lo que no importa, para estirar el tiempo, consumirlo. Para no llegar a lo único que importa, que no quiero sentir, decir, pensar en ella… pero que sé que debo. Antes de que el tiempo se extinga.

Nomás porque yo sé, amor, Magda, que no te quedaba otra, que tuviste que prometerles, el único escape, lo que haces, sabías cuando me arrestaron que de cualquier forma ya no había otra salida, pero tú querías conectar todo con nosotros, mancharnos, suena no lo es, ridículo, si al menos para ensuciarme yo misma habrás dicho, pero habrá sido tan anterior, a cuando salió el chamaco asistente de licenciado pidiendo ayuda, gritando por su mamá, ensangrentado y listo para contar la verdad, la realidad, el resto no sé, un tiro de un swat disfrazado de mucama, de bárbara que hace las camas, una bala perdida, chingaos si esto es pura frontera, porqué no así, o no, tal vez yo no tenga razón, que esas no son las noticias de hace una o varias horas, que no las veo, que no las puedo ver ni las deseo, pero como si tuviera yo la televisión ahí conectada, aullando, comentarios como Nomás mandan a esta gente acá, según esto para defender a inocentes que bien sabemos nosotros que no lo son, pues para eso están las leyes, la libertad y la democracia imperial, y en vez de trabajar más duro para aquellos o aceptar lo inevitable, hasta lo último andan, cogiendo, y no solo eso, cómo…

Escenas ahí del cuarto del motel, la daga, para esta vez no estar nomás parada abajo de la cruz, digo yo, alegóricamente o no, y prosiguen las noticias,

Ok, siempre es la esperanza lo último que muere, pero para estos señores de la Colonia parece que lo último son las putas, por si no estar rezando en la iglesia no fuese vergüenza suficiente… Que barbarismos nos rodean, que no nos tilden luego de fanáticos.

Fuck a ver si no pierdo la licencia, dirá el comentarista, en el intoxicante paroxismo, por lo que voy a decir a continuación, pero estoy cabreado, dirá, yo, el mero anchor man, pero habría que enseñarles una lección, óiganme en la capital: habría señores que invadirlos... Ya lo dije. Tal vez no me vuelvan ustedes a ver aquí, en su living room, a la hora de comer. No sé si debo arrepentirme o no. Anyway –good night and god bless...

Quizás, así, en los televisores desde hace horas. Ahora. En las teles todas. O no. Nada de eso. Un silencio total...: Por supuesto. Nada de esto tiene para ellos mayor importancia. Sueño despierto otra vez dentro de este sueño.

O lo dirá en su cama el César. Repitiendo lo que al fin le susurra Steve al oído. Al notar que aquél de nuevo se queja que se está poniendo viejo.

Sí para qué alebrestar lo que arreglamos tan bien ya. No yo. Ustedes. Yo hice lo mío, mi granito de sal, pero no te lo digo... Decía. No, que no corten nada, ni los programas de preguntas bobas, ni los comerciales, que son los que a mí más me gustan sabes?, ni los chows luego más tarde de muertos de hambre humillándose de infinitas formas para ganarse una lanita, ni las noticias, para anunciar pendejadas de nota roja. No es necesario Steve. No tienen importancia. Que está pidiendo perdón como marrano antes del matadero el joven abogado es lo que dirá si entendiéramos su pinche idioma cabaretero su putita secretaria de estado. Y qué? Déjenla que toque a la puerta. No le abran a la secretaria. No entendemos. De refilón nomás por joder contesta tú chino, perdón, tú Steve, desde adentro, así, bien, no bajes la guardia, No hoy no hay. Pan duro. Venga mañana. Y por cierto (que somos malos), por sport mándenos a otros juristas de este calibre. Ai. Tan placer lidiar con tales minencias. (Verdad que somos unos mulas?). Cuando digas esto por el hueco de la puerta aguántate la risa. Eso es lo primero Steve que hay que aprender, como diplomát. Qué te digo si tú me la enseñaste –la receta, cabrón. (Ora sí me salió!?). Receta cabrona extra pensar casi todo el tiempo mientras en sus propias suegras de uno. Rete duro. Requiere disciplina. Mental masoquism guan-o-guan. Pero para qué creen que les pagamos pinches pendejos. Embajadores de mierda. Y si no lo logran con los biners, imagínense con los otros bárbaros dobles hijos de la chingada. Mañosos hasta la madre...

Eso sí mamacita, deja ai en la puerta tu tarrito de petróleo, para por lo menos desmancharnos los suits, joy joy. Como te acuerdas Steve hace tanto tiempo traían la leche en las mañanas? Ah cómo extraño aquellos tiempos. Pero estoy chocheando cagón. No te digo? Si estos tiempos pa nosotros son más buenos...

Pero quizás ése no el César. Porque no es su estilo. O, más bien, porque ya se durmió.

El Chino jamás diría esa clase de cosas. La Condesa, menos. El Pato Donald...

El silencio.

El silencio cuenta. Por favor...

Sí. El Pato Donald. Que un día extemporáneo se me acercó y me dijo (de entre todos, ese día, y, ¿por qué él?, ¿porque escupían sus ojos de inquisidor desaire?), tartamudeando, me dijo (otro acto de bondad, todo en el fondo sólo eso, una serie interminable de ellos, para ellos), La madre del César es una sangrona, la toleramos nosotros nomás por güevones, eso y nada más eso somos, pinche vieja es el viejo mundo... Pero ya verá... Por supuesto tú no has oído nada. Ten estas chingaderas... Escupió su desdén en el tartán y se fue.

Sonreí. Ya estando solo abrí el paquete que me había entregado. Había mandado hacer ella réplicas perfectas de las jetas de todos los lugartenientes del César...

El Pato Donald:

Y si quieren ver la ejecución —continúa—, que no la va a ver nadie, a quién le llama ya la atención, eso, con todo lo que hemos visto nosotros y hecho, y menos a uno que se cree escritor, y sobre todo si se desconoce el contexto, lo que estuvo amenazante en el aire, me explico, no, qué bueno, si fuck bahía de cochinos fue juego de niños, de toddlers, pero digo, nadie sabe nada de nada, nadie supo nada, es cuestión de idiosincrasia, eso sí carota seria, eso, nada de burlarse, aquí se respeta a cualquiera, ni cuando al pinche chivo expiatorio le den las convulsiones, y babee, y se le quemen los pelos, recuerden lo de la suegra, infalible, imagínensela viniéndose a vivir a su casa, con sus maletas, entrando por la puerta, entrando a la sala…, si hasta se le sueltan a uno las lágrimas, eh, no me interrumpa general mi reverie, qué, ah de veras, es cierto eso ya no, ya no se usa así, ven cabrones, menos razón para ver, y que no hay nada bueno en la tele, ni un silly juego de beisbol, pues métanle mano, ya es caso extremo (alerta naranja calentándose a roja le decimos aquí los amigos en el lingo profesional), a la guaif, total que diga Y ora tú, vejestorio, ladrónde, qué coño te pasa, qué vergüenza te traes entre manos…, –de seguro ella cuando se da cuenta también pensando en su suegra, coño por qué no, que esto es el imperio, el ápex de la civilización, las mujeres tienen los mismos derechos, o estoy otra vez yo metiendo las cuatro?, ah qué chingaos, es la idiosincrasia de uno–, Te subieron el sueldo o qué. Casi mi amorcito. Una mentira más en este mar qué más da. Que no. Que not good enough. Pues préndanle otra vez a la tele cabrones. Búsquenle duro, por algún canal ha de estar. O métanse al internet que hay cada chingadera ahí. Pinches pendejos mis centuriones con todo eso y tanto que les damos cómo fueron a armar tal escándalo. En aquella cárcel. Me lleva la chingada. Ya no se acuerda de eso nadie pero a mí todavía me persigue. Sí, eso, a pensar en la suegra. Predicar con el ejemplo. En su carota fea. O en la de estos pendejos. Para eso si no para qué tengo yo aquí a mis achichincles. Generales y almirantes. Ni falta que me hace para nada ya el olvidado Lobo.

(…)

Y tiene razón. Quién va a creer en tantas atrocidades. En estas impiedades (que, sin embargo… me acompañan). No pierdan su aliento, señores, fantasmas, lectores, con estas pesadillas.

Es todo un mal sueño, aunque, a pesar de que, desesperadamente, lo intento, no despierto.

Sueño pues. Y en el sueño escribo. Y soy consciente de que escribo. Pero no sé quién soy. O qué noche es hoy. Sólo que debo acabar un párrafo... Un capítulo más.

Que rescaté de este sueño, lamento, pasión. Un –sí– homenaje. Unas exequias. A ella. Al futuro. A la inconsciencia... Es esta conciencia dentro de aquélla la que al fin me aterra.

Pronto este sueño llegará a su fin. ¿De dónde pues surgió todo esto...?

Un capítulo más. Y que no logro aún. Y que pocos años faltan para que concluya el siglo. El milenio.

Espero atento.

16

Me duelen las cortadas cuando orino. En el inodoro empotrado en el muro. Falsas también parecen ellas: Las paredes y las heridas.

Aprieto la letra para que en estas páginas que quedan quepa esta visión postrera de ese mueble blanco y estas letras.

Sosiego de la noche.

Cosas raras. Alguien me escribió una esquela. Me la entregó Yolo, cuando dejó de llorar. Y cerró la celda. Balbuceó cosas, incoherencias, ¿las conté?, Yo mismo se lo prometo, vendré, etcétera. Luego abrió su cartera y sacó el sobre. Casi tan minúsculo como los que repartía cuando entregaba cervezas en las mesas. Me costó trabajo desdoblarlo. Por supuesto no está firmada la nota. Ignoro su procedencia. No de Yolo. Quizás (no lo sé), del Chino. Sólo a él se le ocurriría. Escrita con una mano en el pecho haciendo de lado los alteros de contratos y los reportes de inteligencia. O de la Condesa. Todo parece posible esta noche.

Pero por supuesto que no.

Aquí la inserto. Como coda. Apenas ahora la leo. Lee

Así lo digo: Hoy mismo estarás conmigo en el paraíso.

Porque creo conocer más al César. Por qué me has abandonado, Naza, quisiera que yo dijera. Eso le gustaría. A los otros, al Chino, al Pato, a la Condesa, en el fondo les importa poco todo eso. Pero saben, como les repite el Lobo (¿repetía?), que es necesario.

Hago aquí constar que no digo nada de eso. Sólo esto, este texto. Un lamento largo y hueco. Largo y hueco: Así lo quiero. Y pronto una nenia. Ya lo dije.

Nada más.

Esas heridas me las infligió como un reflejo Magdalena. Para dejar algo dicho de alguna manera. Escogió una ley que no la escogió a ella. No me da lástima ella.

El Nazareno vistiéndose de mí. De mi inermidad enorme. Ojos vaciándose. Nada que decir. O reconocer. Solo. Irreconocible.

Lo dice así todo.

Me río con ternura de mis propias criaturas. Por sobre todas, me río del César… Pero despertará mañana (hoy) soñando en la Virgen Negra.

La Cesarina: Eso te pasa por ver una y otra vez tu pinche cinta. Hasta me espantas… Si nomás vieras la pila de pornos que tiene el Felino abajo en los sótanos… Pero no, uuy no, la nena, que me tengo que ir temprano a dormir hoy. La niña buena. Con decirte que hasta el Prieto dice que no se consiguen mejores ni en la calle. Para llenar la soledad y tú me sales con esas jaladas. Según tú, sutilezas. Te las das de sensible por estar en tu cama. El Proust de los Césares: mis güevos. A quién engañas. Como si te bastara, para poner un ejemplo, un sólo ataque más para el Chino. Te conozco bien esposo. No me engañas, ni a tus pobres enemigos que ya quisieras tener. Ni a tu conciencia de garage sale esposo mío. Eres un pendejo. Pendejo mío.

Quisiera yo haber sentido esta incomprensión. Ella –Magda–, hubiese sufrido menos. No lo sé… Soy un egoísta.

Fingí sin resultados

Titilan las luces del techo. Es un juego del César, me lo advertiría, quién. Yolo, el Legorreta. Le gustan las burlas me advirtió. Hace mucho tiempo. Antes de que me transfirieran aquí. Él pensaba que sabía más que yo. Me lo han dicho altas esferas nuestras, dijo. Me lo dijo con piedad. Yo lo oía con conmiseración. Intentando fingir ese desapego que admiré siempre, y, por última vez, en la patrulla, en camino al rancho. Tantos esclavos del Imperio se mean en el pasillo al ver palpitar las luces, continuó. Eso se lo reportaban al César por las mañanas. Cuando aquí vivía. Ahora que está lejos quizás también.

Yo podría haber añadido, Cuando los lee hace un alto en el trajín de su jornada. Da unos pasos por el cuarto. Respira. No sabe bien por qué pero cierta reverencia lo asalta. Aparecerá distraído el resto del día. Únicamente sus más cercanos, sus confidentes, sus sacerdotes consejeros, o sea, Steve, que se mueve como fantasma por los recovecos del palacio, leyendo sus pensamientos, o los caballerangos del rancho (si en aquél está), y que le informan en silencio sobre el comportamiento de sus bestias, osan acercársele. Los escucha con atención. Esas noches se va más temprano a dormir.

Quisiera también yo poder darle ese gusto. No sé si es cuestión de voluntad…

Alguna noche antes de lo de Magda y el César que he logrado posponer Steve se me acercó radiante su cara de arcángel grande, me entregó un sobre no más grande que el que me entregó hoy Yolo. En él había una fotografía. Reconocí el borde desdentado de una de nuestras puertas. Uno aprende a distinguir esos detalles. Aquí, por ejemplo, el resbalar de la luz sobre la superficie metálica del lavabo, conforme no avanza el día. Así aproximo la impiedad de las horas. Por los reflejos opacos en la fotografía, la luz del día. Los retoques a la luz debidos a la explosión. La cara de la Virgen en primer plano no me dijo nada. No lo que él quizás quiso compartir. O agradecerme. Dije Muchas gracias. Asintió y se fue.

Las máscaras del Lobo. Del Pato. Del Chino. Del Prieto. De tantos otros que no mencioné. No creo que las hayan quemado. Demasiado arquetípicas, demasiado antitéticas. Abrieron las puertas del Imperio, las seguirán abriendo. La máscara del silencio. Soy yo. No la han quemado. Aún.

Estoy esperando que se abra la puerta.

Porque no lo escribo no que no piense en mi madre que espera.

Este tono me cansa…

Cesar, morituri te salutamus.

Magdalena un día tórrido me dijo También tú me quisiste porque me dejaste sufrir. Las repito mal. Estas frases. No es por lo tanto su culpa, suya o suyas, si suenan aquí ridículas.

Me pregunto si lo hice a propósito… Tal vez sí o no sean una y la misma respuesta.

Deberías de bajar. Tenemos de cintas hasta las del edificio. Yo pensé que te gustaban. Hay una con nada más los ojos de tu mamá cuando fue, la única vez. ¿Te acuerdas? El Felino la editó. Se lo habrás pedido tú. Me acuerdo que ese día las pirujas se lucieron. The Steve Ma Qüín Móder, che moderfoquers, gritaba una desde el estrado. Pobrecita. Luego dudaba. Como que quería ponerle otro nombre pero no se atrevía… A veces pienso César que no apreciamos bien lo que tenemos. Hay que ser más agradecidos. Por eso deberías hoy bajar a verlas. Hoy, especialmente. Te entretendrías. Esos polls te tienen muy apabullado… Ja como si fuera eso. Como si te importaran algo. Mejor que estar metido aquí rumiando, o durmiendo. Insisto. Encerrado en tu celda de lujo… Ya sé que te quieres largar al rancho. Pero no podemos. Me cansas con eso. No todo el tiempo César. Tienes que entenderlo, con un carajo. No podemos. No me pongas esa cara de pendejo. Le voy a pedir a Concepción que te prepare tu chicken fried steak. Sí, tu poll-o steak. Baboso… Con una shiner de más. No no a la Condesa ni a la Cont. Tus amores platónicos. No te hagas. A Concepción tontín, la criada nuestra desde que éramos, ja ja, pobres.

Si de plano nada te apetece pueden conectarte el circuito cerrado en la tele. Puedes contemplar cómodamente la ejecución.

No se va a enterar el bíner. No nos va a voltear a ver, como en el patio, aquella vez. ¿Te acuerdas? No temas por eso. Si no hay manera de que pueda saberlo... Y si sí qué. Aun si se lo huele no veo cuál es el pedo para decirlo vulgarmente como tú pareces esforzarte en decir todo todo el tiempo. Aun cuando no está ella presente. Claro Babas tu madre. Quién más. Cómo que no te diga Babas. Yo te digo como se me hinchen. Pero no te me escapes con este otro temita de lo otro. Okey. Peace and love. Decía, cuál es el pedo –para decirlo como te convences tú que lo dice el pueblo–: Es el suyo. A veces, no no a veces, siempre, se me antoja hablarte así, en público a mí también. Sin cortapisas. Me rechoca el tener que referirme a ti midiéndome. Modosa. O lo que es peor aún, andar corrigiéndote. Pero te confieso que en eso todavía te admiro... –los últimos vestigios. Te valen madres las cosas. Dime si no cuáles no. Entonces por qué coños tan enfurruñado esta madrugada. ¿Que no, que no es nada de eso. Entonces...?

Sólo tus putos mártires te entienden.

Toy abajo si me necesitas. Ahí mándame al Steve que tengo ganas de frotarle la cabezota encallecida a ese pelón. Vacilándote caborón. O no. A poco te crees que nomás tú joder puedes.

Nunca criaturas mías habían hablado de esta forma. Como en estas páginas que escribo, o imagino que escribo, ya todo se mezcla. Ya todo. En este trance uno es otro. Como muestra basta un botón: Cierto humor. Yo nunca antes lo tuve.

(No creo tenerlo después.)

La proximidad del día.

Antes (antes, ¿qué es antes?, ¿qué hay antes de esta noche eterna? ¿un ayer, el día, el olvido?) no me hubiese atrevido a decir nada así. No sé con qué adjetivo calificarlo. Mejor un sustantivo: Impudor. En mis vigilias (¿vigilias?) sé que yo así no escribo: estas parodias, estas expresiones... No narrar todo, desde el principio, seguidamente. Nunca termina uno de aprender. Una última lección en la hora última: Quizás no exista ninguna. Lección u hora. Línea o última. O juntas.

Debería despedirme de todos ellos maldiciéndolos…

Cuando se enfermaba el marido del estómago porque la Concepción según la suegra era una sucia a lo que respondía entre dientes la Cesarina puta suegra sonsa secándole las lágrimas a la sirvienta el César pedía que le trajeran el video del Lobo que rodaron en el edificio. Decía su doctor que era un amargado según el César que Mejor vomitivo que eso ni los que usan in situ nuestros torturadores profesionales. Waterproofing doc my foot? El César que está siempre así encontrándole tres pies al gato mandó al extranjero duplicados de aquella cinta. Reportaron los jefes de contraespionaje en las colonias Resulta la chingadera (así lo entendió el César) únicamente aburrida. Se jetean los terroristas. Como en las caricaturas de torturas. (Los torturan con caricaturas? Joder.) Que era lo mismo que le sucedía al César después de vomitar. El laconismo latente de esos mensajes cifrados fingía el César no notarlo. Para que no todo fuera pérdida le mandó el reporte de aquellos agentes en valija diplomática al Lobo. Con una notita escrita a mano en un sticky: Para que veas cabrón. Échale más labia allá cabrón, en el banco donde te mandé (o era soap box?), más candela pues. Que si te quedas igualito no me los espantas ya lo suficiente. Ya se están acostumbrando. Los hijos de su madre. Ya no nos tienen miedo. Para qué crees que te pago, pendejo? Aquí te mando la prueba… Y abajo, como posdata, Un beso en la boca, porque soy un malo, tú lo sabes, pero me gusta, qué chingaos. Lo de malo, lo de masoquista menos. Malo malo. Tú también, Brutus? Enigüei, güei. Tú, Cheshire (Chésar).

Pobre Lobo. Como al final de los cuentos, acaba uno queriéndolo… Apiadándose.

Única razón por la que vale traerlo a cuento.

Le reportaba todo a la mamá la Cesarina. Porque era débil se decía. Pero ni así se le quitó a aquélla el desdén en la mirada.

Daba tristeza y contento al mismo tiempo, pensaba la Cesarina.
Yo también soy una mula pensaba. Qué coños pues tiene la yegua que yo no tenga… Quizás era por eso por lo que le brotaba
el arrepentimiento. A la Cesarina. Y por eso le contaba todo a la
vieja. Porque es bonito también al mismo tiempo arrepentirse,
reconocía.

Oh Magda. Estoy desesperado. Por eso todo. Porque no quiero parar. Pensar. Saber.

Intento iniciar la nenia. Cantar las exequias. Lo he intentado
quizás desde siempre.

No pensar pues yo en ellos. Ellos permanecerán. Dante,
Magdalena, el Naza o Neza, mi madre: no.

El mismo Legorreta. Yo.

O quizás es al revés y yo no lo sé. O quizás, también, poco
importa y el César tenía razón. Cuando en el rancho o el edificio,
decía: Lo bailado o sea lo malo no me lo quita a mí ni Júpiter.
Coño ni mi misma madre…

(Entonces por qué se va a la cama tan temprano. Para bailar
más respondería). Por supuesto tiene razón. Habría que reconocerlo. Le gustaría que lo reconociéramos. Tan sólo aquella frase
(o la de más abajo) va a obligar al Chino a publicar esto. Más que
Saca la lana cabrón Chino de donde sea necesario, que más nos
gastamos a diario en mantenerte lo sangrón. Joy, joy:

(Magda: Hijo de la chingada. No le molestaba el ridículo
Babas. Perdóname. Que hacía frente a mí. O ante lo que nos
rodea. Sutil pensé, me mostraba así que yo no era nada. Lo odié
entonces… Entonces también que decidí hacerle el bien. O sea
sacar la cruel arma secreta. Soy una mula Babas…)

No, Magda, no.

(Mira hasta como te quiero. Contándote esto.)

Es bien, bien malo.

Habría que repetirlo a coro. Sin reírse. Pero estoy solo. Y no oigo bien a los fantasmas. Sería un bonito regalo. Un bonito adiós. Muy estilo sentimentalismos de Magda. Mejor que el orinarse en el pasillo. Al menos así me siento cercano a ella. Y podré así iniciar su nenia. Repítanlo entonces, por favor conmigo. Háganme ese favor. No es mucho pedir.

Y las muchachas. La Vieja. Los tipos que acababan suicidándose con una pistola.

(Salían al desierto, se recargaban por horas contra el sol, después sacaban la automática. Las modelos semienpelotas de las limusinas casi siempre inactivas para justificar sus emolumentos tenían que lavar del suelo los sesos con una cubeta y un trapo, tallar el yeso, su propio vómito. Para que aprendan, decía el Pato, feliz de poder así también él decir algo más, además de justificar su presupuesto. Lo dejaba babosear el Chino, en el fondo le tenía lástima, siempre se aprecia tener todavía chocheando por ahí a un abuelo regañón.)

Si les sirve de consolación pronto me les uniré. Seremos mitológicos: Inalcanzables.

Y ahora, al fin, como si moneda fuese, suficientes un canto y dos caras para lograr el paso

NENIA

17

Sentado en la cama del motelucho, porque el presupuesto no da ni para un motel six y el lic no quiere quedarse en el consulado, el asistente espera, cuando tocan a la puerta, y se para el asistente, se contempla brevemente en el espejo, se acerca y abre la puerta, afuera con las nalgas contra el barandal del segundo piso del motel una pelirroja con brasier burgundí y falda sicodélica que deja ver donde se le juntan las piernas bragas negras con olanes y harto vello y en el muslo el tatuaje de un confector, le mete miedo al pasante, que tartamudea después Pase, no sabe si decir señorita o joven, joven inexperto, que de eso se trata el disfraz.

Que es la Magda. Déjala entrar.

Muy muy verde, con un idealismo de universidad pública, luchando heroicamente aún contra abismos insalvables: si tan sólo él y la Magda hubieran hablado se hubieran entendido.

Ya no hay tiempo. Tiempo de corregir.

Repetía ella por enésima vez una de las primeras últimas noches bajo el paso a desnivel junto al río que ella era es o fue Dimas de un narco en el centro del mundo, en un congal importante, del narco más famoso, según ella ya mítico, me decía, del cártel de, no sé qué judea, juana, etcétera, cuando hubo el despapaye, el cambio de dinámica, ahora el César controla también todo, yo fingía que intentaba recordar, etcétera, Puta le decía yo, sin énfasis, quitándome ya la falda, me causaba urticaria el dobladillo, las lentejuelas contra la entrepierna, Somos un mundo aparte, le decía yo, intentando convencerla, mintiendo, Qué bueno contestaba ella, intentando sentirse importante, antes de dormir: Es el alma, esa dignidad que se niega a hundirse, no sé por qué, pero es triste, intentando convencerla, lo dije, mintiendo.

Ella, se me acurrucaba. Que esto no viene al caso ni ayuda al argumento poco me importa. Igual las buenas maneras de contar las cosas. Intenten dormir a la intemperie, después de acostarla al mayoreo el día entero con traileros a los que les faltan o los molares o los dedos. Con los ojos abiertos por si enmarcándose en la rigidez de la distancia aparecen los centuriones, esperados ya. Pero no, me niego a esto, no estoy aquí para quejarme. Dignidad, de la que hablaba arriba, dónde tu aguijón.

Ahí bajo una manta prieta de tierra y lluvia, ella era la Magdalena y otro el Nazareno. Le susurraba yo, aquella noche, Ya no es época para nosotros, como no replicaba, Ya el César anda en otras cosas. Sonaba romántico. Esto es otra cosa, decía ella, yo lloraba cuando me acariciaba.

Así imagino el ocaso. ¿Por qué soy tan cruel?

Cielos despejados, la noche tranquila, y de repente.

Que la Magdalena se quejaba que seguir aquella historia no lleva ya a ningún lado, que había que actualizarla, yo no le daba la razón entonces, o se la doy ahora, aunque escribo, como un testimonio, de los primeros como si de los esenios, para que se pierda igual, pero escrito está, aunque nadie lo vea. Es cuestión de sabios si brilla o no la luna cuando no se le mira.

(De repente, Dimas… —le gustaba decir a ella).

Volviendo a lo que lastima:

Es la Magdalena.

Se le presentó, al asistente, con sus mejores prendas, de las que mantenía guarnecidas de la intemperie, guardadas en una maleta, bajo un toldo en el tiradero junto al río. Se le caía la baba al asistente, ella queriendo atrapar al otro, es triste, no se puede más contra un imperio, en su tristeza las ratas se comen entre ellas, pero el otro en un bar junto a una gasolinera, bar de camioneros, bar de paramédicos, afuera amontonadas ambulancias cuadradas, trailers, tractores, abotagado viendo, desde la barra, cómo una güera, un costal de tetas, le enseñaba desde una mesa, a un ranchero, lo rosado de la vulva, rociada según ella con el rocío del desierto, se reía, no con una botella de spray, como en la competencia, en los otros strip-bars, el ranchero que decía que vino en tractor a una manifestación para que suban los subsidios, decía, antes del lap dance, ahora dobla los billetes de la venta de los últimos novillos muertos, y se los mete por el escote a ella, Cuál escote viejo métamelos acá, pero al otro le tiembla la mano, le estorba la humedad, un troglodita con un bat contempla, como el Legorreta desde el bar, pero esto no es trascendente, no en este momento, lo que quiero decir es

Magda, lo único verdadero. Ahí frente al asistente. Con esa estilización del cuerpo que deja el hambre:

Es la Magda cabrón déjala entrar. Haciendo lo impensable. Rompiendo la tradición. En un acto inútil, estúpido. Por eso debe constar. Más importante aun que la verdad. Esa otra, puta, pero más cara e inexperta.

En su desesperación la fiera suelta ataca a inocentes afuera de la jaula abierta. Dicen. La Magda entra. Mira a su alrededor, el cuarto, el cuarto de motel, atestado de maletas, papeles, expedientes, se compadece. Mira de frente al tipo. Le da ternura también el fin del camino. Y aquí. Una de dos.

Se quita el corpiño, la falda, las arracadas, las bragas, se postra en la cama, se mira las uñas, las pantorrillas, hace un gesto, que quiere decir sin ser intrépido, no tengo tu tiempo, triste zarandeo tenso, y luego, mientras el otro jadea, agradecido también de aquel agradecimiento que no sabe expresarse de otra forma, pero que hace que el viaje desde las colonias, sin casi presupuesto, sin esperanza, a este desierto que las enlaza con el Imperio, donde se come mal, y donde sin embargo le empezaban ya a enternecer los atardeceres, y la inocencia de la gente, adquiera sentido, valga la pena, pero viene lo del maletín.

O es al revés. Primero el maletín que se abre, en el desconcierto inicial saca ella el arma, ojalá que no llegue el otro, el inútil, y se la inserta.

A

Y luego con él se acuesta, a que lo demás suceda, mientras sangra.

Cuando se fueron los editores, o supuestos editores, al inicio de este sueño, no lo quise contar, entonces, sin levantarme del colchón, sin otorgarle demasiada importancia, les pregunté, Contéstenme antes de irse una pregunta. Se sorprendieron de que yo pudiera poner una frase junta. Vinieron sin esperanzas, sin amenazas también. Hasta Yolando –que les permitía quedarse más rato aunque de lejos recelaran otros rangers– se quedó pasmado. Pobre Yolo. Cómo alguien así de candoroso puede acabar aquí. Una contradicción más… qué más da. Una pregunta, dije. A él o a ella o a ellos.

No me entendieron. Repetí: Él o ella. La mujer, quizás la que mandaba, dijo, quizá por decir algo, esa impresión me dio, quizás no, Ella compañero. Ella.

Se fueron.

No, no pude llorar. Ya lo sabía.

No, no porque no fuese original. Quizás por eso no lloré, por su originalidad. Un acto feliz:

Se mete a la cama tirando los papeles sobre la colcha no sin antes abrir el portapapeles y sacar la daga, todo es más prosaico, no hubo tanto teatro. Pero se la inserta en la vagina, la remueve, la suelta, con la mano roja, le agarró, la verga, a pesar de todo tiesa, al asistente de defensor, aún con calcetines, por andar doblando tu único traje sobre la única silla, no te diste cuenta ni cuando abrió el maletín, rogando de repente, insensiblemente, piedad o no, al revés, tú igual, pensando sólo, carajos tengo inmunidad diplomática, o nada de eso, a lo más el susto, o cómo salgo de ésta, el pito atenazado por la garra de uñas terrosas, pétreas, resquebrajadas –rotas, rojas–, o hijo de puta jefe, no me deje solo ahora, beodo el otro bailando con un socorrista, una lenta, luego seguida de una triste, de los linces del norte, el paramédico hablándole al oído en un champurrado inmundo, invitándolo a la ambulancia, bofetada del encanecido, que no obstante sigue bailando, puro llorido, lo bueno que el médico tenía tissues, hasta traigo estetoscopio para oírte el corazón, la güera que pareciera diosa hindú, si en lugar de tetas brazos tuviera, bailando aún, un regusto alrededor de bosta, en un rincón el agricultor que se atrevió a tocarla, con un vendaje en la cabeza, que le había ajustado otro paramédico, el compañero, para hacerse notar o algo hacer, de eso se trataba cabrón susurró solamente el barténder, a manera de disculpa, antiguo pelotero, añadió, de llevarte la sangre a donde estaba anteriormente, dónde está el mentor, el asistente, mentada de madre al mentor, del asistente, mientras, la verga atenazada, por la garra, metiéndola en la alberca sangrante, moviéndose, ése, la cara empalideciéndosele súbita en el esfuerzo de venirse.

Estúpidas exequias, prosigo porque no entiendo, por qué a ese idiota, que se viene luego luego, que luego quiere actuar el héroe, como tapón pero se le ablanda, mientras en el antro, los paramédicos se van temprano, porque los llaman, extrañamente, a irse. O venías por el otro, el erróneo, no cambia nada: desangrándose, ya sin esperanza de nada, de olvido, la Magda, venganza que me atosiga, así o parecida, pero no entiendo, esta noche, este desenlace, no veo el mensaje. He perdido el temple.

Lo de colgarse, él, suicidándose, también, de un puente o palo, me lo diría, también, Yolo. Antes de irse. Agradecido. Intentando sorprenderme.

No dejamos más. Adormecidos junto al río callado, ocupado por perros, manos efímeras, muertos, espuma de maquilas y alcantarillados... Solamente nuestras muertes.

Ni siquiera, con horror me doy cuenta ahora, hemos roto, en la más mínima forma, o ayudados por nuestra torpeza, con la vigente, viviente, inmensa tradición...

18

Anoche. O un poco antes. Poco importa.

Mas, lo que me avergüenza, duele, además, esta noche, es la realización de que yo, esta noche, y aquélla, si ambas son dos, tan sólo pensase, o me forzara a no pensar, en que

19

...Fue entonces, amor, cuando saqué la bolsa. Una del supermercado de debajo de la cama. Saco lentamente el contenido. Él pensó, vestido aún con el negligé plomizo, con tetas picudas de madona, que en la punta tenían unos quises de chocolate, rancios ya, sin imaginación nosotras, nunca se nos ocurriría el curare. O la versión contemporánea, pueril, matarratas. Pensó, pienso yo, que sacaba yo una fusca. O una verga de goma. Rara. Amorfa. Con pelo blanco en un extremo. Le causó sobresalto mas no sorpresa. No desazón. Me pregunto si lo sabría ya todo. Tal vez sí. Tal vez no.

Magda, el último aliento, en el que permanecimos juntos, en esto. No tiene ningún sentido. Pero es un hecho. Un testamento.

Yo como sonámbula. Yo temía que corriera hacia la puerta. Que les gritara la contraseña a los guaruras... Pero no. Hasta pareció gustarle. Aunque por un instante casi le noté el disapóinmen en la cara: cuando nota que es algo hecho en casa. Hecho a mano. Pero no podría jurarlo. Hasta la inocencia es difícil de auscultar en un semblante así vacío...

Tanto trabajo que nos costó. Tú ni te enteraste. O te hiciste el ignorante. Nosotras estudiando fotografías. De revistas viejas. Preguntándole a los centuriones que venían, te acuerdas, del rancho a desahogarse. O a los que supuestamente me llevaban con el Nazareno. Claro que nos ayudaron con los croquis. Con las fotos. Con el perfil. Trajeron de contrabando los de inteligencia el jai tek látex. Nosotras afanándonos. Y, al finalizar, el parecido era tan malo...

Al fin lo más pedestre resultó lo más apropiado. Lo más patético lo idóneo. Una rajada del pretor pelón que quedaba en el kit de dominatrix que usábamos cuando tan contadas veces venían jerarcas de nuestras Colonias al rancho, ésa, con unas simples canicas azules como ojos y estambre blanco en bucles pegado con superglú fungiendo de tupé.

Yo tirada en la cama. Sin nada. Temía que la máscara no funcionara. Era, insisto, la más pobre imitación. No me dejes de oír, amor. Son necedades, lo sé, por eso te necesito. Escúchame. Cuando la vieron los secretos de nuestra confianza murmuraron sólo Barberians mal hechotes. Comólgüeis. No cambian un shit. Un shirris. Guateber. Allá ustedes. Botmeibi eso las salve. Que se las metan leve chamucas…

Tanto imaginar imperios gigantes y geografías. Arenas, travesías, desamparos: dan práctica. Aunque se la viva uno metido en la cama. Los que murmuran que no ve mas allá de lo que le enjaretan enfrente carecen de razón. Lo demás fue nada más la imaginación del César. No me acuerdo si había pedido expresamente el Chino el catre rechinante el que le gustaba para los africanos o chinos cuando invitaba el César a regañadientes al rancho a los diplomáticos de la tal coño o caño o onu o uno, como la llamaba, o me confundo, o se refería a una, pendejeando luego aquellos cuando veían las fotos, o el video, con los ruidos estéreo y todo, querido Yol, se le extraña, dónde andará, un artista del detalle, del desastre, de la lenta tortura, del recuerdo, de la resignación. Como bien sé que tú también amor. No faltaba el zonzo de aquellos que pedía luego te acuerdas una lana, Pero es que acaso no onderstanden la lengua imperial que es también o no internacional los esos salvajes, ai a poco que espelearles todo, dicen que se reía el César cuando el Chino o la Condesa le contaban respectivamente serio o seria esto, aunque ella odiaba esos métodos, de total decadencia decía, sin clase ninguna, mamadas hubiera dicho si hubiese sabido la palabrita, pues te jodes cabrona, …bien sabes que nunca la soporté. Seria se sabía sabia. Callada. Parecía profesora más que bombera. Eso lo dijo el César. Antes. Por qué no se llevó consigo cuando se fue ese uniforme…

Desvariaba, la pobre. ¿Por qué no nos dejaron morir ahí? A los dos. Juntos. Así. No lo sé…

No, no desvarío. Era eso de lo que él hablaba en las pausas mientras yo me embozaba la máscara risemblin su madre.

Pobre Magda. Con qué cosas tristes y sórdidas culmino tu historia. Tu memoria. Bajo la orfandad de un tubo de neón dentro de su desdén de metal.

Y de repente, amor...

...Se le prendieron los ojos cuando metí la cabeza. Si vieras cómo, se le prendieron los ojos. Tiró la ropa al piso. Se quitó la trusa. Se quitó el strap-on que traía. Se me viene encima. Yo lo esperaba. Quizás lo deseaba. Perdóname que así lo cuente. A estas alturas... Porque resultó un energúmeno. Un semental. El vestido de matrona que habíamos cosido, hasta elegante, con el hoyo enfrente, ni hubo que sacarlo del cajón... Perdóname Barrabás esta confesión. Mi dolor. No sé si te duele o no... El sacrificio último. Suena altanero... Pero era. O así lo creía. Se los había dicho a las muchachas. Que me miraron con pena, mas seguían trabajando, en mi capricho, a ver a cuál, chamacas, le sale el mejor parecido, primero. Les decía. Escúchame aunque te suene irredento. O repetido. Trabajo estúpido pero las sacaba de la rutina. Además había dinero de por medio. Para todas, sin límites había dicho el Chino. Con una exuberancia inusual. Lo sabrías. Fue su juego íntimo. Último. Ganarle aquella dentellada. Aquella vejación. Ganarle a la Condesa... Nomás por su corazón. Que le falla me contaban, desde atrás de mi espalda, al sacar el pito los guardaespaldas. Pero en el preciso momento no le va a fallar, marque señorita puta éstas mis palabras, en el preciso momento gemían. O cuando se vestían. Pero tantos, mayoría, Dimas, ni entraban. Bien lo recuerdas. No lo digo como consuelo... Nada más casita le hacían a sus compañeros. Y hablaban desde el rellano de la escalera. O desde la puerta. Lo decían desde ahí. A pesar de los gemidos y las peladeces, a los que estaban conmigo se les oía el tiritar de dientes. Me hacían prometerles, serios, luego, que ellos nada más habían visto, desde el pasillo, tampoco habían entrado. No se preocupen infelices. Negros enormes, y mercenarios pelirrojos, curtidos en guerras donde vieron sabrá Dios qué horrores. Con sus bleisers. Sus gafas negras. Y entonces se confesaban. No somos paganos insistían. Le tememos más al Nazareno que al Chino, es aquél doña Magda créanos al que de verdad le pertenece la vida y la muerte, él quien rige en estas fronteras.

No, no me pierdo. El dueño de este reino explicaban contritos, Todos los batos del pato Donald juntos puestos, igual lo saben. Y sus superiores. A esos nos los pasamos por ya sabe usted mejor que nadie por dónde señorita. Esto nomás un comentario que no viene al caso. Perdone.

Bla bla bla… Pobre Magda.

Adiós hijos de puta, les contestaba yo, Dimas. El cáliz tragado hasta la última gota, el viril de esa exacta forma eucarística. Podéis iros en paz. La misa ha…

–…adiós amor. ¿Cuál tu verdadero nombre?

Aquí justo cuando nos separaron.

Intenté que fuese. Esto. Tu pasión. Tu martirio. El clímax de todo. Así lo deseé.

Pero quizás no lo es. No logra serlo. Ahora lo sé.

Fallé. Quizás esto mi mayor logro.

Lo siento. He manipulado la historia para mi provecho. Confieso: No me excuso.

Pero así deseas, en mi deseo, tu recuerdo… Fiel. Recuerdo fiel entonces. Deseo.

Yo también, Magda, el último aliento, las palabras que no encuentro… Lo siento… ¿Habrás escuchado? Que

La Cesarina, que había pagado, según dijeron, una fortuna por la maldita máscara que tan mal reproducía la cabeza de la madre del César (y que, según también los rumores enterrados en las indiscreciones de los soldados, que hasta acá me trajeron, olía a rayos por el uso, el sudor y el esperma), la Cesarina, la tiró a la basura esa misma noche, la noche que siguió al juicio, Porque el César ya no la necesita, dicen que dijo, Pues quién más sino yo, decía él, golpeándose como Tarzán los pechos fofos y colgantes, ha cambiado la historia del Imperio en un instante tan importante, y no sólo eso, la mitología también..., quién más, eh, ese Chino es un genio, aunque parezca un marrano, y más saliendo ganando tú, a poco no, puta... le gritaba a ella, a la Cesarina, y los gritos que dijeron salieron de la ventana abierta de la alcoba del rancho hicieron que en el otro lado del mundo, en donde los mercados bursátiles estarían ya abriendo, subiesen a un nuevo récord las acciones del petróleo y del dinero. Y colorín colorado, vivieron felices para siempre...

Tal vez no, pero te alegrarías...

Me duelen las cortadas. No cicatrizan. Ya no quiero pensar... Y

eso...

Qué es ese ruido afuera, y

qué es lo que quieren están entr

LECTISTERNIO

Ora sí a ti toca motherfucker…

Qué te bilibeabas con tú fue suficiente la jámburguer o qué, baboso… No no te vasir tan fácil… órdenes, desde hasta arriba, desde la cima… Bájenle los jeans… Si ni tiene. Dicen, que de un teléfono del aposento imperial. Guau. Cúcara, los fruit of the turd, los onder-güeros… No te hagas que no. Se te antoja. Te gusta… Ora nos vasalir que no se viste así uno en las fantásias de uno nomás para engañar a un shithead juez baboso eh… Pues muy bad, muy guors… No tienes ni friggin puta aidía de la que se te wine. El paraíso. Amárrenlo al catre…

Tú pendejo chilletas novato chinga no vomites…

Puta qué vergüenza. Güer fuckin dejastes tus fuckin juar juars?

(…)

Isi. Ésta es carne muerta, siéntanse stiudens de médicin…

Tráete tú ese broom…, sirve de algo llorón.

Métansela.

Siempre hay una primera vez diud… A que nunca se han cogido a un sonador… A uno que hasta cuando suena se sabe sonador. Carajo… Ven qué fácil? Así es cómo punks aunque seamos fundibularios de según ellos el más bajo estrato friggin duck Pascual si nos viera el hijo de su madre chud vernos hasta se le antojaba cómo se pasa uno a la amnistía internacional por los fuckin güevos…, no suena tan bonito como lo de ginebra, ni tan rico, friggin pato Pascual tan feo tipo se lleva a bailar a la más güena –pero quién se queja, nunca hay que ningunear ningún trabajo honrado… No me hagan caso, estoy euforic, duro nomás, denle, quítenle la venda… Grítale, cabrón plís, que aquí no hay quien te lísene… Posteridad alma o más allá.

Yeah.

Pato Pascual… He herd que así también lo apoda al pendejo el boba del César. Hijoesuconchamadre aquí porque estamos los favoritos del César, y estamos de su tierra, y tenemos experiencia en estas enterpraises. No como otros zánganos.

Íralo, bloody Yol…, entiendes ya? No te hagas el que no, fag…, sangrante, lo bringuin para ensenártelo: Ahí está.

Y por que here lo mira la foto del César. Eso, expreso, también pidió. Estar parte del banquete…

Expleint jim:

Ora te toca a ti pendejo… Etc.

(…)

Piensa que somos musas. Verdad, cabrones?… Somos tus musas… para que tengas algo de veras qué preocuparte y decir no pendejadas, imayineishions soch… Ándenles…, pujen… Naaais. Luego vas a poder chance escribir it… ahí te dejamos tus madritas… Nomás güeitéate el tantito… Hee hee no pa qué te engano… Y nomás danos crédito eh motherfucker… Mmh… Chingada madre… Fuckin barriga… un estorbo… ya casi… ay… me rechoca esto…, motherfuckers… pásame Totonaco Jijo de tu madre –sí tú–, esa pinche toalla.

Shut up.

(…)

Eso, decía yo, oyes, que digas que eso te lo inspiramos güi…

Y que claro no es por placer dead man fuckin, sino por justicia… Y misericordy… Para eso nos pagan cabrón. Only for eso… Vas ver qué sabrosa te va saber después de esto la gurni…, y la nidl…, considéralo un favor… from the house, que no le quita a la generosidad el que sean órdenes… Ésta la manera como hacemos el cúleo en esta parte del Imperio, libre de cualquier interferencia, libre de todo el mundo. Andar cuidando a una culebra, a un chango y a un gato, por favor, eso es una joda.

Meterte con ellos en un saco. Por favor... Si somos civilizados. Like to keep it simple too. Órale quién sigue, tú novato y te vas a tener que servir seconds, ah no no te nosscapas güey...

Lísename bien cabrón. Tú o puedes, o sigues... Lo que nos faltaba, otro raitercillo...

Motherfuckers que lean esto. Aquí usando la misma pluma del pelao firmamos en los bits de tiempo para que recuperarnos que nos da esta chinga Sus servidores:

(ese cocksucker, el antes raitea y raitea en lugar de ver la tele y comerse sus donas y ahora claro chille y chille en un rincón, Cierra el hocico puto, que ya ni siquiera aquí el bíner, ni fart, no es mi culpa – pero por eso motherfucker tengo que escribir yo), talqueaba yo:

Sus servidores:

Bob, Johnny Cockroach Rae, Jaime Jimmy (J. J.) "El Chilletas", T. J., y Fats Penaloza. Yo.

El último. Pero como soy el mandamás me dicen Mande. O Mándele, o Mandón. Shorján: Mandel. O pa congraciarse Mandoleón, como al emperador. Y como soy cumplidor ni me molesta que luego susurren Mandelón o Mandilón. Pinche "T. J." Is un imbécil.

En orden desordenado, puros pinches culos sudados: Estamos sus seguros servidores. Pa lo que se les ofrezca y gusten. Ni intenten traquearnos motherfuckers. Hee, hee: Ius-les. Tiempo lós. Lust la nuestra. Ok?... No lo dice acaso este cabrón maricón balbuceándolo it, bien claro? De seguro hasta lo raitió aquí shitload chingal de veces: Esto no puede ser cierto.

Esto no es cierto.

No es.

No se lo biliben. Son puras fantásia. Aquí nomás pa que ya no grite tanto como que me las está dictando métanle un sock coño al throat eso, así estar mejor pues ese chingón silencio jir lo consigno yo. (…) Conste.

…No te quejes bato: es nada más a la nada a la que le teme el hombre. Chúpate eso.

Y la crucezota jir abajo no es fuckin símbolo ni pinche firma de ígnaro: es Tee Yei, son las dos letras, fíjensen. (Si hay cualquier fart, que le echen la culpa a ese pendejo).

(Por si se apendejan T. J. míns too Teeths Jodidos. Too Tits Janguin. Two Jerk. Etc. Le tocó la mierda en la repartida. Y si no es inóf dat para identifaierlo (porque en verdad no es Tee Yei sino Tee Guai. Se quiere cambiar identidá) cuando esté despisto grítenle, Tú, Yolanda… The Judas. Te Jodiste.)

Too aquí así salió porquel compañero muy ducho en la raitin y faramallas bocotas y está a la mera hora una chillona. Éses J. J. porque es doble jota. O sea joto doble, y además… Pobre pendejo, se llama Jimmy Juarez… Así son los maricas. Ni las putas cuando las esposan y las taladran dos babosos por la cola. De los del Pascual… Pascual el nombre que le decía mi abuelita al puto pato Donald. Lo conocería?

Ya ni el preso, cabrón… Critor pero no cries like you. Nomás gime, que es critor y protegido y reconocido y nomás esto una pesadilla y pendejadas. Pues sorry joy, hee hee.

Here, hasta le pongo título a esto. Mira. Lectisternio.

Qué te parece es critor, eh? Te gusta? Chúpate eso cabrón… Si con quien the believeas ser.

Me toca. Sorry.

(…)

No, paso.

Pero ahí les va mi baton.

Pero pal Chilletas no hay excusas. Tampoco pal The Judas.

Here, guorld: Our famous last words. Have Yourself A Nice Day.

DILÚCULO

…que escribí, ayer sí, que resurge ahora

…que escribí: ayer

…un párrafo mío,

no, hoy, apenas aquí, ahora, antes del fin

murmuro…

#… algún, número…, cuál… es el último de los números… y… crepúsculo matutino. No sé… No puedo

quizás lo quiten, o lo modifiquen, lo olviden

susurro

but words elude me

los que entraron

no fueron los prometidos, sino los

no

la verdad o no

botas, únicos contactos con un mundo, que no existe, dejo insisten,

ahora me explican, Yolo, no entiendo, hablo

inyectan. Al lado se, corre una cortina, nadie detrás, ni un testigo, ni

aún sueño,

siquiera Yolo,

han desaparecido… los extraño

Magdalena

ella

quién sería…

qué será de esto, el mundo

papeles de sueño que son nada, una insistencia

no sé si escribo o sigo escribiendo o sólo imagino o gimo

todo en un instante, en menos que eso, del cual esto, es el fin

o es el sueño dentro del sueño

sí cuando entraron en tropel ni siquiera vino a la celda

me arrancan, el sueño mi pluma papeles o nada no he terminado aún me falta esto, es sólo la mitad del tiempo soñar que tuve por un tiempo

o hasta el final, y ahora

puedo seguir narrando, imaginando el final; sueño, o escribo, no, no escribo, no sueño,

despierto

duermo…, sólo la luz de neón con otra rejilla de fierro, encima mío, como la de la

despierto,

rejilla de fierro… mientras, lentamente, ¿o lo estoy diciendo?, no distingo

todo fue soñar por unas horas que escribía, para espantar la noche,

no fueron los editores, sino los

acaso no importa

termina —esta pesadilla esta infinita crueldad

en un idioma que antes mentí me era ajeno, que

todos los idiomas uno mismo

si lo estoy escribiendo, reescribiendo, aquí está, soliloquio, sufrimiento

she gives no sign she has ever heard me

me quedé dormido sobre mis páginas…

sentado en mi silla, frente a mi mesa

tan sólo un instante, menos

comencé, a decirlo, al inicio

todo, un delirio

hasta ahora, que no

lo único cierto, me acaricia ella…

soñado, un instante

la noche, un instante

una vida

and yet, I havent told you

despertar, tan fácil…

sólo, frente a mí, un párrafo, un montículo

de palabras el final, de un capítulo más…

todo, cabido en este instante, en estos dos puntos, inyectados, como de… cómo sumarizo esto, una vida,

si fue solamente un instante, que se escapa,

en estos dos puntos…

No queda más, la inmanencia del despertar

soy,

susurro gimo

antes de saber quién soy, de olvidar

yo no me llamo Dimas, Barrabás, yo no soy protagonista, yo aun en este trance, soy el que reseña, el que atestigua, me llamo Juan, Johan, John,

despertar… repito mi nombre: John

no, no,

un trazo, lo último que sé al perderme, en este sueño que olvido, este instante, que no escribo contenido en un abrir y cerrar de ojos, en la extensión de un signo de puntuación… en lo que cuesta hacer del punto inferior la coma

al cruzar el umbral, al abrir los ojos…

reinicio… I know how it ends

I know that

…On the edge of oblivion it comes back to me that my fingers, running over her buttocks, have felt a phantom criss-cross of ridges under the skin. "Nothing is worse than what we can imagine," I mumble. She gives no sign that she has ever heard me. I slump…, drawing her down beside me, yawning. "Tell me," I want to say, "don't make a mystery of it, pain is only pain"; but words elude me. My arm folds around her, my lips are at the hollow of her ear, I struggle to speak; then blackness falls.

J. M. COETZEE

Waiting for the Barbarians (1980)

Este libro, el primero del autor que se publica en
Felou, forma parte de la serie Literata. Se terminó
de imprimir en abril del 2010 en México. La tipografía
se realizó en tipos Garamond de 12 puntos.
Diseño editorial por Lourdes Guzmán.
Coordinación editorial Sara Rubio.